KB034085

발트3국의 언어와 근대문학

# 발트3국의 언어와 근대문학

초판 발행일  2017년 3월 15일

지은이  이상금 · 서진석
펴낸이  강수걸
편집장  권경옥
편집  윤은미 정선재 문윤호
디자인  권문경
펴낸곳  산지니
등록  2005년 2월 7일 제333-3370000251002005000001호
주소  부산시 해운대구 수영강변대로140 부산문화콘텐츠콤플렉스 613호
홈페이지  www.sanzinibook.com
전자우편  sanzini@sanzinibook.com
블로그  http://sanzinibook.tistory.com

ISBN   978-89-6545-405-2  93850

*책값은 뒤표지에 있습니다.
*이 저서는 2011년도 정부재원(교육부)으로 한국연구재단의 지원을 받아
 연구되었음 (NRF-2011-013-A00042).
*이 도서의 국립중앙도서관 출판예정도서목록(CIP)은 서지정보유통지원시스템
 홈페이지(http://seoji.nl.go.kr)와 국가자료공동목록시스템
 (http://www.nl.go.kr/kolisnet)에서 이용하실 수 있습니다.
 (CIP제어번호: CIP2017005113)

발트3국의 문화와 문학 3

# 발트3국의
# 언어와 근대문학

이상금·서진석 지음

산지니

이번에 발간하는『발트3국의 문화와 문학 3 – 발트3국의 언어와 근대문학』은 앞서 발간한『발트3국의 문화와 문학 1-발트3국의 역사, 문화, 언어』,『발트3국의 문화와 문학 2-독일발트문학과 에스토니아문학』의 후속 도서이다. 내용적으로는 물론이거니와 형식적으로도 앞서 간행된 두 도서의 연속선상에 있는 의미를 지닌다.

연속 간행물 형태로 발간하는 이 도서는 2004년 유럽연합의 신입 회원국이 된 발트3국(에스토니아, 라트비아, 리투아니아)에 대한 인문학적 이해를 우선하는 데 가장 중요한 목적을 두고 있다. 소수민족, 약소국, 소외된 지역이라는 특수성으로 인해 여태까지 발트3국의 언어, 문화와 문학에 대한 기초적인 연구가 제대로 이루어지지 않았기 때문이다. 그간 약소국의 언어와 독자적인 문화에 대한 정보가 제3국을 통하거나 선진국에 의존하는 한계를 드러내고 있었다. 이러한 문제점을 스스로 해결하고, 독자적으로 학술적 접근을 시도하는 것이 핵심적인 동기였다.

필자는 2004년, 2008년, 2011~2012년 세 번에 걸쳐 직접 발트3국을 방문하여 작가와 인터뷰, 대학방문 및 전공교수 면담, 문화 및 역사 탐방, 세미나 및 학술회 등을 통해 일련의 연구를 발표하였으며, 관련 저서를 발간하여 본 연구를 위한 토대를 이미 마련하였다. 주요 내용은 1) 유럽연합 신입 회원국으로서 발트3국의 역할과 장래 2) 발트3국의 역사적 변천과정 3) 발트3국의 언어, 지리와 사회, 문화와 예술 4) 발트3국의 문화에 끼친 독일의 영향 5) 독일발트문학 등에 관한 기초적인 연구였다.

이후 발트3국에 대해 역사적 문화적 접근을 통해 언어, 민족과 국민, 문학과 예술, 그리고 환경과 지정학적 위상 등에 초점을 두어 그간 몇 년 동안에 걸쳐 연구를 진행하였다.

선행 연구와 활동은 다음과 같다. 먼저 2005년도 연구책임자 중심으로 자체적으로 마련한 소규모 연구회에서의 주제 '발트3국의 역사, 언어와 민족성'에 관한 활동이다. 이러한 연구의 결과로 「에스토니아문학의 발생에 끼친 독일발트문학의 영향」(독일어문학 제37집, 2007년 6월), 「독일발트문학의 발생과 전개에 관한 연구」(독일문학 제103집, 2007년 9월), 「얀 크로스의 역사인식과 문화적 기억력」(독일어문학 제38집, 2007년 9월), 「20세기 전환기의 독일발트문학과 에스토니아문학」(독일어문학 제46집, 2009년 9월) 등을 발표하였다.

그러나 학술적 연구에만 머무르지 않고, 두 번에 걸친 발트3국의 방문을 토대로 2009년 국내 한 일간지 기획과제의 탐방형식으로 발트3국을 소개하기도 했다. 이를 대폭 보완해서 『발트3국에 숨겨진 아름다움과 슬픔』(산지니, 2010년 9월)이 발간되었다. 이러한 접근은 순수 학문적 접근일 수 있으나, 정보와 지식의 활용은 현실적이다. 경제교류를 지향하더라도 문화적 이해와 접근이 선행 또는 병행되어야 하기 때문이다. 나아가 문화적 차이, 언어, 그리고 그들의 역사성과 정체성에 대한 이해가 더욱 중요하다는 뜻이다.

이처럼 연속 간행물의 연구 대상인 발트3국은, 어느 정도에 따라 '문학'을 중심으로 이미 단편적으로 소개된 동부유럽(체코, 폴란드, 슬로바키아, 헝가리 등)에 비해, 거의 알려지지 않은 나라들이다. 현지에서 연구책임자의 체험에 따르면, 여전히 불안정적인 정치적인 체제와 사회제도로 인해 실용적이면서 자유로운 교류에는 어려움이 있다고 판단되었다. 또한 이전 소비에트연방공화국으로부터 독립한 기간이 겨우 20년을 넘기고 있다는 점과 아직까지 시장경제와 자본주의에 익숙하지 못한 점 등을 고려해 볼 때, 변화의 모색과 경제적 정치적 자율성에는 많은 시련과 시행착오가 따를 것으로 보인다. 이는 최근 우크라이나의 크림반도를 합병하는 등 북동유럽에서 러시아가 영향력 확대를 펼치는 현실적인 상황에서 보더라도 발트3국의 정치 및 경제적 유동성이 예상되기 때문이다. 그럼에도 불구하고 발트3국민들의 역사와 문화에 대한 자긍심은 매우 크기 때문에 앞서 지적한 이러한 요인들을 아우르는 역사적 문화적 접근 또한 기존의 연구와 다른 차별적인 의미가 있다고 본다.

발트3국의 문화권을 논할 시, 에스토니아와 라트비아 대부분의 영토가 포함되어 있던 과거 리브란트지역에서의 독일문학의 영향을 고찰한 연구는 적지 않게 이루어져왔다. 그러나 리투아니아는 발트지역에 존재하고 있음에도 불구하고 독일문화의 영향으로부터 비교적 자유로운 상태로 다른 두 지역과 차별되는 독특한 문예사조와 문화적 배경을 형성했다. 이러한 이유로 국내에서는 리투아니아에서의 독일문학의 영향은 그다지 관심을 받지 못했다. 이처럼 리투아니아 문학에 대한 연구는 거의 전무하다. 따라서 에스토니아에 이어, 리투아니아 문학에 대한 진단은 중요한 의미를 지닌다고 할 수 있다.

또한 발트3국의 문화와 문학을 다루기 위한 '독일발트문학'과의 연계성은 필수적이다. 그러나 기존의 발트3국의 문화와 문학을 다루는 연구의 대부분은 발트3국이 아닌 독일을 중심으로 때론 공동연구, 때론 독자적으로 연구가 이루어졌다고 할 수 있다. 그러므로 리투아니아 문학에 대한 본 연구의 기획은 이러한 독일적 시각에서 바라본 독일 변방 문학의 지위가 아닌, 발트3국의 입장에서 기술한 독자적이고 독립적인 '발트3국의 문학 – 리투아니아 문학'이라는 관점에서 이루어졌다는 점에서 독일 내 다른 연구와도 차별성을 지닌다.

이 책은 관련 연구의 범위와 대상을 발트3국 중 리투아니아 문학에 초점을 두고 기획하였다.

Ⅰ. 발트3국어의 언어학적 특징과 Ⅱ. 근대 독일발트문학은 앞서 발간된 학술도서의 내용을 리투아니아문학과 관련지어 보완하였다.

발트3국어의 언어학적 특징 부분에서 다루는 내용은 문학이 언어로 표현되는 예술이라 한다면, 리투아니아어의 특징과 발달과정은 리투아니아 근대문학의 형성과정과 전개과정을 연구하는 데 있어 당연히 이루어져야 하는 부분이라 할 수 있다.

발트지역의 근대문학에 관해서는 '독일발트문학'을 근거해서 중세 이후부터 인문주의, 바로크 및 계몽주의 등 16~18세기에 걸친 문학적 활동이 핵심적인 내용이다. 즉 발트지역 자체에서 스스로 만들어 가는 민중문학과 민족의식, 문학에서 근대성 확보가 비로소 형성되는 19세기 그 이전까지만 다루었다. 독일발트문학이 발트지역에 끼친 영향과 발트지역의 특수성에 따른 문화적 현상을 기초하고 있다. 16세기 발트국의 인문주의는 유럽과는 달리 계몽주의가 인문주의 사상의 기초가 되었다는 점에서 신라틴어 찬미가와 역사 · 정치적 시를 언급했으며, 이어 17세기 바로크 시대의 문학은 바로크적인 종교체험과 인간의 가치가 종교전쟁의 혼란 속에서가 아니라, 정치적 혼란 속에서도 나왔다는 점에 주목하였다. 이를 대표할 수 있는 성직자의 문학, 서정시와 당시의 연극에 대한 분석이다. 마지막으로 18세기 계몽주의 시기의 문학의 정의는 당시 정신세계를 주도하는 근간으로 엄밀하게 말해서, 독일로부터 수입된 정신사조라 할 수 있다. 19세기 깊숙이까지 계속 영향을 미치면서 계몽주의의 이상들이 시민계급의 도시주민들과 지식인 계층에 합리적으로 수용되었지만, 지역민들은 경건주의적 영향을 받았다는 측면에서의 분석이다.

『발트3국의 문화와 문학 3 - 발트3국의 언어와 근대문학 』에서 가장 중요한 부분인 Ⅲ. 리투아니아 근대문학은 다음과 같은 내용으로 기술하고자 한다. 우선 '리투아니아 문학을 형성하는 주체가 누구인가'에 대한 고찰을 통해 리투아니아 영내에서 문학활동을 이끌어 나간 작가들이 리투아니아인들에 국한되지 않고 독일, 폴란드, 벨라루스, 우크라이나 등 비교적 다양한 민족의 출신들로 구성되어 있었으며, 그 가치가 전혀 뒤떨어지지 않았음을 확인할 수 있었다. 더불어 문학의 문자성이란 '문학이 꼭 문자로만 기록되어야 하는가'라는 관점에서 리투아니아 구전문학이 가지고 있는 가치를 문학적 관점에서 연구하는 작업도 병행하였다.

또한 앞선 연구의 후속편이자 본 연구의 핵심 주제라 할 수 있는 '리투아니아 근대문학 형성에 끼친 동(東)프로이센의 영향'에 대해서도 살펴보았다. 주요 내용은 문학의 '지역성'을 중심으로, 당시 소위 '소(小)리투아니아'로 일컬었던 동(東)프로이센 지역 내의 문학적 역학관계와 작가들의 역할에 대한 진단이다. 구체적으로는 리투아니아 근대문학의 형성과정에서 드러난 지역으로 현재 러시아 영토에 속하는 칼리닌그라드(Калининград; Kaliningrad, 옛 Königsberg) 주(洲)로 편입되어 있으나, 역사적으로 리투아니아인들이 많이 거주했던 '소(小)리투아니아(Mazioji Lietuva, 독일어 Kleinlitauen, 영어 Lithuania Minor)'로 불리던 동(東)프로이센을 중심으로 그곳에서 활동했던 작가들을 포함한다.

본문 내용에서도 언급되어 있지만, 여기에 실리는 글 가운데 몇몇

부분은 기존에 발표한 학술지 논문의 내용이 함께 포함되어 있음을 알린다. 앞서 발간된 책에서도 밝힌 바와 같이 이번에 발간하는 이 책도 여태까지 생소한 발트3국에 대한 인문사회학적 기본지식을 바탕으로 그들과 다양한 관계를 모색할 수 있는 계기가 되었으면 한다.

2017년 매화가 피어나는 금정산 기슭에서

이상금(李相金; Li, SangGum)

# 차례

# Ⅲ. 리투아니아 근대문학

# Ⅳ. 발트의 민속문화와 한국의 정서

# I

## 발트3국어의 언어학적 특징

발트3국의 민족 정체성 확보에서 크게 기여한 신화, 전설 같은 구비문학뿐만 아니라, 기록문학을 올바르게 이해하기 위해서는 문화의 일차적인 요인인 언어에 대한 이해가 필수적이다. 그러나 여전히 우리에게 북동유럽에 속하는 '발트3국에서 사용되는 언어들'은 미지의 영역이며, 또한 21세기 초 신생독립국으로서 당면한 문제인 이 나라들의 언어정책에 대한 관심이 필요한 시점이다. 나아가 이들 세 나라의 언어가 어떻게 생성되었으며, 역사적 배경을 통해 예를 들면, 독일어를 비롯하여 이웃 강대국들의 문화가 언어의 발전과정에 끼친 영향, 그리고 소위 민족문학의 형성과정에서 드러나는 복잡한 현상 역시 빠트릴 수 없는 관심의 대상이기도 하다.

다른 한편으로 보자면, 발트3국(에스토니아, 라트비아, 리투아니아)의 언어에 대한 진단은 많은 문제점을 지니고 있을 수밖에 없다. 현시점에서 '발트3국어'는 지리적 위치로 인한 편의적인 기술에 불과하다. 실제로 '발트3국어'는 존재하지 않을 뿐만 아니라, 각기 어원과 발전과정이 다르기 때문이다. 그러나 역사적으로 살펴보면, 초기 발트어를 말하는 사람들은 '아이스티족 Aistians'으로 언급되었다. 이 용어가 모든 '발트인족 Balts' 또는 고대 프로이센 사람들을 나타내는지는 확실하지 않다. 다만 확실한 것 가운데 하나는 로마의 역사학자 타키투스 Cornelius Tacitus의 『게르마니아 Germania』 45장에 '아이스티 부족 Aistian'이 언급되면서부터 세계사에 최초로 등장했다는 점이다.

타키투스에 따르면, 발트해안의 동쪽을 따라 아이스티(또는 에스티) 부족들이 살았으며, 그들은 '수에비족 Suebi'과 같은 의식과 일반적인 외모를 가지고 있는 반면, 그들의 언어는 인도-유럽어족과 유사했다는 점이다. 그들은 종교의 상징으로 야생돼지의 형상물을 지니고 다녔으며, 어떠한 종류의 무기나 방어 없이 이 부적이 열성 신자를 악으로부터 보호할 것이라고 믿었고, 철 무기를 거의 사용하지 않았다. 또한 게르만족의 나태함과는 반대로 인내를 가지고 작물을 수확하고, 과수를 재배하고, 바다를 샅샅이 뒤지면서 보석인 호박을 모은 유일한 민족이었다.

그의 문헌적인 기록 이후, 서기 200년에 알렉산드리아의 그리스어 학자, 프톨로마에우스 Claudius Ptolomaeus는 그의 책 『지리학 Geographia』에서 고대 프로이센 사람으로 추정되는 부족들에 대해 짧게나마 언급했다. 또한 서기 523년과 526년 사이에는 동(東)고트족의 황제 등 몇몇 사람들에게 호박(琥珀; Bernstein)에 대한 감사 편지를 썼으며, 여기서 아이스티 부족을 언급하는 것이라고도 볼 수 있다. 물론 고대 프로이센인에 대한 다른 역사적 언급도 발견된다.

이러한 사실을 근거해서 오늘날 언어학자들에 의해 정의된 '발트어 Baltisch; Baltic language'는 리투아니아어, 라트비아어, 고대 프로이센어로 나뉜다. 리투아니아어와 라트비아어는 서로 유사하지만, '고대 프로이센어 Altpreussisch' 사이에는 약간의 거리가 있다. 하지만 에스토니아의 경우 다른 범주를 적용해야 한다. 이들 발트어와는 전혀 상관관계를 갖고 있지 않기 때문이다. 그러나 오늘날 지정학적으로 같은 유럽연합의 신생 회원국으로서의 공통점을 고려하여 편의상 '발트3국어'로 표기한 것이다. 비록 역사적으로 인근 발트지역에서 사용되었다고 하나, 어원이 다르기 때문에 언어학적 특성에서도 물론 차이가 다양하다. 요약하면, 발트어의 경우 같은 어족이라 하더라도 발전과정에서 서로 상이한 단계를 거치면서 각각 다른 언어적 자질을 갖게 되었다고 볼 수 있다.

따라서 이러한 역사언어학적 접근은 언어의 변천과정, 소리와 형태의 차이, 단어와 그 의미의 변화를 다루어야 할 것이지만, 여기서는 그 범위와 대상을 제한하고자 한다. 즉 발트3국의 언어의 기원과 계통, 알파벳과 언어학적 특징을 중점적으로 다루고자 한다.

## 1.1. 발트3국어의 언어학적 계통

인류의 언어사용은 대략 10만 년 전으로 추정하고 있다. 학자에 따라 차이를 드러내지만, 최초로 언어가 발생한 곳은 동부아프리카 지역으로 간주하고 있다. 이곳으로부터 원시부족들이 약 5만 년 전 소아시아의 북동쪽으로 이동하였으며, 이후 세계 각지로 흩어졌다는 주장이다. 간추린다면, 이처럼 부족들의 이동을 통해 인종과 언어는 분화되면서 각기 자체적으로 발전을 거듭하여 오늘날에 이르렀다고 볼 수 있다. 현재 지구상의 언어가 몇 종류나 되는지는 학자에 따라 견해를 달리하고 있지만, 대략 3,000~10,000여 개의 종류로 계상된다. 그러나 여기에서 다루고자 하는 언어의 계통과 분포는 유럽지역에 국한하고자 한다. 즉 세계 18개의 어족 계통 및 분류에서 '인도-유럽어족 Indo-European family'에 속하는 '발트-슬라브어군 Balto-Slavic subgroup'의 라트비아어와 리투아니아어, 그리고 '우랄-유카기르어족 Uralic-Yukaghir family'에 속하는 '핀-우그르어군 Finno-Ugric subgroup'의 에스토니아어이다.

## 인도-유럽어족 분포도

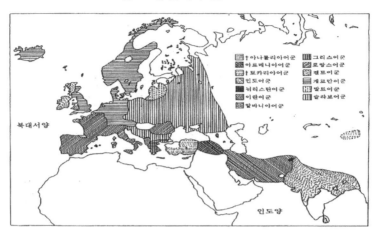

　　인도-유럽어족은 달리 '인도-히타이트 Indo-Hittite'어족으로도 불
리며, 사용하는 지역은 인도와 그 주변 그리고 유럽대륙에 걸쳐 분포된
것으로 상호 친근관계에 놓여 있는 대(大)어족을 일컫는다. 인도-유럽
어족에 속하는 제 언어들의 조어(祖語)는 '인도-유럽공통조어 Proto-
Indo-European'에서 시작된 것으로 추정되지만, 이러한 조어가 사용
된 시대와 장소에 대해서는 확실한 검증이 이루어지지 않고 있다. 그만큼
인도-유럽어의 사용되는 범위는 역사적으로 볼 때, 매우 광범위하다.
유럽 전역은 물론 코카사스, 이란, 아프가니스탄과 러시아, 중앙아시아,
인도 북부와 네팔, 인도 동부의 벵골과 방글라데시까지 퍼져 있다. 보다
구체적으로 살펴보면, 인도-유럽어족은 게르만어군, 로망스(이탈리
아)어군, 슬라브어군, 발트어군, 인도-이란어군, 아르메니아어군, 알바
니아어군, 그리스어군, 켈트어군, 토카리아어군, 아나톨리아어군 등 10
여 개의 하위어(subgroup)군으로 나뉜다. 이 가운데 발트-슬라브어군
은 15개의 언어와 약 3억의 사용 인구를 갖고 있다. 발트어군에는 발트해

연안, 즉 폴란드의 북동쪽과 오늘날 러시아의 북서쪽에 위치하고 있는 '리투아니아어 Lithuanian'와 '라트비아어 Latvian'가 이에 속한다.

반면 우랄-유카기르어족은 '핀-우그르어군', '유카키르어군'과 '사모예드어군 Samoyed subgroup'으로 나뉜다. 일반적으로 알타이어족과 함께 묶어서 '우랄-알타이어족'이란 계통으로도 사용되고 있지만, 우랄어족과 알타이어족 간의 친근관계가 입증되지 않아 현재는 분리되어 사용하는 경향이 지배적이다. 우랄-유카기르어족의 핀-우그르어군에는 스칸디나비아반도 북부에 사는 유목민의 '라프어 Lappish'를 비롯하여, 러시아, 시베리아에 이르기까지 널리 분포된 '핀란드어 Finnish', '에스토니아어 Estonian', '체레미스어 Cheremis', '모르드바어 Mordvin', '보차크어 Votyak' 그리고 이들 지역과는 지리적으로 고립되어 있는 '헝가리어 Hungarian' 등이 속해 있다. 라트비아 영토에 살고 있는 소수민족 중 하나인 리브족 Liv 역시 이 분파의 언어를 구사한다.

그러나 이러한 언어학적 분류와 분포를 역사와 문화적 관점에서도 접근할 필요성이 있다. 일반적으로 발트어군은 서(西)발트어와 동(東)발트어로 나눌 수 있다. 발트해 연안 서부의 고대 프로이센어와 동부의 리투아니아어, 라트비아어의 세 종류의 언어로 구성되어 있다. 이 가운데 고대 프로이센어(프러시아어; Old Prussian)는 16세기에 적은 기록을 남겼지만, 1700년경을 전후로 사어(死語)가 되었고, 리투아니아어와 라트비아어는 각기 다른 이름을 가진 공화국의 공용어로 오늘날까지 쓰이고 있다.

발트어족에 대한 기록은 상당히 늦어 16세기에야 최초의 문헌이 나타났지만, 외부 언어와의 교류에 매우 폐쇄적이었기 때문에 인도-유럽 비교언어학에서 가장 중요한 어군 중 하나가 바로 발트어이다.

## 1.2. 에스토니아어어의 알파벳과 격변화

에스토니아어는 언어의 유형상 한국어와 같이 의미를 가진 요소가 계속 첨가하여 단어를 만드는 교착어(agglutinative language)에 속한다. 기본 알파벳은 23개이지만, 외래어에서만 나타나는 다른 9개의 철자, 즉 외국지명과 인명에서 사용하는 'c, q, w, x, y'와 최근 새롭게 쓰이는 외래어 용어에서의 'f, š, z, ž' 등을 포함하여 모두 32개이다.

〈도표 1〉 에스토니아어의 알파벳과 음가

| A a [a] | B b [b] | (C) (c) | D d [d] | E e [e] |
|---------|---------|---------|---------|---------|
| F f [f] | G g [g] | H h [h] | I i [i] | J j [j] |
| K k [k] | L l [l] | M m [m] | N n [n] | O o [o] |
| P p [p] | (Q) (q) | R r [r] | S s [s] | Š š [ʃ] |
| Z z [ts] | Ž ž [ʒ] | T t [t] | U u [u] | V v [v] |
| (W) (w) | Ä ä [ɛ] | Ö ö [ø] | Õ õ [ɣ] | Ü ü [y] |
| (X) (x) | (Y) (y) | | | |

* 괄호 안의 철자들은 외국인 이름과 외래어에서만 사용된다.

주요 음운론적인 특징으로는 단어의 첫음절에 강세가 표시되고, 독일어식의 철자 및 발음(변모음 ä, ö, ü와 자음 등)을 따르고 있다. 독일어와 같은 변이모음들의 모음이 다양하게 발달했으며, 장모음 '우-' 또는 '아-' 등의 발음이 빈번하다. 뿐만 아니라 모음 외에도 자음의 길이에 따른 의미 변화도 보여주고 있다. 예를 들어, lina(아마포), linna(도시의), 'linnna(도시로) 등에서처럼 발음의 길이에 따라 의미를 달리하게 된다. 이처럼 이중모음과 이중자음은 중첩되는 철자에 맞추어 길게, 혹은 그보다도 더 길게 발음한다. 또한 자음도 발음에 맞게 표기한다. 예를 들어 현대 서유럽에서는 모음화되어 발성할 때 잘 드러나지 않는 'r'의 경우, 에스토니아어에서는 분명하게 발음된다.

에스토니아어에서는 통사론적으로 성구별 표시가 없으며, 어휘 범주인 명사나 동사와 같은 주요 품사의 어형변화가 다채롭다. 이들 변화는 핀란드어 문법과 유사하게 어간에 각각의 음절을 첨부하는 형식을 통해서 이루어지고 있으며, 모두 14가지의 격변화를 보여주고 있다. 그 가운데 부분격 등이 목적격을 대신한다는 주장을 펼치는 문법학자들도 있다. 이처럼 격변화가 많은 만큼 명사와 동사에서의 이에 대한 기본적인 규칙은 문법적으로 복잡한 양상을 띤다. 그러나 이는 인도-유럽어족과의 관계에서 볼 때, 일어나는 현상이라 할 수 있다. 즉 우랄어군에 속하는 한국어의 문법체계에서 본다면, 비교적 용이하게 이해할 수 있다. 다음은 에스토니아어의 14격을 개관하면서 예를 든 것이다.

## 〈도표 2〉 에스토니아어의 격변화

| 격 | 단수 | | 복수 | |
|---|---|---|---|---|
| 1. 주격 | Raamat | 책 | Inimene | 사람 |
| 2. 소유격 | Raamatu | 책의 | Inimese | 사람의 |
| 3. 부분격 (목적격) | Raamatut | 책을 | Inimest | 사람을 |
| 4. 장소이동격 | Raamatusse | 책 속으로 | Inimesesse (Inimesse) | 사람 속으로 |
| 5. 장소정지격 | Raamatus | 책 속에 | Inimeses | 사람 안에 |
| 6. 장소분리격 | Raamatust | 책으로부터 | Inimesest | 사람으로부터 나온 |
| 7. 위치이동격 | Raamatule | 책 위편으로 | Inimesele | 사람에게로 |
| 8. 위치정지격 | Raamatul | 책 위편에 | Inimesel | 사람에게, 사람 몸 위에 |
| 9. 위치분리격 | Raamatult | 책 위편에서 | Inimeselt | 사람으로부터 (보내어진) |
| 10. 상태변화격 | Raamatuks | 책으로 (바뀌는) | Inimeseks | 사람으로 (변화하는) |
| 11. 완료격 | Raamatuni | 책까지 | Inimeseni | 사람에게까지 |
| 12. 신분상태격 | Raamatuna | 책으로서 | Inimesena | 사람으로서 |
| 13. 부재격 | Raamatuta | 책 없이 | Inimeseta | 사람이 없이 |
| 14. 수반격 | Raamatuga | 책과 함께 | Inimesega | 사람과 함께 |

예를 들어, 3격 부분격인 경우 'raamat 책'은 2격 'raamatu'를 근거하여 'raamatut'로 변화한다. 이처럼 에스토니아어는 2격의 어미가 매우 다양한 모음으로 변화하는 언어적 특성을 보이고 있다.

## 1.3 동(東)발트어의 알파벳과 격변화

### 리투아니아어

리투아니아어 알파벳은 모두 33개로 로마자에 기초하고 있으며, 비음
표시, 장음 표시, 파찰음 표시 등이 첨가된 리투아니아어만의 특수한
알파벳들을 보유하고 있다.

〈도표 3〉 리투아니아어의 알파벳과 음가

| A a [aː] [a] | Ą ą [aː] | B b [b] | C c [ts] | Ch ch [x] |
|---|---|---|---|---|
| Č č [tʃ] | D d [d] | E e [æː] [æ] | Ę ę [æː] | Ė ė [eː] |
| F f [f] | G g [g] | H h [h] | I i [I] | Į į [iː] |
| Y y [iː] | J j [j] | K k [k] | L l [l] | M m [m] |
| N n [n] | O o [oː] [o] | P p [p] | R r [r] | S s [s] |
| Š š [ʃ] | T t [t] | U u [u] | Ū ū [uː] | Ų ų [uː] |
| V v [v] | Z z [z] | Ž ž [ʒ] | | |

위의 알파벳 가운데 24개의 자모는 독일어 발음처럼 표기대로 읽으면
되지만 리투아니아어만의 특수한 발음을 내는 몇 가지 독특한 자모가
있다. 꼬리처럼 생긴 표식(리투아니아어로 '노시네 nosinė')이 달려
있는 모음은 과거 비음이었던 것을 말해주는 것으로 폴란드어에서는
여전히 비음표기로 사용되지만 리투아니아에서는 많이 퇴화되어 실질

적으로 일반모음과 소리의 차이를 분간하기가 어렵다.

| 폴란드어 | 리투아니아어 |
|---|---|
| ą [옹] | ą [아] |
| ę [엥] | ę [에] |

į ([잉]), ų([웅]) 이 두 철자는 폴란드어에서는 중세문헌에만 남아 있을 뿐 현대 폴란드어에는 사용되지 않으나, 리투아니아에서는 여전히 사용되고 있다. 그러나 역시 발음상 특성은 사라지고 일반모음과 분간이 힘들어졌다. 주로 문장성분이나 동사활용 시 특성 등을 보여주는 문법적 기능이 더 많이 보인다.

날개처럼 생긴 표식이 인상적인 글자 č, š, ž는 일반자모보다 혀를 아래로 붙이고 윗니와 아랫니 사이를 약간 벌린 상태에서 옆으로 벌어진 틈으로 소리를 내는 파찰음임을 보여준다. 한국어로 [츼], [싀], [즤]와 비슷한 소리가 나며 라트비아어와 에스토니아어 모두에서 같은 음가로 사용된다.

위에 점이나 막대표시가 달린 모음은 일반모음보다 조금 더 강조하거나 길게 발음해야 한다.

ė 일반 e보다 더 강조하여 [예]와 비슷하게 길게 발음한다.
y 이것은 i 자모의 장음표시로 철자상으로는 i와 같은 철자로 사용되나 더 길게 발음한다.
ū 일반 u 모음보다 더 길게 발음한다.

또 다른 특징으로는 관사가 없고, 단어마다 악센트의 위치변화가 자유로우며, 주로 장음의 음절에 강세가 표시된다. 악센트의 위치가 고정되어 있지 않고, 격과 수 등에 따라 위치가 변한다. 이처럼 리투아니아어는 일종의 성조어(聲調語)라고 할 수 있다. 모두 3개의 성조(聲調), 즉 상승 악센트, 하강 악센트, 만곡 악센트로 각 톤에 따라서 의미가 달라지는 언어이다. 그리고 악센트는 톤의 유무에 의해 분류되는데, 톤이 있는 악센트는 긴 음절에서만, 톤이 없는 악센트는 단모음에서만 나타난다.

형태 및 통사론적으로 리투아니아어는 라틴어와 유사하게 아주 논리적으로 구성되어 있는데, 특히 격 표시를 위해서 고정된 어미를 부착시키고, 수식하는 형용사와 명사를 수식되는 명사 앞으로 자유롭게 이동시키거나 교차시킬 수 있다. 이때 수식의 표시는 거의 무제한적으로 사용가능한 소유격을 통해 이루어진다. 이외에도 리투아니아어는 과거, 현재, 미래의 뚜렷한 시제형을 보유하고 있으며, 이들 시제형의 변화는 아주 규칙적으로 이루어진다. 접속법은 과거형에 분사가 결합되어 나타나고, 모두 4가지 형태의 완료형은 문어체에서 자주 쓰인다.

덧붙인다면, 리투아니아어에서의 특유한 성격으로는 명사의 어형 변화가 이 명사의 수에 따라 달라진다는 점이다. 즉 해당 명사의 숫자가 하나인 경우는 주격 단수형을, 2~9인 경우는 주격 복수형을, 10이상이거나 셀 수 없는 수량표시인 경우는 소유격 복수형을, 21인 경우는 20+1로 다시 주격 단수형을 쓰는 특성을 보여준다. 리투아니아어는 러시아어나 폴란드어처럼 7개의 격변화 형태를 보이고 있다.

남성명사의 경우 '-as, -is, -ys' 등의 어미가 붙고, 여성명사의 경우 '-a, -is, -ė' 등이 붙어서 성을 구분한다. 덧붙여 특기할 점은 리투아니아어 버전이 존재하지 않는 외래어의 경우에는 모두 '-as' 어미를 붙여서 사용하는 것이다. 예를 들면 '전화'는 'telefonas', '축구'는 'futbolas'. '부산'은 'Busanas' 그리고 인명에도 모든 이름 뒤에 '-as'를 붙여서 사용한다.

## 〈도표 4〉 리투아니아어의 격변화

| 격 | 남성명사(어미 -as, -us, -is, -uo) | | | |
|---|---|---|---|---|
| | Vyras(남자) | | Vanduo(물) | |
| | 단수 | 복수 | 단수 | 복수 |
| 주격 | Vyras 남자 | Vyrai | Vanduo 물 | Vandenys |
| 소유격 | Vyro 남자의 | Vyrų | Vandens 물의 | Vandenų |
| 여격 | Vyrui 남자에게 | Vyrams | Vandeniui 물에게 | Vandenims |
| 목적격 | Vyrą 남자를 | Vyrus | Vandenį 물을 | Vandenis |
| 도구격 | Vyru 남자로 | Vyrais | Vandeniu 물로 | Vandenimis |
| 장소격 | Vyre 남자에 | Vyruose | Vandenyje 물 속에 | Vandenyse |
| 호격 | Vyre! 남자여 | Vyrai! | Vandenie! 물이여! | Vandenys! |

| 격 | 여성명사(어미 -a, -ė, -is, -uo) | | | |
|---|---|---|---|---|
| | Motina(어머니) | | Pilis(성, 궁전) | |
| | 단수 | 복수 | 단수 | 복수 |
| 주격 | Motina 어머니 | Motinos | Pilis 성 | Pilys |
| 소유격 | Motinos 어머니의 | Motinų | Pilies 성의 | Pilių |
| 여격 | Motinai 어머니에게 | Motinoms | Piliai 성에게 | Pilims |
| 목적격 | Motiną 어머니를 | Motinas | Pilį 성을 | Pilis |
| 도구격 | Motina 어머니로 | Motinomis | Pilimi 성으로 | Pilimis |
| 장소격 | Motinoje 어머니에 | Motinose | Pilyje 성 안에 | Pilyse |
| 호격 | Motina! 어머니! | Motinos! | Pilie! 성이여! | Pilys! |

타동사의 목적어가 되는 경우 일반적으로 목적격이 사용되지만, 같은 타동사라 하더라도 부정문이 되면 목적격 대신 소유격의 형태로 대치된다. 이는 이웃나라 폴란드어의 경우와 상당히 흡사하다.

## 라트비아어

라트비아어 역시 로마자 알파벳을 사용하며, 모두 33개로 이루어져 있다.

〈도표 5〉 라트비아어의 알파벳과 음가

| A a [a] | Ā ā [aː] | B b [b] | C c [t͡s] | Č č [t͡ʃ] |
|---|---|---|---|---|
| D d [d] | E e [e], [æ] | Ē ē [eː], [æː] | F f [f] | G g [g] |
| Ģ ģ [ɟ] | H h [x] | I i [i] | Ī ī [iː] | J j [j] |
| K k [k] | Ķ ķ [c] | L l [l] | Ļ ļ [ʎ] | Mm [m] |
| N n [n] | Ņ ņ [ɲ] | O o [o], [oː] | P p [p] | R r [r] |
| S s [s] | Š š [ʃ] | T t [t] | U u [u] | Ū ū [uː] |
| V v [v] | Z z [z] | Ž ž [ʒ] | | |

\* 위의 알파벳에 Dz dz, Dž dž를 포함시키는 경우 알파벳은 35개로 늘어난다.

원래는 독일어식 정서법이 사용되었지만, 20세기 초 급격한 정서법의 개혁으로 라트비아어 고유의 음운표기가 유입되었다. 특이한 점은 모음 위에 라트비아어로 '가룸지메 garumzīme'라 불리는 장음부호의 표기를 통해 모음의 장음화를 나타내었다는 것이다. 예를 들면, 'ā'와 같이 'a, e, i, u' 모음 위에 장음부호의 표기, 즉 'ā, ē, ī, ū'를 통해 모음의 장음화를 나타낸다. 'ā, ē ī, ū' 발음은 장음으로 일반 모음보다 두 배 이상 길게 발음한다. 또한 모음의 길이에 따라 현재형이 과거형으로 바뀌거나, 장소격으로 변하기도 한다. 일반 모음인 경우 장음 표기가 된 장모음과 달리 아주 짧게 발음되며, 특히 어말에 위치한 경우에는 거의 들리지 않을 정도이다. 반면에 자음은 자음 아래 ','를 사용하여 'ķ, ļ'와 같이 구개음화(palatalization)를 표시하고 있다. 인사말과 같은 일상어를 제외한 거의 대부분의 단어는 첫음절에 강세가 표시된다.

그리고 라트비아어에는 똑같은 소리의 모음도 장단에 의해 뜻이 아주 바뀌는 경우가 많다. 'š, č, ž' 발음은 리투아니아어와 같고, 'Ņ', 'ņ'은 약하게 [니]라고 하고, 'Ļ', 'ļ'은 약하게 [리]로 발음한다. 'Ģ', 'ģ'는 [ㄱ], [ㅈ] 사이의 발음으로 혀를 윗니 뒤에 대고 윗니와 아랫니 뒤쪽을 살짝 벌린 상태에서 그 틈 사이로 침 뱉듯이 [지]와 비슷하게 발음한다. 'Ķ', 'ķ'는 [ㅋ], [ㅊ] 사이에 있는 발음으로 [찌]로 발음한다. 'O', 'o'는 라트비아어에서 [우아], [오], [오:]이며, 'V', 'v'는 [브]와 같지만 단어 끝에 오거나 바로 다음에 자음이 나올 경우 발음하지 않는 대신 모음 [우]로 바뀐다. 이러한 발음의 예를 들면, brivība[브리비바](자유), tēvs[테우스](아버지), Daugavpils[다우가우필스](도시명) 등을 들 수 있다.

라트비아어는 리투아니아어보다 비교적 단순한 문법형태를 띠지만, 다른 발트어와 마찬가지로 다양한 격조사를 가지고 있다. 격조사는 남성과 여성 두 가지 성별과 수에 따라 각각 상이한 형태를 가지고 있으며, 수식하는 명사 뒤에 연접한다. 또 다른 특징으로 라트비아어 는 관사가 없다. 남성조사의 경우 '-s'나 '-is, -us'가 붙으며, 여성은 '-a'나 '-e'가 붙는다. 이러한 성별표시 규칙은 외래어나 차용어에도 똑같이 적용된다. 외래어의 라트비아어 표기는 모든 고유명사를 라트비 아의 현지 방식으로 바꾼다. 국제적으로 외국인의 이름은 보통 원래 그대로 표시하는 것이 관례인데, 라트비아는 전 유럽에서 유일하게 모든 외래의 표기를 자기 식으로 바꾸는 나라이다. 예를 들면 티나 터너(Tina Turner)는 라트비아에서 티나 테르네레(Tina Tērnere)이며, 힐러리 클린턴(Hillary Clinton)은 힐라리야 클린토네(Hilarija Klintone)로 불린다.

아래와 같이, 남성과 여성의 어형변화 중 대표적인 예를 소개하고자 한다. 라트비아어는 격변화는 5가지로 에스토니아어와 리투아니아어에 비해 비교적 단순하다. 라트비아어에는 별도의 도구격이 존재하지 않는 다. 보통 전치사 'ar'와 목적격을 사용한다.

〈도표 6〉 라트비아어의 격변화

| 격 | 남성명사(어미 −s, -is, -us) | | | | 여성명사(어미 −a, -e, -is) | | | |
|---|---|---|---|---|---|---|---|---|
| | Koks(나무) | | Gulbis(백조) | | Diena(날, 낮) | | Zivs (생선, 물고기) | |
| | 단수 | 복수 | 단수 | 복수 | 단수 | 복수 | 단수 | 복수 |
| 주격 | Koks 나무 | Koki | Gulbis 백조 | Gulbji | Diena 낮 | Dienas | Zivs 생선 | Zivis |
| 소유격 | Koka 나무의 | Koku | Gulbja 백조의 | Gulbju | Dienas 낮의 | Dienu | Zivs 생선의 | Zivju |
| 여격 | Kokam 나무에게 | Kokiem | Gulbim 백조에게 | Gulbjiem | Dienai 낮을 위한 | Dienām | Zivij 생선을 위한 (생선에 쓰기 위한) | Zivīm |
| 목적격 | Koku 나무를 | Kokus | Gulbi 백조를 | Gulbjus | Dienu 낮을 | Dienas | Zivi 생선을 | Zivis |
| 장소격 | Kokā 나무에 | Kokos | Gulbī 백조에 | Gulbjos | Dienā 낮에 | Dienās | Zivī 생선에 | Zivīs |

도구격의 경우에는 전치사 ar와 명사의 목적격 형태를 결합하여 사용한다.(ar koku 나무를 가지고, ar gulbju 백조와 함께) 복수명사가 전치사 뒤에 놓일 경우 전치사가 요하는 격에 관계없이 무조건 복수

3격을 사용한다.

　격변화의 예를 들자면, 주격의 단수인 경우 'draugs 친구', 복수인 경우는 'draugi'로 그리고 소유격의 단수인 경우 'brālis 형제, 아우', 복수인 경우 'brāli'로 변화가 일어난다. 이처럼 라트비아어는 발트어로서 전형적인 굴절어(inflectional language)에 속한다.

## 1.4. 동(東)발트어의 언어학적 분류

크게는 현존하는 발트어와 사라진 발트어로 구별할 수 있다. 현재 사용되고 있는 발트어는 리투아니아어와 라트비아어가 있지만, 두 언어는 매우 다양한 지역에 걸쳐 다양한 방언적인 변화도 가지고 있다. 이와 관련해서 사구(砂丘) 쿠르란트어(Nehrungskurisch; 쿠로니아어 Curonian)와 레트갈레어(Lettgallisch; 라트갈레어 Latgalian)도 함께 언급되고 있다. 물론 리투아니아어와 라트비아어 이외에도 발트어가 있지만, 더 이상 사용되지 않고 있다. 사어가 된 발트어 중 고대 프로이센어는 자료로만 보존되어 있다.

앞서 언급했듯이, 발트어는 리투아니아어, 라트비아어, 고대 프로이센어 등으로 나뉜다. 리투아니아어와 라트비아어는 서로 유사하고, 고대 프로이센어는 리투아니아어와 라트비아어와는 거리가 있다. 이는 지리학적인 경계로 동(東)발트어와 서(西)발트어로 나눈 것이다.

〈도표 5〉 발트어 분류표

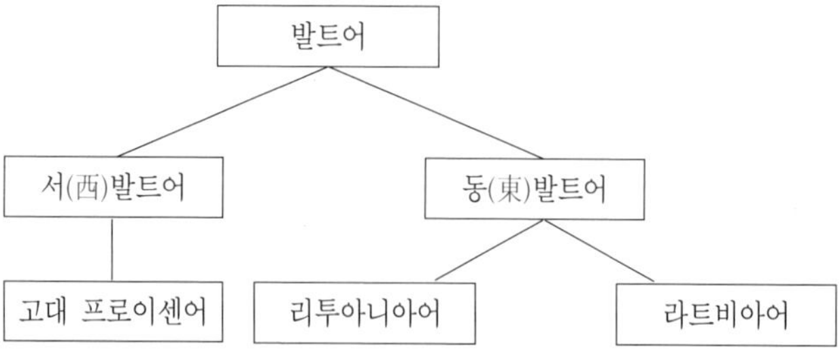

이전 발트어는 지금의 폴란드와 러시아 지역이 된 동프로이센에서 사용했다. 서(西)발트어인 고대 프로이센어는 이와 연관된 동(東)발트어에서는 볼 수 없는 고대 발트어의 특징들을 많이 보존하고 있다. 예를 들면, 고대 프로이센어, 라트비아어, 리투아니아어를 비롯한 발트어들의 조어(祖語)의 어미 '-n'과 이중모음 'ai'와 'ei'를 보존하고 있는 점을 들 수 있다. 또한 동(東)발트어에는 없는 많은 굴절형과 어휘를 지니고 있다.

서(西)발트어와 동(東)발트어는 성(Genus)체계에서 차이가 있다. 고대 프로이센어는 남성, 여성 그리고 중성의 세 개의 성이 있었지만, 동(東)발트어는 초기에 사용되었던 중성이 사라지면서, 이후에는 남성과 여성의 두 개의 성만 갖게 되었다.

성 체계에 대한 역사적인 발전은 로만어와 켈트어에서도 충분히 살펴볼 수 있다. 여기서는 몇몇의 발트어의 명사를 살펴보도록 하겠다. 고대 프로이센어는 끝에 '‐an'(⟨idg. *-om)이 붙고, 리투아니아어는 '‐as', 라트비아어는 '‐s'가 붙는다. 이것은 고대 발트어의 *-as(인도-게르만어의 *-os에서 온 것)에서 온 것이다.

| 고대 프로이센어 | 리투아니아어 | 라트비아어 | |
|---|---|---|---|
| assaran, asseran | ežeras | ezers | 바다 |
| caulan | káulas | kauls | 뼈 |

이외에도 서(西)발트어와 동(東)발트어는 어휘부분에서 확실하게 차이가 난다. 리투아니아어와 라트비아어의 어휘는 어원상으로 같지만, 고대 프로이센어과는 차이가 난다.

| 고대 프로이센어 | 리투아니아어 | 라트비아어 | |
|---|---|---|---|
| pintis | kelias | celš | 길 |

그러나 언어학에서 리투아니아어와 라트비아어의 관계는 체계적으로 설명된다. 이것은 특히 발음상에서 나타난다. 다음은 어원상 같은 항에 속하는 어휘쌍이다.

| 리투아니아어 | 라트비아어 | |
|---|---|---|
| labas | labs | 좋은 |
| upė | upe | 강 |
| víenas | viens | 1(일) |
| kas | kas | 누구, 무엇 |
| tauta | tauta | 민족 |

다음의 어휘쌍은 복잡한 발음관계를 가지지만, 어원상 같은 항에 속한다.

| 리투아니아어 | 라트비아어 | |
|---|---|---|
| gyventi | dzīvot | 살다 |
| žalias | zalš | 녹색의 |
| žuvìs | zivs | 생선 |
| pieva | plava | 초원 |
| vanduo | ūdens | 물 |

그 밖에 정서법 상에서는 리투아니아어와 라트비아어의 실제적인 차이가 드러나지 않는다는 것을 알아야 한다. 음성학적인 것이 일반적으로 문자적인 것보다 더 크게 고려되기 때문이다.

다음의 변화된 어휘의 예는 두 개의 동(東)발트어의 어휘가 어원상으로 동일하다는 인상을 불러일으키지 않을 정도로 커다란 차이가 있다.

| 리투아니아어 | 라트비아어 | |
|---|---|---|
| dúona | maize | 빵 |
| mēdis | koks | 나무 |
| burna | mute | 입 |
| liežuvis | mēle | 혀 |
| kalba | valoda | 언어 |
| nosis | deguns | 코 |
| vaikas | bērns | 아이 |
| jis | viņš | 그 |
| ji | viņa | 그녀 |

## 1.5. 동(東)발트어의 음성학적 차이

리투아니아어와 라트비아어의 관계에 있어서 의미론도 하나의 역할을 한다. 한 단어가 두 언어에 있어서 의미변화를 겪을 수 있다. 이를 통해서 상응하는 어휘상은 의미론적, 음성학적으로 고려할 때, 같은 항으로 인식할 수 있다. 예는 다음과 같다.

| 리투아니아어 | | 라트비아어 | |
|---|---|---|---|
| nokti | 여물어지다 | nākt | 오다 |
| šokti | 춤추다 | sākt | 시작하다 |
| moša | 시누이 | māsa | 여자형제 |
| druska | 소금 | druska | 소량의 |
| spalva | 색깔 | spalva | 깃털 |
| debesis | 구름 | debess | 하늘 |
| tureti | 가지다 | turēt | 붙잡다 |

위의 예에서 주목할 점은 리투아니아어와 라트비아어 사이의 음성학적인 일치이다. 리투아니아어와 라트비아어의 완벽한 통시적인 음운론보다는 화자에게 중요한 음석학적인 일치와 그 어원을 제시하기 때문이다.

고대 발트어 '*k'는 첫 모음 앞에 높이는 라트비아어 c([ts])로 변하였다. 발트어 '*g'는 라트비아어 'dz [ʤz]'로 변하였다. 즉 '라트비아어의 구개음화'이다.

| 리투아니아어 | 라트비아어 | |
|---|---|---|
| kaimas | ciems | 마을 |
| kelias | cel̦š | 길 |
| kitas | cits | 다른 |
| kepti | cept | 요리하다 |
| kelis | celis | 무릎 |
| akis | acs | 눈 |
| prēkė | prece | 상품 |
| penkì | pieci | 5(오) |
| gimti | dzimt | 태어나다 |
| giedoti | dziedāt | 노래하다 |

다음으로 모음의 변화도 살펴볼 수 있다. 리투아니아어에서 'o'는 라트비아어에서 'ā' 장음어로 나타난다.

| 리투아니아어 | 라트비아어 | |
|---|---|---|
| koja | kāja | 다리, 발 |
| oda | āda | 피부 |
| protas | prāts | 이해 |
| dovana | dāvana | 선물 |
| vokietis | vācietis | 독일인 |
| mokytis | mācīties | 배우다 |
| motė | māte | 리투아니아어: 기혼녀,<br>라트비아어: 어머니 |

현재까지 남아 있는 동(東)발트어인 리투아니아어와 라트비아어는 비음이 어떻게 변천되는가에서도 많은 차이를 보인다. 위에서 말한 바대로 리투아니아어에는 ą, ę, į, ų 이렇게 네 개의 철자가 형태상이지만 여전히 비음으로 남아 있는 데 반해, 중세 폴란드어에는 그 4개의 비음이

모두 사용되었으나, 현재로는 ą, ę 두 개만 남아 있다. 리투아니아어에는 철자상으로만 남아 있을 뿐 발음상으로는 다른 일반모음들과 명백한 차이는 잘 보이지 않는다.

라트비아어에서는 철자법상으로는 비음의 흔적을 찾아볼 수 없지만, 리투아니아어와 비교해보면, 비음이 라트비아어에서 어떻게 변천되어 사용되고 있는지 이해가 가능하다.

현대 리투아니아어에서 과거 비음의 형태를 발음상으로 가장 잘 보여주는 음소로는 -an-(ą), -am-(ą), -en-(ę), -ing-(į), -un-(ų) 등을 들 수 있다. 이 음소들은 라트비아어에서는 단순한 장음으로 변화되어 사용된다.

| 리투아니아어 | 라트비아어 | |
|---|---|---|
| ranka | roka | 손 |
| žambas | zobs | 리투아니아어: 모퉁이, 라트비아어: 이 |
| antras | otrs | 두 번째의 |
| langas | logs | 창문 |
| penki | pieci | 5(오) |
| -ìng- | -īg- | 형용사를 만드는 접사 |

동(東)발트어는 마찰음 앞에서도 비음화현상이 일어난다.

| 리투아니아어 | 라트비아어 | |
|---|---|---|
| žąsìs | zoss /zues:/ | 거위 |
| ažuolas | ozols /u æ zu æ ls/ | 떡갈나무 |
| isas | īss /i:s:/ | 짧은 |
| kasti | kost /kuest/ | 깨물다 |

| | | |
|---|---|---|
| kesti | ciest | 견디다 |
| grižti | griezt | 리투아니아어: 돌아오다,<br>라트비아어: 회전시키다 |

이들 언어의 치음에서도 발트어들 사이의 차이점을 살펴볼 수 있다. 먼저 's' 음가 발음이 다른 언어에서도 변화 없이 동일하게 사용되는 경우이다.

| 리투아니아어 | 라트비아어 | |
|---|---|---|
| saulė | saule | 태양 |
| sala | sala | 섬 |
| sausas | sauss | 마른, 건조한 |
| sėdeti | sēdēt | 앉다 |
| sniegas | sniegs | 눈 |
| ausis | auss | 귀 |
| mėsa | miesa | 살, 고기 |

다른 하나는 고대 발트어에서는 같은 소리였을 's' 음가 발음이 리투아니아어에서는 'š'(=IPA [ʃ])로써 나타나고, 라트비아어와 고대 프로이센어에서는 's'로 남아 있는 경우이다.

| 리투아니아어 | 라트비아어 | |
|---|---|---|
| šuo | suns | 개 |
| širdis | sirds | 심장 |
| šaknis | sakne | 뿌리 |
| šimtas | simts | 100(백) |
| šalti | salt | 추워하다 |
| šiltas | silts | 따뜻한 |

| | | |
|---|---|---|
| ašara | asara | 눈물 |
| ašis | ass | 차축 |
| aš | es | 나 |

또 다른 경우로는 'z' 음가 발음이 리투아니아어에서는 유성화 된 'ž'(=IPA [ʃ])로, 라트비아어와 고대 프로이센어에서는 일반 무성음 'z'로 남아 있는 것이다.

| 리투아니아어 | 라트비아어 | |
|---|---|---|
| žvaigžde | zvaigzne | 별 |
| žemė | zeme | 흙 |
| žuvis | zivs | 생선 |
| žole | zāle | 유리 |
| žalias | zalš | 녹색의 |
| žirgas | zirgs | 말 |

두번째와 마지막 치음의 음가는 알 수 없다. 명확한 것은 이것이 유성과 무성으로 형성되고, 나머지 구별되는 특징은 동일하다는 것이다. 두 번째의 최초 치음의 형태를 *S로, 세번째의 최초 치음의 형태를 *Z로 표현하면, 다음과 같다. 즉 리투아니아어에서는 *s -〉 s, *S -〉 š, *Z -〉 ž 등으로 변한 반면에, 라트비아어와 고대 프로이센어에서는 *s와 *S -〉 s, *Z -〉 z로 변화한 것이다.

발트3국은 '에스토니아, 라트비아, 리투아니아'를 편의적으로 묶어 표기한 것이지만, 13세기 이래 독일어권 문화의 영향을 오랫동안 받았다는 점에서 공통점이 있다. 물론 신화와 전설 그리고 민족문학의 형성과정에서 드러나는 자의식의 발현과 문화적 정체성은 앞선 연구에서 다루었기 때문에 이들 국가의 언어에 대한 이해를 우선했다.

이를 위해, 먼저 발트3국의 언어학적 계통을 '인도-유럽어족'과 연관시켜 우리에게는 아직 생소한 '발트-슬라브어군'에 속하는 라트비아어와 리투아니아어, 그리고 '우랄-유카기르어족'의 '핀-우그르어군'에 속하는 에스토니아어를 분류하였다. 이러한 분류에 이어 에스토니아어의 알파벳과 음가를 그리고 14격에 달하는 격변화를 처음으로 우리말에 맞게끔 새롭게 정의하였다. 한국어의 문법체계에서 본다면, 에스토니아어 역시 교착어의 성질을 갖고 있기 때문에 비교적 쉽게 이해할 수 있는 부분이다.

그러나 라트비아어와 리투아니아어는 동(東)발트어에 속하므로 알파벳과 음가에서 에스토니아어와 많은 차이를 드러낼 수밖에 없다. 이러한 음가와 철자에 대한 구체적인 예를 통해 정돈하였으며, 격변화와 다양한 모음체계 그리고 굴절어로서 갖는 접사첨가와 어형변화를 요약하였다. 무엇보다도 발트어의 분류를 통해 서(西)발트어에 속했던 고대 프로이센어와 동(東)발트어에 속하는 라트비아어와 리투아니아어의 음성학적 유사성과 차이가 무엇인지, 그리고 구체적인 예를 통해 언어학적 특징이 어떻게 이루어졌는지를 다루었다.

여기서 유추할 수 있듯이, 발트3국의 언어는 사용하는 인구수에 비해 문화적 학문적 가치가 아주 높다. 대표적인 예를 들자면, 현재 남아 있는 '인도-유럽어족'에서 고대의 형태를 가장 많이 가지고 있는 언어이자, 전 세계 언어학자들의 관심의 대상이 되고 있는 언어가 바로 리투아니아어이다. 인도의 산스크리트어와 고대 그리스어와 라틴어와 연관성을 많이 가지고 있는 만큼, 리투아니아 사람들은 자신의 언어에 대한 자부심이 그 누구보다도 강하다.

이처럼 오늘날 지정학적으로도 중요한 위치에 놓여 있는 발트3국의 언어에 대한 이해가 역사적 문화적으로 유럽을 이해하는 데 있어 빠트릴 수 없는 새로운 사실이라는 점이다. 또한 약소국 소수민족의 언어가 역사적 정치적 굴절 속에서 어떻게 형성, 변천되었는가에 대한 이해 역시 언어문화적 측면에서도 중요한 요인이라고 본다.

# Ⅱ

# 근대 독일발트문학

발트3국의 문화와 문학을 다루기 위한 '독일발트문학'과의 연계성은 필수적이다. 국외에서 발트3국에 관한 연구의 큰 줄기를 정리하면, 다음과 같다. 크게 역사적 변천에서 독일발트문학의 영향과 공존 그리고 독자성 확보를 위한 민중문학을 우선 들 수 있다. 세부적으로는 스웨덴 점령시대 에스토니아와 라트비아의 운명공동체 역사, 20세기 전환기의 에스토니아-독일문학의 대립, 발트3국의 민족성, 20세기 이전의 역사에서 점령과 독립이 이루어진 기간 동안의 발트지역의 문화적 기억, 발트문학의 발생과 전개, 민족문학, 망명문학 등 통시적 연구를 들 수 있다. 또한 신화, 전설, 음악과 미술, 연극은 물론 시대별 주목할 업적과 기념비적 가치를 지닌 개별적인 작가의 작품에 대한 분석 등 공시적 연구도 빠트릴 수 없다. 그러나 이러한 연구의 대부분은 발트3국이 아닌 독일을 중심으로 때론 공동연구, 때론 독자적으로 연구가 이루어졌다고 할 수 있다.

　이 책에서는 독일발트문학이 발트지역에 끼친 영향과 발트지역의 특수성에 따른 문화적 현상을 기초하고 있다. 16세기 발트국의 인문주의는 유럽과는 다르게 계몽주의적 발상이 인문주의 사상의 기초가 되었다는 점에서 신라틴어 찬미가와 역사 · 정치적 시를 언급했으며, 이어 17세기 바로크 시대의 문학은 바로크적인 종교체험과 인간의 가치가 종교전쟁의 혼란 속에서가 아니라, 정치적 혼란 속에서도 나왔다는 점에 주목하였다. 이를 대표할 수 있는 성직자의 문학, 서정시와 당시의 연극에 대한 분석이다. 마지막으로 18세기 계몽주의 시기의 문학의 정의는 당시 정신세계를 주도하는 근간으로 엄밀하게 말해서, 독일로부터 수입된 정신사조라 할 수 있다. 19세기 깊숙이까지 계속 영향을 미치면서 계몽주의의 이상들이 시민계급의 도시주민들과 지식인 계층에 합리적으로 수용되었지만, 지역민들은 경건주의적 영향을 받았다는 측면에서의 분석이다.

발트국의 문학을 개관하는 입장에서 본다면, '독일발트문학'을 중심으로 중세 이후부터 인문주의, 바로크 및 계몽주의 등에 이르기까지 16~18세기에 걸친 문학적 활동이 핵심적인 내용으로 다루어졌다. 즉 비로소 발트국 자체에서 스스로 만들어 가는 민중문학과 민족의식, 문학에서 근대성 확보가 형성되는 19세기 그 이전까지만 다루고자 한다.

## 2.1. 16세기 인문주의 문학


16세기 후반 리브란트(Livland, 영어식 표기는 Livonia 리보니아)가 쇠퇴하면서, 정치적 통합은 실패하게 된다. 전쟁과 황폐함으로 얼룩진 고난 속이었지만, 역설적으로 발트3국에도 미미하게나마 짧은 기간 동안 인문주의 문학이 늦게 싹트기 시작했다. 당시 인문주의가 계몽주의 의 선구자 역할을 한 중세 유럽문학과는 달리 발트문학에서는 계몽주의 가 인문주의 사상의 기초가 된다는 사고가 지배적이었다.

이러한 발트문학의 독특한 사고관에는 다양한 원인들을 찾아 볼 수 있다. 먼저 고대 리브란트에서는 계몽주의를 우대하는 신념이 확고했기 때문에 다른 나라에서는 인문주의의 핵심기관으로 기여했던 대학이나 교육 기관과 연구소가 이곳에서는 인문주의 학자들의 '유랑본능 Wandertrieb' 에 어떠한 자극제 구실을 하지 않았다.

그래서 발트국의 계몽주의자들 대부분이 독일에 있는 인문주의 학자 들과 학문적 교류를 하고 있었다. 크놉켄 Knopken은 독일의 인문주의 자 에라스무스 Erasmus와 교류하면서, 인문주의적 성향으로 계몽주의 에 접근했지만, 종교적인 갈등과 이후 전쟁의 혼란으로 다른 과제를 우선시 하였다. 그 때문에 인문주의적 관점에서 추진된 교육제도의 제도화와 개혁은 이후 늦은 시기에 일어나게 되었다. 그리고 마지막 이유로는 첫 반세기 동안 리브란트는 자국에서 거주하는 학자들이 아직 없었기 때문에, 인문주의적 사고관의 초기 발단은 단지 교사들이나 몇몇 임시로 거주한 외국인들의 집단에서 전개되었던 것이다. 이 집단은 인문주의의 번성기에도 지역아동들과 이주민들로 균형 있게 구성되었 으며, 동양의 기습에 대항하여 서양문화의 방어전쟁을 이끌었던 자국

리브란트와 지적, 정치적으로도 긴밀한 유대관계를 맺고 있었다.


## 신라틴어 찬미가


　이러한 연관 속에서 인문주의의 늦은 개화에 결정적 기여자이자 주요
발의자는 리가의 법률고문 힐헨 David Hilchen(1561~1610)이었다.
그는 인쇄공장과 서점을 설립하고, 시립도서관과 특히 성당학교를 개혁
하여 인문주의적 교육영향과 지성적인 삶을 영위할 수 있는 외부적
환경을 만들어낸 사람이었다.

　교육개혁은 문학적 맥락으로 보아 힐헨의 가장 중요한 업적으로 간주
된다. 그는 라틴어 웅변과 문자 그리고 세례식, 결혼식, 장례식 까르미나
에서 쓴 라틴어 서신으로도 두각을 나타내었다. 하지만 이 개혁은 외교
관, 법학자 등 진짜 만능인(uomo universale)으로서 그가 보인 영향력
의 일부분에 불과할 뿐이다. 리가의 성당학교는 이미 1527년 루터와
멜란흐톤 Melanchthon의 추천으로 최초의 교장(1529~ 1539)으로
부임한 네덜란드인 바트 Jacobus Batt(1545 사망)을 통해 인문주의적
이념을 실천하게 되었다. 바트는 에라스무스 로테르담 Erasmus von
Rotterdam과 서신을 왕래하였다. 인문주의적 이념실천은 1545~1554
까지 그의 후임자인 베커 Rotger Becker(라틴명은 Rutgerus
Pistorius, 1577 사망)에 의해 지속되었다.

　네덜란드의 인쇄가 몰린 Nicolaus Mollyn이 리가로 소환되어 1591년
시립인쇄가로 임명받으면서, 실제 리브란트는 이에 견줄 만한 독일의
동부 도시들이 이미 반세기 가량 앞서 나갔던 수준을 한 걸음 더 다가가게
되었다. 그러나 영향력이 막대한 저서는 독일의 인쇄업들, 특히 로스톡

Rostock을 선호하였다. 몰린의 인쇄서는 160개가 알려져 있는데, 그 중 75%가 라틴어이고 18%는 독일어로 쓰여 있다. 전문서적으로는 신학(23%), 역사편찬(9%), 문학, 달력(연감), 총서(56%)가 있었는데, 총서는 주로 세례식, 결혼식, 장례식과 같은 임시적인 카르미나 때문에 묶어 놓은 것이다. 지역의 인쇄업기술은 그 지역의 문학창작을 정확하게 반영한 것은 아니었다.

새로운 세상의 활력이라는 관점에서 발트의 인문주의는 이른바 수사학적 찬사라는 모티브를 특정의 지역관계로 연결시켰으며, 도시와 자연 경관에 대한 찬사라는 새로운 장르를 통해 많은 주목을 받았다. 따라서 이 찬양받은 대상들에 대한 평가는 이 대상들의 지역적 의미에, 즉 지역성의 자긍심에 바탕을 두고 있다. 도시의 시가시라는 장르 중 리브란트에서 나온 주요 작품으로는 리가의 의사인 플리니우스 Basilius Plinius(원래는 Pleene 혹은 Plöhn, 1570~1604)가 집필한 약 900개의 이행시를 들 수 있다.

그는 이 시에서 자기 고향을 섬세하고도 진정한 시민자긍심으로 찬양하였는데, 즉 고향의 기후와 토양의 우수성, 건축물과 성벽의 장관, 그 속에 사는 사람과 거래 그리고 그곳의 관습과 풍습을 찬미하고, 자신이 미화한 고향에 대한 애정과 개척자로서의 자긍심을 드러내고 있다. 이것은 마치 친절하고도 호의적인 찬양을 하는 세계주의적 문체로 애국주의적 감성과 자기아첨에 빠진 듯한 표현이다. 이러한 개별적인 모티브에 대해 더 정확한 분석이 나오게 되면서, 얼마나 많은 주제가 라틴어와 신라틴어로 적힌 시에서 편찬되고 가공되었는지를 보여주고 있다.

고대신화에 등장하는 '물의 신'의 모습조차도 라트비아의 민족 상징이자 운명의 강으로서 뒤나신(神)(Dünagott)의 모습으로 재생되었으며, 이와 마찬가지로 동쪽으로 세력을 뻗치는 가운데 서양의 전초대 역할을 하는 도시로 리가를 빈과 비교하는 것은 적절한 형상화로 보인다. 이러한 비교가 언뜻 보기에는 지역적 편향주의로 여겨질 수 있지만, 세계 널리 확산된 서양 인문주의의 전통과 사상을 재해석한 것으로 해석되는 부분이다. 이는 학문적인 허영심에서가 아니라, 리가를 유럽 인문주의의 지도 위에서 합법적 공간을 확보하려는 열성에서 비롯된 것이기 때문이다. 플리니우스의 다른 신라틴어 시들은 자연과학적이고 심리학적인 질문 등을 주로 다루었다.

인문주의적 찬미술은 리가의 시장 울렌브록 Heinrich von Ulenbrock (1595~1655)의 저서 「도시 리가의 찬양 *Encomium urbis Rigae*」으로 마감되었지만, 그렇다고 리브란트의 지역적 자긍심이 종결된 것은 아니었다.


## 역사정치적 시


리브란트의 신라틴어 시는 명상적 태도에서 탄생된 여가와 고요를 주로 다루었기에 경조시와 시가시에 포함된다. 시사문제를 다루는, 즉 최신의 시대에 부합하는 시를 신속히 보급하기 위해서 독일을 이용하였다. 따라서 역사정치적인 신라틴어 시에 발트지역은 단지 약간만 언급했을 뿐이며, 그것마저 우연에서 일어난 것으로 볼 수 있다.

이런 가운데 높은 교양과 뛰어난 재능을 보유한 동(東)프로이센 출신 헤르만 Daniel Hermann(1543~1601)의 신라틴어 시를 주목할 필요가 있다. 그는 명망 있는 독일의 한 대학에서 수학하였으며, 이후 오스트리아 빈에서는 황제 비서로 그리고 단치히(오늘날. 그단스크)에서는 비서로 근무했었다. 그는 1579~1589에는 폴란드왕 스테판 바토리

Stefan Bathory의 러시아 출정에 동참했다. 그리고 그는 폴란드의 도시 지주인 라지비우 Radziwill 제후의 독일 비서로 잠시 동안 리가에 거주하여 결혼하였을 때, 이 출정담을 저서 *Stephaneis moschovitica*(단치히 1582)에서 서술하여 마침내 이 문학작품에 생명력을 불어넣었던 것이다. 후기에 나온 그의 신라틴어 시에서 비로소 발트지역의 영향력과 발트에 대한 관심을 보여주고 있으며, 리브란트의 정치-종교적인 상황을 경고하는 동시에 우려하는 목소리로 묘사하고 있다(Poemata academica, aulica, bellica, postum 리가 1614). 헤르만은 정치적인 시야로 서양 인문주의의 전통을 책임지는 유연한 스타일로 리가 동쪽지역에서의 권력전쟁을 서양의 광신적인 종교전쟁과 마찬가지로 그의 작품 속으로 끌어들였다. 마침내 평안, 진실 그리고 만족감을 은둔생활 속에서 찾아내고자 했던 것이다.

17세기 초반 10년 후에는 기이하고도 독특한 북유럽의 인문주의적 신라틴어 시의 개화기가 교장, 서기장, 의사 그리고 외교관이라는 밀교집단에서 등장했지만, 갑자기 사라졌다. 문학사회학적으로 이 시기는 정신적인 영역 밖에서 후기 발트문학의 초기 단계를 소규모 그룹으로 구체화한 것이다. 서양에서 차용된 모티브, 문체형식 그리고 장르들이 발트지역적 환경과 지역적 테마에 적응한 후 바로크 시대의 인문주의 시는 비로소 학문적인 테마에도 적합한 독일어 문학에 동화하게 되었다. 이처럼 악조건 속에서 인문주의 시의 번성기가 짧았다는 것은 그런 상황에서조차도 두각을 나타낼 수 있는 강한 추진력이 필요하다는 사실을 입증한 것이다.

## 2.2. 17세기 바로크 문학

바로크를 종교투쟁 시대 기독교에 반하는 개혁적인 예술표현으로 간주한다면, 이미 종교개혁이 일어난 사회에서 이 용어를 사용하는 것은 적절치 않을 것이다. 그와 반대로 문학에 있어서의 바로크를 17세기의 양식으로 간주한다면, 그 개념을 독일문학의 변방으로 가져오는 것은 정당하다. 왜냐하면, '바로크' 그 자체가 의미하는 쪼개져 있는 틈 속에 조화로움이 있고, 그 속에 집약된 종교적 요구와 기독교적인 겸허함이 새로운 세계기쁨과 확고한 자기묘사와 더불어 있기 때문이다.

독일문학에서는 현세의 공허함에 대한 바로크적인 종교체험과 인간의 가치가 종교전쟁의 혼란 속에서가 아니라, 비슷하긴 하지만 정치적인 혼란 속에서 나온다. 독일(모국)에서의 30년 전쟁과 유사한 당시 북유럽 열강들인 폴란드, 스웨덴, 러시아의 군사적인 싸움이 발트해의 주도권을 잡기 위해 당시 발트해 연안국에서도 나타났다. 전쟁은 많은 지방과 도시들을 황폐화시키고, 주민들을 러시아로 강제 이주시키거나, 페스트와 배고픔으로 죽게 했다.

전쟁의 혼란, 전염병과 기아의 시기에도 불구하고 이 세기의 후반기는 장거리 무역의 활성화, 도시에서의 호화스러운 생활, 서적인쇄의 발전(도르파트 Dorpat, 레발 Reval, 미타우 Mitau), 국립학교와 상급 교육기관의 설립으로 모든 독일지역의 경제적인 안정상태를 가져왔다. 지방 행정관과 법학자, 종교학자의 교육을 1630~1631년에 도르파트(오늘날 타르투 Tartu), 레발(오늘날 탈린 Tallinn), 리가에 설립된 김나지움이 맡았다. 이 김나지움은 교양과 언어를 커리큘럼에 포함시켰고 교사와 학자들을 독일제국에서 데려왔다. 그리고 1632년 마침내 스웨덴의 왕인 아돌프 구스타프 2세는 현 타르투 대학의 전신인 '도르파트 라틴-스웨덴 대학'을 설립했다.

그러나 발트의 바로크 문학은 모국 문학의 진정한 반영으로 증명된다. 기원에 있어서는 화려한 남독일의 귀족 바로크보다는 오히려 평범한 북독일의 시민 바로크에 가깝고, 바로크 문학의 전달자는 종교가와 학자들의 새롭게 생겨난 문학계급 출신이 맡았다. 반면에 상위 귀족의 소수 대표자들만이 고급 바로크의 특징을 나타내었다. 이 문학은 격앙된 감정의 1인칭 진술이 아니라 내면적 관심에서 나온 체험문학에 속했다. 오히려 현실적인 허무함과 인간적인 가치에 관한 바로크의 기본체험을 기술적인 면에 신경을 쓴 표현이자 수사적으로 잘 훈련된 표현이었다. 바로크의 기본체험은 앞서 인상된 모범에 대한 확고한 자기묘사에서와 마찬가지로 종교적인 문학 속에서 가치를 얻었다. 그리고 바로 자기감정의 증대로 인생의 모든 길흉화복에 대한 대표적인 즉흥시의 넓은 장으로, 즉 축제시, 결혼축시와 진혼시의 넓은 장으로 흘러 넘어갔다. 이러한 시들은 인위적인 기교연습을 허무함에 대한 방어물로 의식하며, 문학의 최하층을 형성했다.


## 성직자 문학


이 시기의 문헌들이 아직 항의문과 팸플릿 형태의 종교적인 논쟁들이 지배적이었던 독일과는 대조적으로 17세기 발트문학에서 종교전쟁은 거의 반향이 발견되지 않는다. 성직자의 자리가 늘어나는 것과 상응하여 바로크 시대에는 설교집, 조사, 기도서로 구분되는 연설문이 현실을 극복하려는 노력도 없고, 또한 일상적인 평범함을 넘어서려는 노력도 없는데도 대규모로 용인되었다. 리가의 설교자 로티키우스 David Lotichius(1623~1693)의 활자화된 조사집과 그와 절친한 리가 시장 푹스 Melchior Fuchs(1603~1678)의 기도서 「일요일 설교, 축사, 명상, 기도와 감사의 말 Sonn- und Festtages- Betrachtung- Gebet- und Dancksagungen」(1675)이 그것을 뒷받침하고 있다.

이러한 장르를 더 자세하게 관찰하는 것은 문학사의 틀을 뛰어넘는 한편, 독일발트계 성직자들이 에스토니아와 라트비아의 문학언어를 발전시킬 때 맡았던 역할까지 언급해야 하므로 큰 의미를 부여할 수 없다.

에스토니아에서는 예전의 교리문답서 번역 이후 나르바의 교구 감독인 슈탈 Heinrich Stahl(약 1600~657)이 에스토니아의 교회 성직자 문학의 창시자가 되었다. 그의 『안내서와 가정용 책 Hand- und Haus- buch』(1632~1638)은 교리문답서, 신교설교, 서간문과 기도문, 독일어와 (북)에스토니아어 병렬 텍스트로 된 104편의 고유한 정신적인 노래를 포함한다. 그리고 그의 『에스토니아어 입문서 Anführung zu der Esthnischen Sprache』(1637)는 에스토니아어 문법을 최초로 정리한 책이다. 단순히 정리만 한 것이 아니라, 에스토니아어에 가장 걸맞은 방식을 찾으려 노력했다는 점에서 가치가 높다. 왜냐하면 슈탈의 승인되지 않은 기교적인 교회언어는 에스토니아어를 독일어 문법의 도식에 따라 형식적으로 맞춘 오류가 있었기 때문이다.

로시니우스 Joachim Rossinius(약 1600~1640)는 루터의 교리문답서와 일요일 설교문과 사도서간을 남부에스토니아어로 번역하기도 하였다. 그가 남(南)에스토니아어로 쓴 『위대한 교리문답서 Großen Katechismus』(1686)와 『노래와 기도집 Gesang- und Gebetbuch』(1685) 그리고 최초 완역본인 『신약성서 Neuen Testament』(1686)를 저술한 비르기니우스 Adrian Virginius(혹은 Virgin, 1663~1706)는 에스토니아 성가곡과 다른 번역활동의 발전을 도모하는 데 선구적이었다. 뤼벡 출신의 리브란트 사제 피셔 Johann Ficher(1633~1705)는 정신적 발의자이며, 에스토니아와 라트비아 성서번역의 선구자였다. 그는 글뤽 Ernist Glück(1652~1706) 신부가 지니고 있는 라트비아어 번역 실력을 일찌감치 발굴해냈다. 마리엔부르크 Marienburg(현 말보르크)의 감독 교구장이었던 글뤽은 8년간의 언어연구와 작업 후에 거의 단독으로 번역을 수행했다. 그리고 피셔는 스웨덴의 인쇄비 원조를 받아『신약성서 Neues Testament』(1685)와『구약성서 Altes Testament』(1689)를 출판했다.

라트비아의 문학언어 육성을 위해 라트비아어 찬송가를 위한 성직자들의 노력도 마찬가지로 결정적이었다. 타르투 대학의 종교학 교수이자 쿠르란트의 궁정 설교사면서 라트비아어 산문작품의 창시자이기도 한 만첼리우스 Georg Mancelius(1593~1654)는 1586~1587년 동안 교회노래를 산문형식으로『라트비아 안내서 Lettisch Vademecum』(1631)에 모았다. 또한 최초의 주일 설교의 해설이 달려 있는『오랫동안 염원된 라트비아어 설교집 Langgewünschte Lettische Postil』(Ⅲ 1654)을 썼으며, 최초 라트비아어 사전『레투스 Lettus』(Ⅱ 1638)을 편찬하였다. 그의 제자 프레커 Christoph Fürecker(약 1615~1680)는 그의 삶 전부를 라트비아어 연구에 바쳤으며, 라트비아 여인과 결혼하여 라트비아 농부들과 함께 살면서 민중언어를 탐구했다. 친구의 희망에 따라 처음으로 운율과 각운이 사용된 라트비아어 찬송가를 통해 그는 라트비아 순수문학의 창시자가 되었다.

## 서정시와 연극

에스토니아어와 라트비아어로 된 작품들 속에 기록되어 있는 성직자 집단의 종교적 특수지위에 대한 자각과 더불어 동시대 작가들 집단에서는 독일제국으로부터 오는 방문객들을 통해 받은 새로운 충격은 당시 좁은 문학적인 영역에 대해 자각하게 하는 계기가 되었다. 그들은 정치적인 소유관계를 도외시한 채, 옛 리브란트 지역을 독일의 문화공간으로 포함하는 모국과의 밀접한 관계를 전반적으로 기록했다. 비록 이 손님들이 그들의 출신 환경에 근거해서 그리고 체류기간의 시간적인 한계에 근거해 발트문학을 평가할 수 있다 하더라도, 그들의 영향력은 발트문화를 통해 그리고 그들에 대한 발트문화의 반작용을 통해 연관되어 있었다.

대표적인 인물로서 올레아리우스 Adam Olearius(1599~1671)의 독일어로 된 학술적인 여행보고서와 프레밍 Paul Freming(1609~1640)이 발트연안 도시들과 시골에서의 생활 체험을 서정시로 표현한 것을 들 수 있다.「리브란트의 백설공주 Lieffländische Schneegräffin」(1636),「레발의 채석장으로 An die Steinbruche」등 프레밍 작품은 발트문학의 권리를 요구할 수 있을 정도로 문학적 가치를 지니고 있다.

바로크의 서정시는 감정을 드러내는 1인칭 진술과 눈에 띄는 인물의 개인적인 체험 진술이 아니었다. 오히려 습득할 수 있는 과목으로 배울 수 있는 예술작품이자 교양 있는 사람들, 즉 성직자, 교수, 교사, 법학자, 참의원, 귀족들의 존재를 고양하기 위해 기량을 펼치는 문화적 소통이었다. 즉 이러한 류의 서정시는 독특하고 바꿀 수 없는 체험을 말하는 것이 아니라, 언어의 형식적인 기능과 마르틴 오피츠에 의해 도입된 시문학 혁신의 영역에서 주어진 예술형식의 완성을 말하는 것이다.

이처럼 시문학 혁신은 발트지역에서 빠르게 확고한 지위를 차지하였다. 언어유희, 각운유희, 각 행의 첫 자 또는 끝 자를 모으면 시제 또는 어구가 되는 시형인 이합체의 시, 'Palme'를 'Lampe'로 바꿔 쓰는 것과 같은 바꿔 쓰기 놀이인 아나그람 Anagram, 비장하고 과장된 문체, 수사적인 문체는 예술성을 높이는 데 도움을 준다. 이러한 문체는 그것의 극단적인 높임과 신화적인 비교, 목가적인 가면 속에서 독창성 또는 개인적 체험에서 초개인적인 의미를 부여하고, 이해할 수 없을 정도로 소위 기교를 가진 과장된 문체의 장황함이 특징이다. 따라서 독자는 계속해서 위협을 느끼는 삶의 내적 불안, 불확실성, 모순을 덮어버린다. 시인의 개인적인 특징이 아주 드물게 파악되는 작품들의 비인간성은 결론적으로 시 형식의 학습 가능성을 열어놓은 것이다.

또한 대부분 발트지역의 바로크 서정시가 독일의 문예학에서 실제로 알려지지 않은 채 남아 있고, 나아가 더 연구되어야 하는 이유가 여기에 있다. 독일 내의 결과와 비교하면, 새로운 뉘앙스와 악센트가 발견되지 않는다. 위대한 문학적인 성과에 정치적인 시대상황이나 문학사회의 밀접성도 요구되지 않았다. 기교를 요구하는 형식적이고 언어적인 실현과 유럽식 전통의 토대 위에서 발트지역의 국경을 넘어서는 유명한 17세기 유일한 시인이었던 폰 베서 Johann von Besser(1654~1729)와 같은 작가들이 제국으로 돌아갔지만 관심을 끌지 못했다.

이런 상황은 발트지역의 바로크 시문학을 자세히 관찰하면 더 많은 이름—소위 알려지지 않은 이름—을 개인적 특성으로 매기는 것이 틀림지만 바로크 시문학의 일반적인 특징을 지방색을 지닌 개인의 경우에서 설명하는 것은 아니다. 잘 알려진 것으로 대신할 수 있다는 사실을 총체적으로 나타낸 것이다.

프레밍의 레발 친구이며, 메클렌부르크 출신의 김나지움 교수이자 수석신부(교회재산관리자)인 브로크만 Reiner Brockmann(1609~ 1647)은 프레밍의 권고로 독일과 에스토니아의 찬송가를 지었고, 에스토니아의 성서번역에 헌신했다. 그러나 그는 『에스토니아 언어에 대한 찬양가 Loblied auf die estnische Sprache』에서 비로소 문체적 개성을 얻는다. 프레밍이 『리브란트의 백설공주 Lieffländischen Schneegräffin』 에서 아직도 에스토니아의 하나-둘-셋을 "내가 아직 이해하지 못하고 신도 알 수 없는 것"이라고 말하며 미소 지었다면, 브로크만은 아주 이상주의적으로, 그러나 에스토니아 농부들이 대부분 문맹임을 고려하여 충분히 현실을 보지 않고서도 이해할 정도였다.

독일의 바로크 서정시에서 프레밍의 경우처럼 독일어와 라틴어로 된 시가 대등하게 간주되고, 단지 수취인에 따라 언어적인 매체를 다르게 처리하였다. 또한 근대 라틴어로 된 현학적인 시들도 동시대의 독일어로 된 사본으로부터 형식적으로 구분된 것이 아니라, 언어적 사회적으로 구분되었다. 거의 독점적으로 학자들, 즉 대학 교수, 발트지역 혹은 제국에서 온 신부들의 영역이었다.

그러나 오랫동안 지속적으로 발트문학 속에 내재되어 있는 제국 독일 문학의 영향과의 관련 속에서 본다면, 그리고 제국과 발트지역 여행자들의 경험과 제국에서 유래하는 문학적인 창작품으로의 유입과 관련해서 본다면, 발트지역의 바로크 문학이 왜 독일 현지에서의 발전과의 연결고리를 결코 잃지 않았는지가 설명된다.

반면, 독일 바로크 시대의 다양한 연극 형태가 발트지역에서는 별다른 영향을 끼치지 못한다. 그러나 기본적이고 사회적인 전제가 부족했기 때문이다. 한편으로 가톨릭교인 남독일의 '신앙전도 propaganda fidei'에 헌신하는 반종교개혁적인 예수극이 개신교를 믿는 발트지역에서 거의 발을 붙일 수 없었다. 다른 한편으로 궁정의 화려한 발전을 배려할 만한 궁정이 없었다. 다시 말해 모국에서는 최초의 견고한 극장 건립으로 이끌었던 쇼행렬, 오페라, 축제극, 노래극, 발레, 음악과 마술기구를 가진 궁정이 발트지역에서는 없었기 때문이기도 하다.

또한 발트지역의 드라마도 17세기에는 존재하지 않았다. 연극 텍스트는 가끔 일어나는 지역의 각색을 제외하면 전적으로 그때마다의 순회연극단에게서 유입된 것들이다. 최초의 직업극단으로서 1630년 리가의 길드 단체에서 작은 드라마 레퍼토리를 가진 비간트 Jakob Wigandt의 인형극이 공연되었다. 거기에는 특히 『수잔네 Susanne』와 부르군트의 용감한 칼 공작을 위한 기사극도 포함되어 있었다. 또한 나중에는 완전한 유랑극단에 비교하면 적은 여행경비 때문에 여행하는 인형극단도 있었다. 이러한 극단을 레발에서 운영하는 사람으로는 1685년 바르트 Lorentz Bardt와 1696년 요한 슈트룀 Johann Ström이었다.

유랑하는 직업극단은 세기 전환기, 소위 1585년 이후 영국에서 시작되어 유럽 대륙으로 이어져오고 있는 영국의 희극배우로 우선 시작하였다. 그들은 30년 전쟁으로 인해 부분적으로는 스칸디나비아 반도로부터 밀려났지만, 덴마크나 스웨덴 그리고 발트의 도시들로 확대되어갔다. 두 종류 성의 배우들로 그들은 우선 엘리자베스시대 극작가들의 작품을 거칠고 매력적인 독일스타일로 적용하여 연기했다. 타르투 대학 교수 메니우스 Friedrich Menius는 독일어판 선집을 1620년 라이프치히에서 『영국의 희극과 비극』이라는 책으로 출판했었다. 그러나 단지 마싱어 Philipp Massinger의 『성모 마르티르 The Virgin Martyr』 이후에 나온 『도로테아의 비극 Tragödie von der Marterin Dorothea』만이 발트지역의 작품으로 인정된다.

영국 희극배우들이 다른 극단에 출연한 것은 분명히 1644년과 1647년 리가에서 라인홀트 Robert Reinhold와 아스켄 Aron Asken의 극단을 통해서, 그리고 1665~1666년 레발과 리가에서—원래는 네덜란드사람인—포르넨베르크 Jan Baptista van Fornenbergh의 극단을 통해 일어났다. 그들은 그러나 1670년 순전히 독일인으로 구성된 유랑극단으로 인해 해체되었다.

당시 독일 유랑극단은 어릿광대 막간극을 가지고 있는 멋진 허구의 역사적 사건과 국가적 사건을 공연했다. 그리고 문학적인 즐거움보다는 보여주려는 욕구와 과도한 긴장을 일으키는 데 주력했다. 1672년 함부르크 단장 파울젠 Carl Andreas Paulsen은 리가에서 고지독일어로 공연했다. 1679년과 1684년에는 보크호이저 Christian Bockhäuser의 고지독일어를 사용하는 극단도 리가에서 공연했다. 이 극단은 또한 1684년과 1686년, 1690년에 레발(탈린)에서도 알려져 있었고, 게다가 그곳에서는 다른 극단과 행사에도 쓰이는 임시 가건물을 할당받아 명맥을 유지했다. 이후 1692년 레발에서는 네덜란드 희극배우들이 공연을 했고, 1695년 리가와 미타우(옐가바)에서는 벨텐 Veltgen의 미망인 아래에 있는 선제후의 작센궁정 희극배우들이 공연을 했다. 이후 북방전쟁이 일어난 1700년을 전후해서는 40년 동안 이루어진 순회극단의 여행은 종지부를 찍었다.

## 2.3. 18세기 계몽주의 문학

독일인들의 특권보장, 기사계급의 자산, 신교도의 신앙, 독일인 신분상의 자치권과 재판권 그리고 독일 행정언어 등의 보장은 단지 물질적인 희생과 인명적인 희생만으로 얻어진 것은 아니었다. 인구가 적은 나라에서 인간적·정신적인 힘의 소진도 초래했는데, 이는 스스로 회복될 수 없는 것이었다.

모든 계층의 삶의 질적 저하, 광범위하게 확산된 걸인층, 재화에 있어 원초적인 생활조건 그리고 직무에 부적절한 대리목사들의 고용으로 인해 넘쳐난 성직자들은 전후 시기의 피로와 절망에 시달려야만 했다. 점진적인 재건이 젊은 세대들에 요구되었으나, 모든 계층의 공동과제는 아니었다. 서로 다른 전제 조건들과 목표설정으로 인해 재건은 오히려 사회적 스펙트럼 내에서 커다란 긴장을 유발했으며, 이는 다음 세기에서 비로소 단계적인 접근과 소통에 이를 수 있었다.

대부분 저지독일어를 쓰는, 니더작센-베스트팔렌 출신의 귀족과 달리 다른 계층들은 제국으로부터의 유입을 통해 매우 중부 독일적인, 작센-튀링엔적인 요소들을 받아들였다. 재난이 낳은 빈 공간에 독일의 동해(오늘날 발트해) 항구도시들에서 온 이민자들이 밀려들어 오긴 했지만, 이민자들 중에는 동(東)프로이센에서 온 사람, 특히 쿠르란트와 작센-튀링엔 지역에서 온 지식인들이 훨씬 더 많았다.

이민자들이 모든 시민계층에 흘러들어 감에 따라 이 유입은 발트지역에서 독일인구의 지분을 확보하는 것에만 기여한 것이 아니었다. 이민자들이 제국과의 개인적인 관계를 통해 발트지역을 부흥시키고, 이 지역에 독일의 민족생활과 정신생활이 다시 뿌리내리는 데도 영향을 미쳤다. 더 이상 초창기 이민자들뿐만 아니라, 새로운 이민자들이 편견과 선입견을 버리고 목표를 향해 19세기에 그들이 통합될 때까지 발트지역에 사는 독일인들에게 사회적 정신적인 자세, 그리고 발트인들에게 각성을 각인시킨다.

새로운 이민자들의 정신적 삶에서 결정적인 요소는 대학교육을 받은 사람들, 즉 교사들, 목사들, 의사들, 법률가들이었다. 그들은 초기 서열경쟁 후에 소위 교양인 신분으로 연대하면서, 곧 귀족 다음으로 두 번째 위치를 차지하게 된다. 지방의 대학이 젊은이들의 교육을 책임지지 못하던 동안, 그들의 이주는 독일식민지에서 불가피한 것이 되었다.

따라서 18세기 발트문학의 부흥이 성직자들과 가정교사들의 손에 달려 있었다면, 상업에 종사하는 중산계급과 수공업자들은 부차적인 역할만을 했다. 그러나 그들 역시 이민자들에 의해 마찬가지로 젊은 세대들에 의해 세대교체가 이루어졌지만, 동일한 사회적 정신적 단결 없이 길드조직 내에서 생계를 유지하기에 급급했다. 오히려 적극적인 정신활동의 참여로부터 제대로 배제되어왔던 사람들은 에스토니아와 라트비아 지역 토착민들인데, 그들은 대부분 19세기에 들어설 때까지 착취와 농노신분에 머물러 있었다. 그들은 계몽된 관용의 시금석이었던 계몽의 세기가 막을 내리는 것에 맞서 처음에는 농노제 완화의 동기에서, 나중에는 1817~1818 농노제 폐지의 동기에서도 소극적인 역할을 했다.

계몽주의의 이상을 특이하게 오해하여 교육에 집착했던 세기에도 교육은 계속해서 사회 상위층의 특권으로 남아 있었다. 실제로 이 시대 초등학교와 농촌학교를 위한 노력은 전무하다시피 했다. 이러한 학교들은 재정부족으로 인해 후원자들과 성직자들의 개인적인 운영에 맡겨졌고, 최소한 취학의무를 실행하려 했던 공식적인 법령조차도 부분적으로 지역의 기후 조건과 농민 하위계층의 물질적인 빈곤으로 말미암아 실패했다. 반면에 도시의 교육기관에는 경건주의와 계몽주의가 새로운 자극들을 제공했다. 리가, 레발, 미타우, 타르투 같은 대도시들의 김나지움들은 새로운 교육의 중심지를 형성했으며, 이곳들은 제국으로부터 교사들을 끌어들였기 때문이다.

지역에서의 대학교 부재 속에서 1771년 먼저 김나지움으로 건립되었다가 1775년 대학시스템을 갖춘 '아케데미아 페트리나 Academia Petrina'로 바뀐 미타우의 교육시설은 독보적인 지위를 점했으나, 1802년에 폐쇄되었다. 대학교육을 위해 18세기 동안 계속해서 쾨니히스베르크, 로스톡, 괴팅엔, 예나, 할레 혹은 라이프치히 같은 독일 대학들과 밀접한 교류를 이어갔다.

헤르더, 하만, 그리고 코체부 등 당대를 이끌었던 문인들은 여전히 발트를 시대의 산실로 여기고 있었다. 서정시인이자 극작가인 말만 Siegfried August Mahlmann(1771~1826; 1792년과 1798/99년에 리브란트를), 그의 대학친구들인 통속작가 피셔 Christian August Fischer(1771~1829; 1795/96년에 리가)와 여행작가 조이메 Johann Gottfried Seume(1763~1810; 1805년에 리브란트) 등은 여행을 하면서 발트를 직접 체험했다. 그 가운데 조이메는 『1805년 나의 여름 Mein Sommer 1805』(1806)에서 그곳의 경향과 상황에 대한 구체적이면서도 비판적인 상(像)을 보여준다.

다른 한편으로 독일문학에서 발트국의 정신적 가치에 대해 문헌에서 발트의 인물들을 기록하고 있다. 당시 널리 읽힌 겔레르트 Gellert의 소설 『스웨덴 G 백작부인의 삶 Leben der schwedischen Gräfin von G』(1748)의 일인칭 여성 화자는 리브란트 지방 사람으로, 리브란트에서의 초기 계몽주의 교육에 대해 이야기하고 있다. 레싱의 『민나 폰 바른헬름

Minna von Barnhelm』(1767)에서 텔하임 소령은 쿠르란트인으로서, 테레시아 Maria Theresia에게서 라우돈 Laudon 원수(元帥)가 그랬던 것처럼 프로이센의 임무를 맡았다. 쉴러의 미완성 작품인『유령을 보는 자 Der Geisterseher』(1786)에서 첫 화자가 쿠르란트 출신의 백작인 점은 미타우에서 칼리오스트로의 강령술을 사기라 폭로했던 백작부인 렉케 Elisa von der Recke에 대한 경의로 이해될 수 있다. 또한 스턴 Laurence Sterne을 본보기로 삼은 히펠 Theodor Gottlieb von Hippel의 소설『상승일로의 인생행로 Lebensläuf ein auf steigender Linie』(1778~1781)에 나오는 발트사회에 대한 풍자적이고 해학적인 묘사는 발트의 실상에 대해 무미건조한 서술에 불과했다. 당연히 발트에서 많은 인기를 끌지 못했다. 그러나 이 소설은 히펠이 자신의 1760~1761년 경험을 토대로 봉건주의적 관계와 사회적 종속, 귀족의 자만과 경건을 생색내는 행위 등을 계몽적으로 비판한 것이지만, 처음으로 발트를 배경으로 사건을 이끌었다는 점에서 본다면, 독일발트문학에서 이정표를 마련한 것이다.

이처럼 18세기는 문학적으로 여러 면에서 새 출발의 시기이며 과도기의 시기이다. 전란의 시기와 차츰 일상을 되찾아가는 시기에 문학과 시는 침묵한다. 언어예술적인 영향력 행사, 고발, 경고, 옹호 등 문화적 비판정신이 빠져 있다. 즉 현실적인 존재의 극복이 존재의 정당성을 얻지 못했다. 언어예술이 독자적으로 가치를 표현할 수도 있을 것이라는 인식은 다음 세기까지 보류되었다. 귀족계급, 문인계급, 시민계급으로의 문학사회학적 그룹화는 19세기에 들어와서 처음으로 공고화되었다. 독일제국에서의 문화유입과 자아성찰의 시간들에도 불구하고, 발트인이 자아를 발견할 수 있는, 그리고 발트의 고유문화를 정의 내릴 수 있는 기회는 여전히 오지 않았다.

18세기의 거대한 정신사적 운동들 중에서 경건주의, 계몽주의, 감정 과다주의, 질풍노도 가운데 의고전주의와 낭만주의는 19세기에야 비로 소 영향을 미쳤지만, 아나크레온과 로코코는 전혀 영향을 미치지 않았다. 경건주의는 1700년 이전에 이미 발트 국가들에 이르렀다. 그것도 프랑 케 August Hermann Francke에 의한 실천지향적 형식과 스페너 Philipp Jakob Spener에 의해 영향 받은 개인적 신앙부흥운동이란 틀 속에서 경건주의는 특히 할레 출신의 독일 및 발트 대학생들에 의해서 널리 퍼졌다. 그러나 정통 프로테스탄티즘의 대표자였던 스웨덴의 통치하에 서 심한 적대와 억압에 직면했다. 스웨덴의 통치는 그들의 정통 루터교에 따라 입국하는 신학자들을 조사하기에 이르렀고, 이단적이라 짐작되는 글들을 검열했다. 경건주의에 호의적이었던 표트르 1세의 러시아 지배 하에서는 상황이 완전히 바뀌었다.

이때 발트지역에서 중요한 변화의 계기가 마련된다. 1736년 친첸도르 프 Zinzendorf 백작의 리브란트와 에스토니아 방문은 '헤른후트 Herrnhuter 운동'을 크게 가속시키고, 헤른후트파의 국내 이민을 초래 했으며, 더욱이 1737년에는 볼마 Wolmar(현재 발미에라 Valmiera)에 서 헤른후트파 교사세미나 창립을 이끌어냈다. 1743년부터 1764년까 지 루터 정교활동에 대한 황제의 금지령이 일시적으로 헤른후트파를 억압했을 때도 이 운동은 소리 없이 성장했고, 1840년경 신앙의 자유가 회복된 후에는 전성기를 이루었다. 한 세기 후에도 여전히 신교의 주(州) 교회에 영향을 미쳤다. 헤른후트파에는 폭넓은 성직자 그룹뿐만 아니라, 귀족의 일부까지 포함되었던 반면 독일 시민계급은 거의 없었다.

발트국들에게 헤른후트파는 중요한 의미를 지니는데, 그것은 바로 에스토니아와 라트비아 국민들에게 미친 헤른후트파의 영향 때문이었 다. 헤른후트파는 기독교 형제애를 통해 공동체 삶에 적극적으로 참여하면서, 그리고 일상적인 권면을 통해 에스토니아와 라트비아 국민들에게 자의식, 인간적인 소속감 그리고 사회적 책임의식을 전했다.

그러나 정신적 분위기에 대한 인상 깊은 영향 외에 경건주의가 독일발트문학에 끼친 영향은 꼼꼼히 따져보면 거의 의미가 없다. 경건주의의 문학적 효력은 민족언어로 된 성경번역, 신앙서적, 신앙고백서 그리고 설교에 집중되어 있으며, 또한 그 효력이 너무 강력해서 미신적인 것으로 간주되었던 민간전설과 옛 민요는 시민공동체의 중심점에서 얼마 지나지 않아 사라졌다.

18세기 정신생활의 지배적인 근간을 이룬 계몽주의는 경건주의처럼, 아니 경건주의보다 영향력이 적었던 정신사조였다. 이유는 아마도 계몽주의의 핵심 대표자들이 발트를 직접 여행하지 않았으며, 계몽주의가 이차적인 경로와 이차적인 대표자들을 통해, 그리고 나아가 문학적 통로를 거쳐 발트로 유입되었다는 점 때문일 것이다. 통상 식민지에서 나타나는 위상차로 인해 모국에서보다는 조금 늦었지만, 대신 19세기 깊숙이까지 계속 영향을 미쳤다. 계몽주의의 이상들인 이성의 지배, 인간애, 관용, 자연 지배, 인간해방은 시민계급의 도시주민들과 지식인 계층에 개방적이며 무제한적으로 수용되었다. 따라서 단순화시키면, 경건주의적인 영향을 받은 지방주민들에 합리주의적으로 계몽된 도시시민계층이 마주서게 된다. 그러나 대도시들에 소규모의 정신적 중심지들이 존재한다고 해서 이것이, 다름 아닌 계몽주의 시기에, 지방대학의 형태로 나타나는 정신적 집결지의 부재를 채워주는 것은 아니었다.

경건주의나 계몽주의와는 반대로 기존의 문학적 시기개념들인 감정과다주의와 질풍노도는 주변현상으로 머무르게 된다. 전자의 경우 감정이 강조된 당대의 여성문학에 나타나며, 또 다른 경우 발트의 한 대표자

렌츠를 통해 오히려 독일 국내를 배경으로 나타난다. 헤르더의 발트시절
은 독일문학사에 나타나는 '질풍노도' 시기에 속하지 않으며, 그가 토착
적인 에스토니아와 라트비아의 민요를 발견하고 장려한 것은 반항하는
질풍노도의 특징이 아니다. 그를 통한 자료수집, 나라연구, 역사연구
그리고 민족연구의 특징을 보여주는 것으로, 이러한 연구들이 당시
학자문학의 중심을 형성했다.

## 2.4. 쿠르란트 공국의 문화

쿠르란트 공국은 1561년부터 1795년까지 현재 라트비아 공화국의 남쪽 지역에 위치해 있던 공국이다. 200년이 조금 넘는 짧은 기간 동안만 폴란드-리투아니아 연합국의 제후국 상태로 존재했고 그 기간 내에도 귀족과 공작들간의 권력다툼과 외세의 간섭으로 인해 항상 풍전등화 같은 상황에 놓여 있었음에도 불구하고, 공국은 현재 라트비아를 비롯해 유럽 전반에 무시할 수 없을 만큼의 영향력을 끼쳤다.

쿠르란트 공국이 자리를 잡던 17세기는 전반적인 라트비아의 지리적, 민족적, 사회적 환경이 자리를 잡아가던 시기이며, 현재 라트비아가 가지고 있는 다양한 성격들이 서서히 나타나기 시작했다. 한때 주변민족들과 대결 관계 구도를 보이던 리브인, 라트비아인, 라트갈레인들도 독일문화권과 제정러시아 사이에서 힘의 구도가 확립되자 점차 사회동화적인 방향으로 방향을 바꾸었으며 발트독일인들의 영향력이 점차 강화되어갔다. 당시 라트비아는 스웨덴, 폴란드를 위시한 주변 강대국들의 지배하에 놓여 있었으며 유대인, 러시아인 등 다른 나라로부터 이민자들의 수 역시 급증하고 있던 때로서 라트비아의 문화적 성격을 규정짓는 가장 중요한 시기 중 하나이다.

라트비아에 관한 연구는 한국에서 거의 진행되고 있지 않는 만큼 그 역사에 관한 연구도 찾아볼 수 없다. 그러므로 라트비아 역사 내의 일부분이었던 쿠르란트 공국을 비롯한 라트비아와 주변 지역의 역사적 변천에 관한 연구 역시 기대하기 힘들다. 그러나 한국 내 학술적 관심에 비해 쿠르란트 공국은 유럽 문화사와 무역사에 엄청난 족적을 남겼을 뿐만 아니라, 제정 러시아, 독일, 스웨덴, 폴란드-리투아니아, 그리고 라트비아 등 무려 5개국에 괄목할 만한 문화적 성과를 이룩해놓았으므로 유럽 문화사 전반적으로도 절대 간과할 수 없는 국가이다.

지금까지 한국에서는 쿠르란트에 관한 독자적인 학술적 연구는 진행된 적이 없으며, 독일사나 유럽 왕조사에 관심 있는 사람들을 통해서 조금씩 알려지고 있는 정도다. 쿠르란트는 제정 러시아와 폴란드-리투아니아의 영향을 많이 받았지만 엄연히 그와는 동떨어진 독일문화권으로 인정받아 그나마 리브란트와 독일문화의 확장 면에서만 약간의 주목을 받았을 뿐 공국이 위치해 있던 라트비아 내의 문화적 영향에 대한 관심은 존재하지 않았다. 라트비아 남부에 위치해 있고 쿠르란트 문화의 최고봉이라 불리는 룬달레 궁전이 한국인들의 관심에 오른 지도 상당시간이 지나 쿠르란트에 관한 관심이 적지 않게 올라가고 있지만 쿠르란트에 관한 한국어 자료도 존재하지 않아 올바른 이해를 심어주기가 극히 어려운 상황이다.

그러므로 이 글은 독일 문화의 연장선상에 놓인 쿠르란트 공국 내 주 지배층들이었던 발트독일인들의 역할을 중심으로 다루되, 피지배계층 내 절대다수를 이루고 있던 라트비아인들과의 관계와 공국이 남겨놓은 문화적 특성을 집중적으로 논의해보고자 한다.

이 글에서 쿠를란드라는 공국의 이름은 현재 일반적으로 쓰이고 있는 영어식 단어인 Courland를 한글로 병기한 단어를 사용하며, 인물들의 이름을 표기할 때는 공국의 실질적 지배층들이 사용하던 언어인 독일어를 기본으로, 지명은 현재 라트비아에서 불리고 있는 실제 지명을 사용하되 필요한 경우 과거 독일식 이름을 같이 병기하여 사용하였다.

## 쿠르란트 개황

### 지리적 배경

과거 쿠르란트 공국의 위치도
(현재는 쿠르제메와 젬갈레 지역으로 분리)

쿠르란트는 1561년부터 1795년까지 현 라트비아 공화국의 남부지역
에 위치해 있던 공국으로 과거 쿠르란트 지역은 현재 쿠르제메
(Kurzeme)와 젬갈레(Zemgale)라는 행정지역으로 분리되어 있다. 쿠
르제메는 라트비아 역사 초기 독일인들이 발트 해안에 진출하기 전
라트비아 남부와 리투아니아 서부 해안가에 살고 있는 민족의 이름을
따 '쿠르인들의 땅'이라는 뜻을 가지고 있으며, 현재 일반적으로 많이
사용되고 있는 '쿠르란트 Courland'는 그의 독일어식 명칭인 'Kurland'
에서 나왔다.

현재의 쿠르제메는 당시의 쿠르란트와 영토적으로 일치하지 않는다.
현재 쿠르제메에 위치해 있는 쿨디가(Kuldiga)를 쿠를란드의 수도로
잠시 삼은 적이 있지만, 그 후 쿠르란트의 정치적, 문화적 중심지가
된 실질적인 수도인 옐가바(Jelgava, 공국시절 미타우 Mitau)는 현재

젬갈레 지역 내에 위치하고 있기 때문이다. 실지로 젬갈레는 라트비아 공화국의 독립 이후 쿠르제메의 일부로 포함되어 있다가 분리되어 나갔고, 케틀레르 가문 지배 시절 고트하르트 케틀레르의 사망 후 두 아들에 의해 쿠르제메와 젬갈레가 별도로 분리되어 관할된 적도 있으므로, 경우에 따라 쿠틀란트 공국은 '쿠르란트 셈갈리아 공국 Duchy of Courland and Semigallia, 라트비아어로 Kurzemes un Zemgales hercogiste'으로 불리기도 한다. 라트비아 공화국의 공식 문양에는 라트비아의 지역을 상징하는 별이 세 개 등장하는데, 그 디자인은 젬갈레가 분리되기 전 만들어진 것이고, 현재도 젬갈레가 없이 별이 세 개만 사용되고 있다.

쿠르제메 지역은 현재 라트비아 서부 해안지역과 내륙 일부를 점하고 있으며 리에파야(Liepāja), 벤츠필스(Ventspils) 같은 항구도시와 산업도시가 들어서 있다. 젬갈레는 라트비아 남부 내륙 지역을 점하고 있으며 라트비아 제3의 도시이자 쿠르란트의 수도였던 옐가바를 비롯하여 라트비아 관광의 중심지 중 한 곳으로 변모하고 있는 바우스카와 룬달레가 위치하고 있다.

### 문화적, 인종적 배경

위에 언급한 바대로 쿠르란트, 쿠르제메는 발트 민족의 일파인 쿠르인들이 살던 '쿠르인들의 땅'이라는 의미이며 젬갈레는 '젬갈인들의 땅'이란 뜻이다. 쿠르인들은 라트비아의 남서부, 리투아니아의 서부 해안가, 젬갈인들은 라트비아 중부를 중심으로 자리 잡았던 민족이었으며, 동발트인의 일파로 현재 리투아니아, 라트비아어와 같은 어군의 독자적인 언어를 가지고 있던 것으로 예상되나 애석하게도 그들의 언어에 대한 실질적인 기록은 찾아볼 수 없다.

리투아니아와 러시아 칼리닌그라드 주를 잇는 긴 사구의 이름은 리투아니아어로 쿠르슈 네리야, 영어로 '쿠로니안 스플릿 Curonian split', 즉 '쿠르인들의 사구'로 일컬어지고 있다는 점에서 발트 해안에 문명이 자리 잡기 시작하던 시절 그 지역에 넓게 살고 있었음을 유추해볼 수 있다. 853년 출판된 역사서에 쿠르인들에 관한 기록이 최초로 등장하는데 기록에 의하면 "쿠르인들은 리투아니아 일부, 네무나스 강변, 쿠르슈 네리야에 이르는 지역에 살며 쿠르인 어부들은 라트비아어를 사용했다. 핀란드 민족들은 그들은 쿠리라고 칭했고, 그들은 자신들의 땅을 쿠르사라고 칭했다"고 기록되어 있다. 젬갈인들은 위에서 거론한 것처럼 '젬갈인들의 땅'이라는 의미가 있지만 라트비아 동부에 자리 잡은 라트갈레 민족들이 그들의 땅을 '라트갈레 땅의 끝'이라 부른 것에서 이름이 기원한 것이라는 설도 있다.

발트지역 연구의 대표학자인 리투아니아 출신의 미국인 인류학자 마리야 김 부타스 연구에 의하면 이 지역은 이미 서기 9세기경에 봉건국가적 체계를 갖추기 시작했고, 앵글로-색슨 탐험가인 불프스탄은 880년부터 10년 동안 프러시아 지역을 다니는 동안 여기 저기 왕이라 불리는 지도자들이 다스리는 지역을 상당수 많이 볼 수 있었으며, 그들 중 쿠르인들이 세운 지역은 5개에 이르렀다고 전해진다. 슬라브, 스칸디나비아인들이 현재 발트3국이 위치한 동부발트 해안지역으로 진출하기 시작하자, 쿠르인들은 스칸디나비아인들과 전쟁을 피할 수 없었는데 그들은 덴마크, 스웨덴의 공격을 막아낼 정도로 호전적으로 용맹한 민족이었다. 그들의 남긴 유적에 의하면 쿠르인들은 이방종교를 섬기는 예언자, 샤먼 등이 다스리고 있었고, 약간의 종교적 질서도 가지고 있었다.

그러나 십자군의 동방진출이 가속화되면서 점차 독일인들의 영유권으로 떨어지게 되었다. 쿠르인들은 1267년 먼저 독일기사단에 항복을 선언했으나 젬갈인들은 그 후로도 약 13년 정도 독일기사단들과 전쟁을 벌였던 만큼 독일인들이 지역을 정복하는 데는 꽤 많은 시간과 노력을 요하였다. 역사의 기록에 의하면 젬갈레는 비에스투르스 Viesturs라는 이름의 지도자가 약 25년간 통치하였으며 독일에서 온 알베르트 대주교는 항상 이 지역을 함락시키고자 꾀하였다. 젬갈인들은 독일기사단과 13년에 이르는 전쟁을 벌였고, 독일인들은 끝내 그 지역을 함락하는 데는 성공하였지만 젬갈인들을 지배하는 데는 실패하였다. 1290년 약 10만 명의 젬갈인들이 인근 리투아니아로 이동하였다고 전해진다. 그러나 마침내 전 지역은 독일기사단에 병합되고, 현재는 라트비아 국토의 일부로 편입되어 있다. 그리고 현재까지 문서로 정리된 자료는 전혀 남아 있지 않아 출토되고 있는 유적으로 그들의 과거모습을 추측을 해보는 것 외에는 연구방법이 없다.


## 쿠르란트 공국의 설립과 발전

### 쿠르란트의 건국

1561년 쿠르란트의 역사가 시작되기 전 라트비아와 에스토니아 전체 지역은 리브란트라고 하는 독일기사단이 세운 영토에 편입이 되어 있었다. 외세 지배가 끝나고 정치적 통일을 꾀하는 러시아가 리브란트를 침범하면서 발발한 리브란트 전쟁(리보니아 전쟁)의 결과로, 전체 리브란트 영토는 폴란드-리투아니아 연합국, 러시아, 스웨덴, 덴마크, 노르웨이 등 전쟁에 참여한 나라들 사이에서 6개로 나눠지게 되었다. 에스토니아 북부는 스웨덴, 에스토니아 동부는 러시아, 리가 북부 비제 메

지역은 잠시 폴란드의 지배를 받은 후 독일에게 양도되었으며, 장차 쿠르란트 대주교 관저가 들어설 라트비아 해안지대는 덴마크의 지배를 받게 되었다. 쿠르란트가 들어서게 될 라트비아 남부는 폴란드-리투아니아 연합국의 영토로 편입되는데, 리브란트 기사단 출신 공작 고트하르트 케틀레르 Gotthard Kettler가 1561년 이 지역의 원래 이름을 딴 쿠르란트 공국의 공작이 되면서 폴란드-리투아니아 연합국의 제후국으로서의 역사가 시작되었다.

리브란트 설립 이후로 이 지역엔 대를 이어 살아오는 발트 독일인들의 후손들이 많이 거주하고 있었고, 그들이 다스리는 영지들로 전체 지역이 분할되어 있어서 강력한 군주제가 들어서지 않았다. 이 지역에서 전통적으로 살아오던 발트 독일인들은 케틀레르의 권력을 인정하지 않아, 쿠르란트 공국 내부에서는 초기부터 권력 집단 간 알력 다툼이 끊이지 않았으며 쿠르란트 공국에 강력한 왕권이 들어서길 원치 않는 폴란드와 스웨덴은 이를 정치적으로 이용하였다.

쿠르란트 공국의 국경이 확정된 것은 1609년으로 그 이전에는 리브란트 전쟁 이후 영토가 통일되지 못하고 여러 개로 분리되어 있었다. 장차 쿠르란트의 주요 항구가 될 그로비냐(Grobiṇa, 독일어로 그로빈 Grobin)는 리브란트를 러시아의 공격으로부터 보호하기 위해 프러시아가 조차지로 관할하고 있었으며, 고르하트르 케틀레르 사후 그의 아들 빌헬름 지배 시대인 1609년 쿠를란트에 양도되었다.

쿠르란트의 대주교관저가 들어서게 될 필테네(Piltene, 독일어로 필텐 Pilten)는 리브란트 전쟁 후 덴마크의 영지로 편입되어 덴마크 출신의 마그누스 Magnus가 리브란트왕의 자격으로 관할하고 있었다. 1583년 마그누스가 죽은 후 이곳은 덴마크와 폴란드 사이에서 영유권을 차지하기 위한 끈질긴 싸움이 이어졌고 1656년에야 쿠르란트의 영토로 양도되었다.

## 케틀레르 가문과 바론 가문

### 케틀레르 가문 시대

고트하르트 케틀레르는 폴란드-리투아니아 연합국의 지배하에 있던 현재 라트비아 남부 지역에 설립된 쿠르란트 공국의 공작이 됨으로써 쿠를란드 역사의 시초를 연 중요한 인물이다. 고르하르트 케틀레르는 주변 강대국들의 간섭과 내부 독일귀족들의 알력으로 인해 왕권을 강화하지 못하였으나 그의 아들들은 발전된 서유럽의 무역기술과 선박기술을 받아들여 쿠르란트의 경제적 위상을 드높이는 데 큰 역할을 담당하였다.

베스트팔렌 귀족가문 출신의 고트하르트 케틀레르는 리브란트 기사단의 마지막 사령관이었다. 그는 리브란트 전체의 지배권을 획득할 수 있으리라 기대했지만, 리브란트 전체의 5분의 1 면적에 불과한 쿠를란드 지역에 대한 지배권만 획득하였고, 그 후 1561년 11월 폴란드의 종주권 하에 쿠르란트 공작으로 인정받았다.

이는 1561년 11월 '종속협약서 pacta subjectionis'를 체결함으로 확정되었다. 이 '빌뉴스 협약서'라고 불리는 이 협약서는 덴마크와 스웨덴에 속해 있지 않는 리브란트 지역은 리가 자유무역도시를 제외하고 모두 폴란드의 왕과 리투아니아 대공작에게 위임되며 그에 대한 대가로 폴란드는 이 지역을 러시아의 공격으로부터 보호해주며 리브란트가 이전까지 누리던 권리를 보장해준다는 내용으로 리브란트 연합과 폴란드-리투아니아 연합국이 빌뉴스에서 체결한 협약서이다. 이 협정서에 의하면 케틀레르에게는 다우가바 강 남쪽으로 위치한 쿠르란트와 셈갈리아, 즉 젬갈레 전체가 할애되며 종교적 권위가 없는 세속적인 지도자라는 인정을 받게 되었다.

이 협약서에는 쿠르란트 가문에서 남자 후계자가 없으면 자동적으로 폴란드로 복속이 되는 등 쿠르란트 공국의 차원에서는 상당히 불평등한 내용을 담고 있었다. 그러나 쿠르란트 내 종교의 자유 보장, 쿠르란트 귀족의 신분보장, 자유무역이 보장되었으며 법적차원에서 프러시아 공국과 같은 위치에 놓일 수 있다는 약속을 받을 수 있었다. 이는 슬라브와 가톨릭의 영향이 큰 폴란드-리투아니아 연합국의 간섭에서 비교적 자유롭게 문화발전을 이룰 수 있는 계기가 되어, 개혁교회와 서유럽의 건축양식과 문학사조를 도입하여 라트비아에 전수해 줌으로써 장차 라트비아에 큰 문화적 영향을 남기게 되는 여지가 되었다.

하지만 쿠르란트의 독일 영주들은 케틀레르의 독자적인 지배에 항상 반감을 가지고 있었다. 폴란드 왕 시그문트는 폴란드 리브란트의 독일 귀족들에게 많은 혜택을 약속하여 독일 지배층들의 반감을 잠재웠고, 케틀레르 역시 그에 승복할 수밖에 없었다. 그에 맞추어 스테판 바토리는 1570년 쿠를란드 내정의 질서를 확립하는 '고트하르트 칙령 Privilegium Gotthardium'을 제정하여 쿠르란트 내정을 확립시키는 근간이 되었다. 이는 쿠르란트 최초의 헌법으로 불리는데, 귀족들에게 실질적인 권리를 부여하여, 여러 사업 분야에서 자율권을 보장하고 귀족들은 세금에서도 자유로워지며 국방의 의무를 제외한 공국 시민들이 가지고 있는 의무로부터 제외된다는 내용을 명시했다.

그러므로 결과적으로 쿠르란트는 구체적인 지배권이 존재하지 않고 각각의 영주들의 다스리는 지역들이 폴란드에서 지정한 헌법의 틀 안에서 자유롭게 활동하는 연합체의 형태가 되었다. 케틀레르는 형식상으로는 다른 귀족들과 다를 바 없는 영주 중의 하나로, 그들 중 가장 많은 영토를 불하받는 혜택만을 누리며 공국을 대표하는 수준에 머무르게 되었다.

고트하르트 케틀레르에게는 프리드리히와 빌헬름 두 아들이 있었다. 아버지가 죽자 18세인 프리드리히가 고트하르트의 대를 이어 대공작의 지위에 올랐으나 1596년 빌헬름이 성인이 되자 지역을 둘로 나눠 프리드리히는 젬갈레, 빌헬름은 쿠르란트 지역을 다스리도록 하였다.

프리드리히는 폴란드의 신하라는 신념이 투철하여 스웨덴-폴란드 전쟁에까지 참전하는 열성을 보였으나, 쿠르란트와의 무역에 관심이 있던 영국의 중재로 빌헬름은 전쟁에 참여하지 않고 중립국 상태를 유지했다. 빌헬름은 영국, 네덜란드 등과 교역하여 성공적인 성과를 이루어내었고, 특히 이는 그의 아들 야콥 시절에 황금기를 이끌어내기 위한 큰 역할을 담당하였다. 프러시아의 대공작의 딸과 결혼하여 그로비냐를 쿠르란트로 복속시키는 정치적 성과도 내었다.

그러나 빌헬름은 호락호락하지 않은 성격, 그리고 그가 이뤄낸 경제적 성과들을 못마땅하게 여긴 폴란드와 독일 귀족으로부터 시기를 받고 있었는데, 특히 그와 앙숙지간이었던 귀족 형제의 죽음에 연류되자 그의 제거를 노리고 있던 폴란드는 빌헬름의 형 프리드리히를 공식적인 쿠를란드-젬갈레 공국의 대공작으로 인정하였다.

그 후 프리드리히 공작은 쿠르란트를 주변의 간섭으로부터 자유로운 독립국가로 만들기 위하여 중립국을 선포하고자 했고 그를 위해 1620년에는 스웨덴, 1625년에는 폴란드로부터 중립국 지위를 인정받았으나 이는 지켜지지 않았다.

프리드리히는 아들이 없었으므로, 폴란드-리투아니아 연합국과 체결한 빌뉴스 협약서에 의거하여 쿠르란트 공국이 폴란드로 합병되는 위기가 찾아왔다. 그러나 발트해 지역에 폴란드로부터 자유로운 완충지대를 남겨두기 위한 차원에서 영국과 프랑스는 폴란드와 중재하여 빌헬름의 아들 야콥 폰 케틀레르 Jakob von Kettler를 쿠르란트의 후계자로 삼을 것을 제안했고, 폴란드는 1639년 이를 인정, 1642년 정식으로 권좌에 올랐다.

1681년 야콥의 사망 후 아들 프리드리히 카시미르가 1682년 권좌에 올랐다. 그러나 그가 일찍 죽음을 맞이하자 여섯 살 난 아들 프리드리히 빌헬름이 권좌를 이어받게 되었으나 나이가 어린 관계로 삼촌 페르디난트가 섭정공작이 되었다. 폴란드의 장군이었던 그가 얼마 지나지 않아 폴란드로 망명하자 섭정공작의 자리에 공석이 생기게 되었다.

그러자 제정 러시아의 표트르 1세는 조카 안나 이바노브나와 프리드리히 빌헬름을 정략결혼시켜 그에게 공식적으로 쿠르란트의 공작직을 넘겨주지만 불의의 사고로 결혼 1년 후 사망하였고 그와 결혼하였던 안나 이바노브나가 표트르 1세의 뒤를 이어 여제의 자리에 오르며 동시에 쿠르란트 공작직도 겸하게 되었다.

케틀레르 가문의 피를 물려받은 페르디난트는 후손이 없던 관계로, 쿠르란트가 폴란드의 손에 넘어갈 것을 우려한 표트르1세는 안나 이바노브나의 정부이자 야콥 대공작 밑에서 일했던 마부의 아들인 에른스트 바론을 1737년 공작으로 지명하여 쿠르란트 2대 왕조인 바론 왕조가 등장하게 되었다.


### 야콥 공작 시대의 무역 발전

독일어로 야콥, 라트비아어로 '예캅스 Jekabs'로 불리는 대공작은 케틀레르 왕조의 대를 잇는 인물이지만 왕조사와 별도로 거론되어야 할 정도의 많은 업적을 남겨놓았다. 프리드리히 공작이 왕위를 이을 아들이 없던 관계로 영국과 프랑스의 중재와 폴란드의 인정을 받아 권좌에 오른 야콥은 독일에서 젊은 시절을 보냈고 프랑스, 영국, 네덜란드를 자주 여행했다. 그는 당시 유럽 최대의 무역국가였던 네덜란드에서 큰 감명을 받아 자신이 권좌에 오른 쿠르란트를 제2의 암스테르담으로 만들고자 했다. 그의 치세기는 발전된 서유럽의 선박기술과 야콥 자신이 가지고 있는 노련한 재능으로 쿠르란트 무역의 황금기를 이루어내었다. 쿠르란트 역사 연구의 대표적 인물 중 하나인 우펠니엑스는 그의 저서의 서문에서 "우리 민족과 고국이 가지고 있는, 야콥 치세 시절 쿠르란트 공국이 이룬 식민지와 그에 관한 역사적 사실들은 기억 속에 남아 있는 어린 시절의 환상과 꿈을 불러일으킨다"라고 말했을 정도이다. 그만큼 야콥의 치세기는 라트비아 역사에서 가장 중요하고 화려한 시기이다.

농업이 위주였던 쿠르란트의 산업을 혁신하기 위해 외국의 전문가를 초청하여 공업을 육성시키고 쿠르란트 해안가의 도시 벤츠필스, 리에파야 등에 선박제작 기지건설에 박차를 가했다. 그는 아프리카 서부 해안지대에 있는 감비아 강 인근 섬과 남미 북부에 있는 토바고 섬을 사들여 그곳에 요새, 물류시설, 성당을 짓고 라트비아 현지인들로 구성된 군인들을 파견하기도 했다. 벤츠필스 항구에 서는 아프리카 감비아로 가는 배들이 상시 정박해 있었고, 커피, 상아, 진주, 금, 염료 등을 수입하고 약간의 흑인 노예도 들어왔던 것으로 알려져 있다. 토바고에는 쿠르란트 공국에서 직접 운영하는 설탕 플랜테이션도 존재했다. 현재도 토바고에는 쿠르란트의 이름을 딴 지명이 존재하며 야콥 공작의 이름을 딴 도시로 남아 있어 짧지만 불꽃같은 번영을 누렸던 쿠르란트의 족적을 엿볼 수 있다.

야콥의 성공은 전통적으로 라트비아의 서부지역이 선박제조 기술에서 두각을 보였던 전통이 있었으므로 가능했다. 역사적으로 남아 있는 가장 신빙성 있는 기록으로는 1210년 쿠르인들과 에스토니아인들의 협력작업으로 라트비아 서부해안가 콜카 인근을 불법 침입한 독일 기사단들을 섬멸했다는 기록이 남아 있는데, 그들이 타고 바다로 나간 선박들이 마치 구름처럼 바다를 뒤덮었다고 되어 있다.

그러나 쿠르란트의 성공을 시기한 스웨덴의 방해공작으로 야콥 공작은 러시아로 유배를 떠나게 되었고 야콥 시절 건설한 정복지와 선박제조 시설은 모두 스웨덴으로 귀속됨으로 쿠르란트의 무역 황금기는 끝이 났다.

### 비론 가문 시대

케틀레르 왕조의 마지막 후계자 페르디난트가 후손이 없이 죽자 제정 러시아의 주재로 안나 이바노브나의 정부였던 에른스트 요한 폰 비론 Ernst Johann von Biron이 쿠르란트의 대공작으로 즉위함으로서 쿠를란드의 2대 왕조 시대가 열리고 폴란드-리투아니아 연합국의 제후국이라는 신분에서 벗어나지만, 사실상 쿠르란트는 제정 러시아의 인형국가로 전락하고 말았다.

비론 시대 쿠르란트는 서류상으로만 존재하는 나라로 전락했으나 쿠르란트의 문화적 인지도를 전 유럽으로 확장시키는 성과를 내기도 했다. 이는 에른스트 비론의 개인적인 지략과 제정 러시아 여제 안나 이바노브나와의 친분으로 가능했다.

이바노브나는 황제 즉위 전 쿠르란트의 공작출신인 남편 프리드리히 빌헬름과 정략결혼을 했으나 여행에서 다녀오는 도중 남편이 세상을 떠난다. 즉위 이후 10년이 지난 후 병세가 위중해진 이바노브나는 조카손자인 이반 안토노비치를 후계자로 삼고 정치계에서 은퇴한다. 장래 이반 6세가 될 이 이반 안토노비치는 황제로 즉위할 당시 생후 2개월의 갓난아이였다. 그 결과 이바노브나는 안토노비치를 대신할 섭정황제로 그의 정부이자 쿠르란트의 공작인 비론을 지목하여 제정 러시아의 섭정

황제직까지 맡기게 되었다.

　러시아 왕가와 하등의 관계가 없는 독일가문 출신의 비론이 섭정 황제에 오른 것에 대해 러시아 내각에 반발이 심했다. 이바노브나 황제가 그에게 섭정황제 자리를 내어준 후 22일 만에 사망하자 비론의 황제직은 단 22일 천하로 끝나고 말았다. 비론의 섭정을 못마땅하게 여긴 제정 러시아 내각은 그를 사형에 처하기로 결정을 내리지만 얼마 지나지 않아 철회되었고, 그 대신 그의 일가친척은 모두 시베리아에 유형을 떠나게 되었다. 그가 유형을 떠나 있는 동안에는 쿠르란트 내각에서 돌아가면서 행정을 담당했으며, 1759년에서 63년까지는 폴란드 아우구스트 3세의 아들이 잠시 공작직을 겸했다.

　유형에서 사면당하고 23년 만에 다시 돌아온 비론은 약 7년간 쿠쿠르란트의 공작으로 잠시 통치하다가 사망하고 그의 아들 페테르 비론이 대공작을 물려받으나 이를 마지막으로 쿠르란트가 1795년 제정러시아에 편입되면서 쿠르란트의 역사는 끝나버리고 말았다.


### 쿠르란트의 문화적 성과

　쿠르란트 공국의 발전은 선박이나 건축양식의 발전에만 머무르지 않았다. 17세기에 들어서면서부터 라트비아 전반적으로 도시들이 골고루 발전하기 시작하면서 라트비아의 문화생활이 수도 리가를 벗어나 다른 곳으로 확대되기 시작했으며, 독일에서 시작된 개혁교회가 쿠르란트를 통해 라트비아 전반적으로 전파되자 이전에는 관심의 대상이 되지 않았던 라트비아 농민들의 교육과 사회적 지위향상에 대한 고민이 고개를 들기 시작했다.

이 장에서는 쿠르란트 공국의 문화적 성과와 라트비아 문화적 발전 내에 차지하고 있는 의미를 고찰해보고자 한다. 먼저 쿠르란트 공국의 문화적 성과는 크게 둘로 나눌 수 있다. 첫 번째 성과는 쿠르란트 공국 피지배층의 대다수를 이루던 라트비아의 민족 문화가 유럽의 궤도에 진입할 수 있도록 도와준 '민족문화의 도약기반'을 만들어주었다는 점이다. 두 번째 성과는 발전된 서유럽과 러시아의 문화사조를 라트비아에 흡수하여 자체적인 발전을 도모할 수 있는 배경을 마련했다는 것이다.

이런 배경으로 인해 쿠르란트는 독일귀족들이 행정의 주체를 이루고 독일문화가 융성하던 지역이지만, 그와 동시에 그때까지는 문화적 초점에서 벗어나 있던 라트비아 원주민들의 언어와 문화에 대한 관심이 증가하고 문화적 중흥을 꾀하는 시도가 이루어졌다.

쿠르란트 공국의 역할을 살펴보건대, 라트비아에서 쿠르란트 공국이 가진 역사적 성격이 소(小)리투아니아(리투아니아어로 Mažioji Lietuva, 영어로 Lithuania Minor)와 상당히 비슷했음을 엿볼 수 있다. 소리투아니아는 과거 동프로이센 지역을 말하는 것인데, 독일기사단이 자리를 잡기 이전부터 그곳엔 리투아니아계 민족들이 살고 있었다. 라트비아와 같이 동발트어를 사용하는 발트 민족인 리투아니아인들이 나라를 세운 가톨릭 문화권의 본토 리투아니아와 별개로, 독일문화권이었던 동프로이센 내 전통적으로 거주했던 독일귀족들이 리투아니아 원주민들의 문화와 언어, 민속에 관심을 갖게 되어 그에 대한 정리, 연구 작업이 활발하게 일어났고 그 결과 본토 리투아니아에도 많은 문화적 영향을 미치게 된 것이다.

유럽 전역에서 개혁주의 물결이 확산될 때, 개혁교회를 국교로 삼은 동프로이센에서는 개혁사상을 전파하기 위해서 유럽의 여러 언어로 책을 출판하기 시작했고, 여기엔 리투아니아어도 들어 있었다. 그러나 정작 리투아니아 현지에서는 폴란드어, 러시아어, 라틴어 등에 밀려 리투아니아어로 된 문학출판은 거의 이루어지지 않았다. 동프로이센의 중심도시인 틸지트나 쾨니히스버그에서 발간되던 리투아니아 서적들과 초기 언론매체들은 리투아니아인들의 언어에 대한 관심과 언어적 감성을 잃지 않도록 크게 기여하였다.

소리투아니아 역시 개혁교회를 바탕으로 한 독일문화권에 소속되어 있으면서 폴란드와 제정러시아 등 슬라브의 영향권 내에서 개혁주의적 전통을 유지하기 위한 노력이 끊임없이 이루어졌으며, 최초의 리투아니아어 서적, 민속수집, 리투아니아어 연구 등의 작업이 계속되었다. 그 결과 제정 러시아 지배하에 있던 시절, 리투아니아의 문화와 문학이 금지되었던 당시 서유럽의 문예사조를 알림으로써 리투아니아 문학 발전의 쇠퇴를 막고 리투아니아 민족주의문학의 시초가 된 작품들이 탄생하는 무대를 만들어줌으로써 장차 리투아니아의 문화적 색채를 설정하는 데 중요한 역할을 하였다.

소리투아니아는 활동지역이 원주민들의 지역에서 분리되어 있었다는 점에서 쿠르란트와 차이점을 보이기는 하지만, 독일문화가 발트지역 문화에 미친 전반적인 영향을 보여주는 중요한 예라는 점에서는 동등한 가치를 지닌다.

그리고 쿠르란트는 그때까지 리가에만 집중되어 있던 문화발전을 라트비아 지역 전체로 확장시키는 성과도 마련하였다. 수세기 동안 리브란트의 문화적 중심지였던 리가를 벗어나 쿠르란트의 수도였던 옐가바를 비롯해 쿨디가, 리에파야, 벤츠필스 같은 새로운 도시들이 성장하기 시작했으며, 특히 옐가바는 쿠르란트 공국의 문화적 중심으로 발돋움하게 되었다.

비론 가문 통치 시절엔 케틀레르 가문의 통치시절과는 달리 건축적,

예술적 차원에서 쿠르란트의 문화의 전반적인 유럽 수준으로 향상되는 결과를 낳았다. 프랑스, 이탈리아 같은 예술양식을 이어받아 화려한 궁전들이 많이 건설되기 시작하였는데 옐가바에 건설된 가장 대표적인 건물이 1775년에 학교로 건설된 아카데미아 페트리나(Academia Petrina)였다.

쿠르란트에서는 장차 라트비아 농민들의 교육과 문화연구의 힘을 쏟은 장본인들을 많이 배출함으로써 라트비아 문학에 서유럽의 문예사조를 도입하고 성경을 번역하고, 그동안 교육의 열외지역에 위치해 있던 라트비아인들에게 새로운 기회를 제공하여 라트비아의 전반적인 문화발전에 큰 공을 세웠으며, 그 결과 라트비아 내 시민계급 형성의 포문을 열게 되었다.


## 라트비아 민족문화 발전의 내부적 기반 형성

쿠르란트 공국이 라트비아에 이루어놓은 성과 중 가장 대표적인 것 중 하나는, 그동안 유럽의 전반적인 문화적 궤도의 변방에 놓여 있던 라트비아의 문학을 서유럽과 동등한 수준으로 끌어올렸다는 것이다. 쿠르란트는 발트지역에 살던 발트독일인들과 스웨덴, 폴란드, 러시아 등의 영향권 내에서만 문화적 활동이 이루어져왔으므로 보기에는 피지배계층의 대부분을 차지하던 라트비아 사람들의 생활과는 전혀 괴리된 것처럼 보일지 모른다.

위에서 말한 바대로 쿠르란트를 비롯한 리브란트 피지배계층의 대부분을 구성하고 있는 라트비아인들은 리브란트 역사가 시작된 이래로 줄곧 지배층들의 관심사에서 크게 벗어나있었다, 그들은 기독교에 바탕을 둔 유럽의 문화사조와 분리된 채 전통적인 이교도 풍습을 따르고 문학은 문자화가 이루어지지 않고 거의 구두로 전해져 내려오는 민속문화의 형태로만 계승되고 있었을 뿐이었다.

그러므로 이전부터 이교도 문화를 추종하는 라트비아인들을 개종하려는 시도는 여러 차례 있어왔다. 1대 공작 케틀레르 자신도 라트비아 농민들에게 기독교 신앙과 개혁교회의 가르침을 전파하고자 하는 뜻이 있었으나 그리 용이하지는 않았다. 라트비아인들은 당시에도 새로운 종교를 받아들이기를 거부하고 조상들이 섬기던 종교에 집착하고 있었다. 결혼식도 과거의 이교도 전통대로 행했으며 죽은 이들은 기독교식으로 장례식을 치르는 대신 조상의 시신과 함께 매장하고자 했으며 조상의 영혼에 대한 깊은 믿음이 있었던 것으로 기록되어 있다.

라트비아인들로 구성된 쿠르란트 공국의 농민 계층은 쿠르란트의 경제적 문화적 발전에도 상관없이 어떠한 권리가 없었고 시민계층도 거의 형성되어 있지 않았다. 역사적 기록에 의하면 라트비아인들의 삶은 화려한 발트독일인들의 삶과는 거리가 아주 멀었다. 쿠르란트의 원주민인 라트비아 농민들은 굴뚝이 없는 방 하나가 전부인 가난하고 작은 집에 살았다. 방 안에는 돌로 만들어진 아궁이 정도의 세간을 갖추는 것이 전부였고 그 옆에서 모든 가족이 한데 모여 잠을 잘 정도로 생활환경이 열악했다. 케틀레르가 보장받은 모든 권한과 권리는 발트독일인들과 쿠르란트 귀족들만을 위한 것이었고 원주민들은 아무런 권리도 누리지 못했다. 심지어 라트비아인들로 구성된 농노들의 처벌을 위한 교수대나 고문 시설이 마을 한가운데 버젓이 설치되어 있기도 했다고 역사는 전한다.

사실 쿠르란트가 경제, 조선업, 무역 등에서 전성기를 누릴 때도 라트비아인들은 그 혜택을 제대로 누리며 살지 못했다. 전반적으로 라트비아인들의 문화와 언어는 하층민의 것으로 치부되어 학술적, 예술적 관심은 거의 끌지 못했다. 그러나 쿠르란트에서 태어나 성장한 인물 중 상당수가 피지배계층이었던 라트비아 사람들의 언어와 민속문화에 관심을 갖기 시작해 자체적인 연구, 수집 활동 을 시작하거나 다른 후대 연구자들이 더 나은 업적을 이룩할 수 있는 기틀을 만들어놓았다.

염두에 두어야 할 것은 라트비아어로 된 최초의 출판활동은 이미 쿠르란트 공국 이전에 시작되었다는 것이다. 라트비아어로 된 최초의 서적은 1525년경에 최초로 나온 것으로 알려져 있으며 쿠르란트가 아닌 다른 지역에서 발간되었다. 최초의 라트비아어 서적의 원본은 현재까지 남아 있지는 않고 지금까지 남아 있는 것 중 최초의 책은 1585년 빌뉴스에서 발간된 교리문답서이다.

쿠르란트 공국 시절 16세기와 17세기 초에는 피지배계층이었던 라트비아 사람들의 언어와 민속문화를 수집, 연구하고, 성경을 번역하고 발전된 서유럽의 문예사조를 라트비아 문학에 도입하는 등 새로운 시도가 모습을 드러내었고, 그중 대표적인 인물들은 아래와 같다.

게오르규스 만첼리우스 Georgius Mancelius(라트비아어로 Georgs Mancelis 혹은 Juris Mancelijs, 1593~1654)

그는 발트독일인 인텔리겐치아들 중 대표적인 인물이다. 그는 루터교 신부였지만 라트비아인들의 언어와 그들을 대상으로 하는 교육활동에 많은 관심을 가지고 있었다. 그는 쿠르란트에서 태어났고 당시 수도였던 옐가바와 리가를 오가며 공부를 하는 동안 라트비아어를 익히고 라트비아 농민들의 삶에 대한 관심도 점차 많아졌다. 그는 스웨덴 왕의 초청으로 에스토니아 타르투 대학교에서 신학교수, 총장 등으로 일하곤 했으나 명성이 높아진 후 옐가바로 돌아와 귀족들의 교사로 근무했다.

만첼리우스는 라트비아인들에 대한 무한애정을 바탕으로 당시 사용되던 라트비아어를 수집하고 정리하여 현대 라트비아어의 기초를 닦아놓았으며 17세기 사용되던 라트비아어가 어떤 형태였는지를 짐작해볼 수 있도록 해주는 성과를 낳았다.

그가 이룩한 성과는 크게 두 방향으로 나눌 수 있다. 첫째, 그동안 하대와 천대를 면치 못했던 라트비아 사람들이 민족정신을 깨달을 수 있는 길을 열어주는 가장 중요한 요소인 라트비아어의 가치를 향상시켜준것이다(Ligotņu 1924: 13). 1638년에는 발간된 『독일어-라트비아어 사전(Lettus)』에는 222페이지와 6천 개에 이르는 표제어가 수록되어 있고, 당시 쿠르란트에서 사용되던 회화표현의 예문이 수록된 예문집 『라트비아어 표현집 phraseologija lettica』이 편찬되어 그 당시의 라트비아어를 연구하는 데 있어서 소중한 자료를 제공해준다. 그리고 두 번째로는 라트비아인들을 위한 심신계발이었는데, 그 업적 중의 최고는 그가 죽기 전 편찬한 『설교사전 Lettische langgewunschte Postill』이다. 학습 서적인 요소를 갖추고 있으면서도 문학적 수준도 꽤 높다. 만첼리우스는 이 책을 통해서 라트비아 농민들의 일상생활 속 나타나는 여러 가지 부족함을 비판하면서 자기 계발, 가족 간에 우애, 신에 대한 믿음, 술 취하지 않기 등의 내용으로 라트비아 농민들을 개화하려고 애썼다. 이 설교사전의 가치는 내용뿐만 아니라 라트비아어의 문법과 표기법을 정리했다는 데도 남아 있다. 명사변화, 동사의 태, 모음의 장단 등 현대 라트비아어에서 널리 사용되고 있는 음운론과 문법의 근간이 된 요소들이 그의 작품을 통해서 최초로 등장하였고, 머지않은 미래에 성서를 라트비아어로 최초로 번역하게 될 라트비아어의 또 다른 선구자 글뤽 역시 그의 문법 스타일을 차용함에 따라 현대 라트비아어의 형태론적 특성을 규정하는 장본인이 되었다.

그가 사용한 어체는 당대 언어치고는 교양 있는 언어와는 거리가 멀었다. 그는 당대에 사용되던 정제되고 품위 있는 언어보다는 자연 속에서 살아가는 아이들이 사용하던 언어를 차용했다. 당시 문어생활을 지배하던 독일어의 문체를 과감히 버리고 독일어 계통의 단어보다는 순수 라트비아어 단어를 사용하였으며, 신(神), 영혼, 신앙 같은 개념조 차 라트비아 사람들에게 친근한 표현으로 바꿔 쓰기도 했다.

리고트뉴 예캅스는 라트비아 산문의 개척자 중 한 명으로 인정되고 이전에 없던 새로운 방식을 갈망한 선각자이니 만큼, 그와 동시에 여러 가지 실수와 문제점도 가지고 있지만 그런 단점들은 그가 살았던 역사적 상황에서 충분히 이해 가능한 것들임을 강조한다.

게다가 문장표현에 있어서는 당시 문학의 시적표현, 은유, 표현법, 형용어구 등이 폭넓게 사용되었고 심지어 20세기 초반에 창작된 작품들 에서도 만첼리우스 스타일의 문체가 사용되곤 했다는 점에서 큰 가치를 가지고 있다.

**크리스토프 프레커 Christoph Frecker(라트비아어로 Kristofors Firekers 혹은 Kristaps Firekers, 1615~1685)**

프레커는 젬갈레에서 출생하여 타르투 대학교에서 신학을 공부하였 으나 성직자로는 활동하지 않았다. 그는 라트비아 미망인과 결혼하여 라트비아 농민들의 삶에 깊이 관여하였으며 언제나 자신을 라트비아 사람으로 여기곤 했다. 그는 타르투 대학교에서 재학하는 동안 게오르규 스 만첼리우스와 만나 친분을 나누기도 했던 것으로 알려져 있다.

만첼리우스가 라트비아 산문의 포문을 연 사람이라면 프레커는 성가 곡을 중심으로 라트비아 시의 문체를 연구하고 창작한 운문의 아버지로 통한다. 그가 활동하기 전까지는 라트비아의 운문은 주로 성당에서

사용하기 위해서 독일어로 된 텍스트를 의미만 옮기는 식으로 진행이
되었을 뿐 라트비아어의 운율이나 강세에 맞는 라트비아식의 표현방식
을 꾀하는 시도는 거의 존재하지 않았다. 그러나 프레커는 그런 세태에
반기를 들고 라트비아어에 가장 걸맞고 적확한 운율법을 연구하여 실제
적으로 적용하였다. 베르진스 루디스는 프레커의 애착과 사랑이 담긴
그의 시적 언어는 당대 만첼리우스를 비롯한 다른 어느 시인들의 언어와
비교해보아도 전혀 떨어지지 않는다고 극찬했다.

그는 독일의 운율법을 기초로 하여 전통적인 하강운율 외에도 상승운
율, 혼합운율 등 총 59개에 이르는 다양한 운율을 고안해 내었다. 그가
정리한 운율법은 여전히 라트비아 시에서 자주 사용되는 시창작의 정석
으로 인정받고 있다. 그가 작성한 시에서는 이미 지금 라트비아어에서
사용하고 있는 단어의 변화형태가 그대로 보이고 있다는 점에서 라트비
아어의 역사와 변천사를 연구하는 데에도 중요한 자료가 되어주고 있다.

프레커는 라트비아어가 서유럽식 운율구조에도 적합하고 그들의 일
상생활에서 부르는 민요 역시 문학적 가치를 충분히 가지고 있다는
확신이 있었다. 그래서 그는 언제나 라트비아 성당에서 불리는 노래들
역시 예술적 가치 면에서 독일의 노래와 동등할 수 있음을 실제적으로
증명하고자 하였다.

그가 직접 수집하고 정리하고 직접 창작하기도 한 180여 개의 찬양시
는 19세기 초기에도 시를 창작하는 데 필요한 운율의 기준으로 인정될
만큼 높은 가치를 인정받았다. 그런 차원에서 그의 시는 종교적인 성격을
넘어서서 라트비아 문학의 고전주의적 대표작들로 인정받고 있으며
마틴 루터가 작사, 작곡하고 프레커가 직접 번역한 「우리 주는 강한
성 Ein feste Burg ist unser Gott」은 현재에도 그의 번역본이 불리고
있다.

프레커가 쓴 노래 중 54곡은 1671년 발간된 『라트비아의 성가곡 및 시편집 Lettische geistliche Lieder und Psalmen』에 수록되어 있고 별도의 158곡은 차후 아돌피스 신부가 쿠르란트의 노래를 묶어서 편찬한 『라트비아 찬양곡 모음집 Lettische geistliche Lieder und Collecten』(1685)에 수록되어 있다.

그는 운문의 운율에서만 뚜렷한 성과를 남긴 것이 아니라, 라트비아 사람들이 실제적으로 사용하는 언어의 문법과 활용에 대해서 연구한 최초의 학자로도 평가받고 있다. 그는 독일어-라트비아어 사전 편찬을 준비하는 도중 완성을 보지 못하고 유명을 달리하였으나 그가 수집한 자료는 도벨레에서 프레커에게서 직접 라트비아어를 배운 신부 하인리히 아돌피스 Heinrich Adolfijs가 후대에 라트비아어에 대한 최초의 입문서 『라트비아어에 대한 짧은 입문서 Erster Versuch einer kurzverfasseten Anleitung zur lettischen Sprache』(1685)를 발간하고 같은 해에 게오르그 드레셀 Georg Dreszell이 편찬한 『라트비아어에 관한 소입문서 Ganz kurze Anleitung zur lettischen Sprache』가 세상에 나오는 데 큰 공헌을 했다. 대부분 그들은 프레커의 자료 를 참조하거나 상당수 인용했다.

요한 에른스트 글뤽 Johann Ernst Glück(라트비아어로 Ernests Gliks, 1652~1705)

에른스트 글뤽은 라트비아의 종교문학의 기초를 마련하고 교회 및 종교언어의 어휘를 정리한 장인으로 손꼽힌다. 그는 최초로 성서를 라트비아어로 번역하여 라트비아어의 가치를 한층 높인 인물이다. 글뤽은 쿠르란트가 아닌 라트비아의 북부 비제메에서 활동하였으나 그가 성경을 번역할 당시 쿠르란트 지역의 성직자들의 큰 지지와 협조를 받아 많은 성과를 이룬 것으로 알려져 있다. 그가 번역한 성서는 총 2487쪽으로, 8년에 걸쳐 성서를 번역했다.

그는 직접 시를 쓴 저술활동도 한 것으로 알려져 있으나 애석하게도 가 쓴 작품들은 행방이 묘연하여 그의 작품 활동에 대한 자료는 남아 있는 것이 없다.


## 발전된 유럽 문화사조와의 접촉

〈그림 1〉 라트비아 최고의 바로크 건축인 룬달레 궁전

쿠르란트 공국이 라트비아 남부에 설립되기 전까지 라트비아 민족은 유럽의 전반적인 문화적 환경으로부터 격리되어 있었다. 그러나 야콥 공작과 바론 가문의 치세 이후 발전된 서유럽의 기술과 건축양식이 라트비아에 많이 도입되었다. 그들이 쿠르란트 경제를 발전시키고자 하던 시도는 여러 차례 실패로 끝났지만, 결과적으로 쿠르란트 내에 서유럽, 러시아의 발전된 사조를 도입함으로써 라트비아가 유럽의 전

반적인 문화발전의 궤도 속으로 진입할 수 있도록 해주는 발판을 마련해 주었다. 이는 건축양식의 발전 면에서 특히 두드러진다. 쿠르란트 공국 이전까지는 독일 기사단과 제정 러시아와의 전쟁을 대비하기 위해 전투와 수비의 기능만을 강조한 성곽과 요새 건축이 주를 이루고 있었다면, 공국 이후로는 그런 전쟁의 용도와 차별화된 탐미적 양식의 궁전과 성당 건물이 라트비아 내에 집중적으로 건설되게 되었다.

이는 현재 라트비아 공화국의 지역 전체로 보아 북부 비제메나 동부 라크갈레 지역에 비해 과거 쿠르란트 지역이었던 쿠르제메와 젬갈레 지역에 바로크 및 로코코 양식의 궁전이 월등히 많이 남아 있다는 데서 뚜렷이 드러난다. 그만큼 쿠르란트는 바로크나 로코코 같은 건축양식이 라트비아에 도입되는 데 가장 중요한 구실을 했음을 알 수 있다.

라트비아의 바로크 양식의 발전은 쿠르란트와 떼어놓을 수 없고 특히 서유럽을 발전모델로 삼았던 야콥 공작의 치세 시절 뚜렷한 발전을 이루었다. 라트비아 농민들에게 개혁교회 사상을 전파하고자 하는 의욕이 강했던 고트하르트 케틀레르 이후 쿠르란트에는 바로크 양식을 딴 성당건축이 활발하게 이루어졌다.

종교적 성격의 건물을 제외한 세속 건축양식 중 대표적인 것은 무엇보다 이탈리아 출신의 러시아 바로크 양식의 거장 라스트렐리의 지도하에 독일, 이탈리아 등 최고의 건축가들의 참여하여 건설된 옐가바 궁전과 룬달레 궁전, 아카데미아 페트리나를 들 수 있다. 룬달레 궁전은 러시아 바로크와 유럽의 로코코 양식이 한곳에 자리 잡고 있어 비슷한 시기에 지어진 다른 바로크 건물들과 비교해서도 상당히 차별되며, 거장 라스트렐리 건축양식의 정수가 한곳에 모여 있다는 점에서 가치가 크다.

특히 이러한 러시아 바로크 양식과 서유럽의 고전주의, 로코코 양식을 결합한 건축양식은 케틀레르 왕조가 끝나고 비론 왕조가 열리면서 왕조의 변화를 천명하고자 했던 비론 대공작의 개인적인 야망과 제정러시아로부터 아낌없는 지원을 받을 수 있었던 대내외적 관계로 인해 그 꽃을 피우게 되었다.

### 룬달레 궁전(Rundāles pils)

〈그림 2〉 룬달레 궁전의 화려한 내부. 내부는 대부분 로코코 양식으로 만들어져있다.

쿠르란트식 바로크 양식의 정수는 쿠르란트 2대 가문을 연 에른스트 요한 비론이 세운 룬달레 궁전이다. 이 룬달레 궁전은 비론의 권력이 상승을 준비하던 1736년에 건설이 시작되었다. 건설에는 상트페테르스부르그의 에르미타주 겨울궁전을 설계한 이탈리아 출신 러시아 건축가인 프란체스코 바톨로메오 라스트렐리 Francesko Bartolomeo Rastrelli가 참여했고, 그 외 미하일 그라프, 주키니 등 유럽의 유명 건축가와 예술가들이 거들었다. 프란체스크 바톨로메오 라스트렐리는 플로렌스 태생의 아버지 바르톨로메오 카를로 라스트렐리와 함께 1716년 러시아로 이주했으며 1732년 러시아 궁정건축가가 되었다. 1735년 상트페테르스부르그 겨울궁전(에르마티주 궁전) 건설 도중 쿠르란트로 발령을 받아 이후 옐가바 궁전, 룬달레 궁전 등을 설계해 쿠르란트의 대표적인 궁전 양식을 대표함과 동시에 러시아 바로크 양식의 대가로 손꼽히게 되었다.

룬달레 궁전이 있던 자리에는 그 전에도 리브란트 기사단이 건축한 성곽이 축조되어 있던 것으로 알려져 있다. 1736년 현재 모습의 룬달레 궁전이 축조되기 전까지는 수도원 형식의 건물이 있던 것으로 추정된다.

유럽 최고의 천재 건축가 중 하나인 라스트렐리는 건축이 시작된 지 4년 만에 룬달레 궁전을 거의 완공하는 단계에까지 이르렀으나, 1740년 비론의 일가족이 시베리아로 유형을 떠나면서 궁전 건축은 중단되고 거의 버려진 상태에 이르렀다. 그 후 23년 후 비론이 유형에서 돌아와 쿠르란트 공국의 11대 공작이 되어 다시 재건을 시작했을 당시에는 상태가 심각했다. 이미 궁전 내부의 양식이 당시로서는 유행이 많이 지난 바로크 양식이었기 때문인데 비론은 1763년부터 5년 동안 궁전 내부를 거의 모두 로코코 양식으로 개조하였다. 궁전의 내부 장식은 1768년에 완성되었으며, 이탈리아의 유명 화가들, 그리고 베를린 출신의 조각가 그라프가 참여했다.

그러므로 이 궁전은 바로크와 로코코 양식이 모두 사용된 건물로서, 룬달레가 처음으로 건설된 시점의 바로크 양식은 궁전 1층 입구 계단과 소갤러리, 복도 등에 남아 있다. 2층 구조로 되어 있는 궁전에는 전부 138개의 방이 있고, 그중 금실(金室, Zelta zāle), 백실(白室, Balta zāle), 장미의 방(Rožu zāle), 대리석실(Marmora zāle) 등이 명성이 높다. 그 외에도 60헥타르에 이르는 룬달레 궁전의 정원은 성벽, 마구간, 외양간, 수레보관소, 양조장 등 과거의 모습을 보여주는 다양한 건물들이 남아 있어 쿠르란트 공국 시절 발트독일인들의 삶이 어떠하였는지를 보여주는 중요한 문화유산이 되어주고 있다.

룬달레 궁전에서 비론 가문이 즐겨 사용하던 식기들의 디자인은 도자기 예술계에 독특한 사조로 발전되어 독일 최대의 도자기 업체 중 하나인 베를린 왕립 도자기 제작소(Königliche Porzellan-Manufaktur Berlin)에서도 여전히 쿠르란트 시절의 도자기를 복원하는 사업을 진행하고 있다.

### 옐가바 궁전(Jelgavas pils)

〈그림 3〉 옐가바 궁전

옐가바 궁전은 1265년 세워진 리브란트 기사단의 성곽을 허물고 1737년 비론 공작에 의해서 다시 지어진 것이다. 이는 과거 케틀레르 왕조의 몰락과 새 왕조의 도래를 알리기 위해 비론 자신이 과거 케틀레르가 지은 성곽 자리에 주변 경관에 어울리는 바로크식 궁전을 짓고자 했던 개인적 희망에서 비롯된 것이다.

이 궁전의 설계 역시 룬달레 및 에르미타주 궁전 건축에 참여한 라스트렐리가 담당했으며 비론이 유형에서 돌아온 1763년 덴마크의 건축가 옌센이 참여한 이후에는 점차 유럽의 고전주의 양식의 형태를 띠게 되었다. 옐가바의 내부장식은 독일의 그라프, 이탈리아의 단젤리 등이 참여했다. 특히 이 궁전은 옐가바를 가로지르는 리엘루페 강변에 위치해 있는데, 이는 상트페테르스부르그의 네바강 옆으로 펼쳐져 있는 에르미타주의 모습을 떠오르게 할 정도로 아름답다. 옐가바 궁전에서 가장 주요한 부분인 동편 부분을 강가에 위치하도록 배치해놓은 것은 강과 궁전의 조화를 중요시하던 라스트렐리가 주로 사용하던 건축적 기법 중 하나이다.

옐가바 궁전은 1919년 화재 이후 1927년에서 39년까지 라트비아의 건축가 라우베에 의해서 재건되었으나 2차 대전 중 다시 상당 부분 훼손되어 1955년에서 1961년 기간 중 다시 재건되었다. 궁전의 규모와 실내 장식 등은 쿠르란트 건축양식 최고의 수준을 선보이고 있으나 복원 사업이나 성의 보존 차원에서 인근 룬달레 궁전에 비해 낙후된 상태에 머물러 있고, 현재는 라트비아 국립농업 대학교에서 궁전건물을 사용하고 있어 관광지로서의 면모는 비교적 덜하다.

### 발트지역에서 사라진 국가 - 쿠르란트

현재 라트비아는 공식적으로 발트민족계의 라트비아인들이 대다수를 이루는 나라이다. 하지만 문화사적 시각에서 볼 때, 라트비아는 독일, 러시아, 스칸디나비아, 폴란드 등 다양한 민족문화권이 수세기 동안 각축을 벌이면서 한곳에 동화한 모습을 보이고 있어 라트비아의 문화적 성격에 대해서는 한마디로 결론을 내리기가 아주 어렵다. 그런 모습을 가장 잘 보여주는 곳이 수도 리가의 구시가지로서 800년 동안 발트해 지역 한자무역의 중심지로 발전을 이루는 동안 다면적인 문화적 발전 속에서 형성된 다양한 모습과 양식의 건축물들이 한자리에 조화를 이루고 있어 울타리 없는 유럽 건축박물관으로 불릴 정도이다.

라트비아 전체로 보자면 루터교를 기반으로 한 독일문화, 라트비아 동부 지역에서 뚜렷이 드러나는 슬라브 및 러시아 문화, 리브란트와 북부전쟁을 거치는 동안 자리매김했던 스칸디나비아 문화들로 대변될 수 있는데, 그중 독일문화가 뿌리내림과 동시에 라트비아 민족문화가 사라지지 않을 수 있었던 데는 바로 우리가 논했던 쿠르란트 공국의 역할이 아주 중요했다.

여기서 강조되어야 할 쿠르란트 공국이 라트비아 문화사에서 가지는 의미는 다음과 같다. 먼저 쿠르란트 공국은 슬라브와 가톨릭의 영향이 큰 폴란드-리투아니아 연합국의 제후국으로 설립되었으나, 폴란드의 문화권의 제약 없이 비교적 자유롭게 문화발전을 이룰 수 있는 기반을 확립할 수 있었다. 그리고 개혁교회와 서유럽의 건축양식, 문학사조를 도입하여 라트비아에 전수해 줌으로써 장차 라트비아에 큰 문화적 영향을 남기게 되었다. 둘째, 당시까지는 유럽 문화사의 열외에 놓여 있어 학문적, 문학적 관심을 받지 않은 라트비아 원주민들의 생활양식이 새롭게 조명되면서 장차 라트비아 문화의 중흥기를 형성할 수 있는 기반이 쿠르란트에서 형성되었으며, 이는 쿠르란트에서 태어나 성장한 성직자와 연구가들에 의해 가능할 수 있었다. 셋째, 쿠르란트 공국 이전까지는 전투와 방어만을 위한 군사적 용도로만 축조된 성곽과 요새들이 건축양식의 주를 이루고 있었으나 쿠르란트 공국 시절 귀족문화가 발달하기 시작하면서 그동안의 건축 양식과의 관계를 과감히 절연하고 유럽의 미학적 요소를 받아들인 새로운 건축 양식이 라트비아에 도입되기 시작했다. 이는 쿠르란트 공국의 왕조가 변천하는 과정에서 공작들이 역사와의 단절과 청산을 시도한 정치적, 역사적 시도의 발현이었으며, 20세기에 초에 들어 새로 조성된 리가의 이미지를 완성하는 데에도 큰 몫을 하였다.

이처럼 I, II장에서는 다양한 사회적 요인들을 아우르는 발트3국에 대한 올바른 인식의 기초를 형성하고, 더불어 문화의 토대와 특징을 파악하기 위해 언어학적 계통과 나라별 차이를 선행연구를 바탕으로 간략하게 재정리하였다. 무엇보다도 '인도-유럽어족'과 '우랄-유카기르어족'이 어우러져 있는 발트3국의 언어를 알기 쉽게 분류한 다음, 독자적인 언어적 특징과 자질을 새롭게 정의했다. 이어 발트국의 문화에서는 선행연구에서 이미 다룬 신화와 전설의 원천에 해당하는 민요,

민족서사시, 근대문학의 발생에 지대한 영향을 끼친 작품은 물론 민족정신, 자유와 독립을 위한 투쟁 그리고 이를 반영하는 근대 이후의 음악제를 비롯하여 주요 작가와 사상가의 활동을 요약하면서, 독자적인 가치를 매겼다.

그러나 이 책의 주요 영역에 속하는 발트3국의 문학에 대한 진단은 그 범위가 광범위할 뿐만 아니라, 독일발트문학과의 연계성으로 인해 서술의 범위와 대상을 제한적으로 정할 수밖에 없었다. 달리 말하면, 근대 이후 민중문학과 국민문학, 근대성 확보를 위한 각국의 문예운동을 비롯하여, 20세기 초 망명문학과 현대문학을 통시적인 관점에서 접근은 더 많은 연구를 전제할 수밖에 없다는 뜻이다. 따라서 중세 이후부터 근대성 확보가 이루어지기 전인 18세기까지 문학사적 관점에서 분석하였다.

요약하면 독일발트문학이 발트지역에 끼친 영향과 발트지역의 특수성에 따른 문화적 현상을 기초하고 있다. 먼저 중세 이후 16세기 발트국의 인문주의가 유럽과는 달리 계몽주의가 인문주의 사상의 기초가 되었다는 점에서 신라틴어 찬미가와 역사정치적 시를 언급했으며, 이어 17세기 바로크 시대의 문학은 바로크적인 종교체험과 인간의 가치가 종교전쟁의 혼란 속에서가 아니라, 정치적 혼란 속에서도 나왔다는 점에 주목하였다. 이를 대표할 수 있는 성직자의 문학, 서정시와 당시의 연극에 대한 분석이다.

다음으로 18세기 계몽주의 시기의 문학의 정의는 당시 정신세계를 주도하는 근간으로 엄밀하게 말해서, 독일로부터 수입된 정신사조라 할 수 있다. 늦었지만 대신 19세기 깊숙이까지 계속 영향을 미치면서 계몽주의의 이상들인 이성의 지배, 인간애, 관용, 자연지배, 인간해방은 시민계급의 도시주민들과 지식인 계층에 개방적이며 무제한적으로 수용되었고, 그래서 경건주의적인 영향을 받은 지방주민들에 합리주의적으로 계몽된 도시시민계층이 마주서게 된다는 측면에서의 분석이다.

이처럼 발트3국은, 어느 정도에 따라 '문학'을 중심으로 이미 단편적으로 소개된 동부유럽(체코, 폴란드, 슬로바키아, 헝가리 등)에 비해, 거의 알려지지 않은 나라들이다. 현지에서 연구책임자의 체험에 따르면, 여전히 불안정적인 정치적인 체제와 사회제도로 인해 실용적이면서 자유로운 교류에는 어려움이 있다고 판단되었다. 또한 이전 소비에트연방공화국으로부터 독립한 기간이 겨우 20년을 넘기고 있다는 점과 아직 시장경제와 자본주의에 익숙하지 못한 점 등을 고려해 볼 때, 변화의 모색과 경제적 정치적 자율성에는 많은 시련과 시행착오가 따를 것으로 보인다.

# Ⅲ

# 리투아니아 근대문학

Ⅲ장은 문학의 '지역성'을 중심으로, 당시 소위 '소(小)리투아니아'로 일컬었던 동(東)프로이센 지역 내의 문학적 역학관계와 작가들의 역할을 진단하는 데 목적이 있다. 리투아니아는 중세 이후 긴 역사를 거치는 동안 국토의 경계가 수차례 걸쳐 변경을 거듭하였다. 과거 리투아니아 대공국에 속해 있던 나라들은 오늘날 인근 벨라루스, 우크라이나, 폴란드 등으로 분리되어 있다. 그러나 영토가 자주 변화하는 동안에도 리투아니아의 문화적 영향은 계속되었다. 그만큼 현재 리투아니아 공화국의 공적인 영토를 벗어나서도 리투아니아 문화가 형성되고 동시에 영향을 미쳤던 곳은 적지 않다. 다른 한편으로 이러한 광범위한 리투아니아 문학의 지역성을 고찰하는 문제는 결코 쉬운 일이 아니다.

이처럼 여기서 언급하고자 하는 지역성이란 어느 지역이 문학활동의 근거이자 소재가 되었으며, 작가들로 하여금 문학적 동기를 부여했느냐 하는 등의 일반론적인 차원과는 다르다. 즉 본고에서 정의하는 리투아니아 근대문학의 지역성이란 '자신들을 리투아니아인이거나 리투아니아인의 후손이라 여기는 당시 국외 작가들이 실질적인 리투아니아인들의 문학적 필요성에 따른 형상화를 위하여 리투아니아어로 또는 리투아니아 영역 내에서 사용되던 다른 언어를 이용한 작품들이 나타나는 특정 지역의 문화적 문학적 영향관계'를 뜻한다. 이는 조동일이 제창한 "민족, 국가, 국민의 문학이거나, 민족국가를 이루는 과정에 있어 민족의 문학"의 범주에 포함시킬 수 있다는 뜻이다. 이유는 그의 정의가 리투아니아의 민족문학이자 근대문학의 지역성에 맞닿아 있기 때문이다.

리투아니아 근대문학의 형성과정에서 드러난 지역으로 현재 러시아 영토에 속하는 칼리닌그라드(Калининград; Kaliningrad, 옛 Königsberg) 주(洲)로 편입되어 있으나, 역사적으로 리투아니아인들이 많이 거주했던 '소(小)리투아니아(Mažioji Lietuva, 독일어식 표기 Kleinlitauen, 영어식 표기 Lithuania Minor)'로 불리던 동(東)프로이센을 중심으로 그곳에서 활동했던 작가들을 포함한다.

이러한 점에서 볼 때, 지역성 범위에 속하는 독일의 문화와 문학과의 관계를 다룰 수밖에 없다. 넓게는 독일발트문학의 범주에서 발트3국의 문학을 포함시킬 수 있기 때문이다. 역사적으로도 독일어권의 문화적 영향에서 에스토니아, 라트비아, 리투아니아의 문학적 토대와 발생은 태생적으로 상호불가분의 관계를 맺고 있다. 지금까지 학계에서는 발트3국의 문화권을 논할 때, 과거 리브란트의 대부분의 영토에 포함되었던 오늘날 라트비아와 에스토니아가 바로 독일발트문학의 시발점이기도 하다. 먼저 독일기사단의 정복과 독일인의 이주가 이루어진 1201년부터 1차 대전 종전시기까지 이곳에서의 독일인들의 활동을 들 수 있다.

이로 인해 독일문화권으로서의 성격이 근 700년 넘게 지속적으로 형성되었으며, 그 영향 또한 절대적이었다. 따라서 오늘날 에스토니아와 라트비아문학의 발생과 배경 그리고 전개과정에서 끼친 독일문학의 영향을 진단하는 연구는 광범위하게 이루어지고 있으며, 상당한 성과를 낳고 있다.

반면 리투아니아는 리브란트와 달리 독일어권 문화의 영향에서 비교적 자유로운 상태였다고 할 수 있다. 즉 다른 두 지역과 차별되는 독자적인 문학활동과 문화적 자주성을 형성한 것으로, 리투아니아에서의 독일문화와 독일문학의 영향은 상대적으로 적었다. 그러나 이는 여태까지 발트해 연안의 현지 언어를 구사할 수 있는 학자들의 부재와 연구의 필요성에 대한 관심부족이 가장 큰 이유로 보인다. 역으로 비교적 접근이 쉬운 독일역사와 독일문학을 주제로 한 연구가 중점적으로 이루어질 수밖에 없었다는 사실도 중요한 이유가 될 수 있지만, 전반적으로 발트지역의 연구가 전통적이고 지엽적인 관점을 벗어나지 못하고 있었음을 보여주는 것이다.

다른 한편으로 리투아니아는 자신들의 민족적 정서와 역사적, 사회적 배경을 바탕으로 하여 독특한 문화적 특성을 만들어 내었지만, 리브란트 지역에 비해 인근 슬라브 국가들의 영향이 외형적으로는 더 컸다. 그럼에도 불구하고 당시 독일문화의 정수와도 같은 동(東)프로이센 지역에서 이루어졌던 리투아니아인의 문학활동은 실질적으로 독일의 영향을 많이 받은 결과이므로, 이를 간과할 수 없다.

요컨대 '소(小)리투아니아', 즉 동(東)프로이센 지역이 리투아니아 근대문학이 형성되는 과정에서 끼친 영향과 그 가치를 시대별로 주제별로 나누어 진단하는 것이다. 여기서 염두에 두어야 할 것은 이 지역이 독일, 폴란드, 리투아니아 세 나라 모두에 엇비슷한 영향을 미치고 있지만, 1차 대전 이후까지 공식적으로 독일어 문화권이었던 지역이므로 인명이나 지명 표기에서는 독일어를 기준으로 한다는 것이다. 그러나 인명의 경우 그의 국적에 따라 불리는 표기법을 기준으로 해당국의 언어도 병기하도록 한다.

## 3.1. 동(東)프로이센과 소(小)리투아니아

### 소(小)리투아니아의 지리적 위치

소(小)리투아니아는 현재 폴란드와 리투아니아 사이에 있는 러시아의 칼리닌그라드 지역에 있었던 동(東)프로이센과 직접 연관된 말로 리투아니아의 문학과 문화를 논할 경우, 빠뜨릴 수 없는 중요한 지역이다.

프로이센이 역사적으로 강성했을 때는 덴마크에서 현재의 리투아니아까지 이르는 광대한 영토를 차지한 적도 있었지만, 1466년 단치히(Danzig; 현재 폴란드의 그단스크 Gdańsk)를 중심으로 서부는 폴란드 왕령의 영토(Royal Prussia), 동부는 독일(튜튼)기사단에서 비롯된 프로이센 기사단이 이끄는 프로이센 공국으로 분리되었다. 이로부터 약 1세기 후 호엔촐레른 가문의 알브레히트 공이 개신교를 국교로 받아들이면서부터는 리투아니아-폴란드 연합국 내의 한 공국(Ducal Prussia)으로 편입되고 만다. 그러나 폴란드 왕령 프로이센은 형식상으로는 폴란드의 영토였지만, 실제로는 완전한 폴란드령이 되지 못했다. 왜냐하면 법적, 정치적 자치권만을 가진 국토의 일부로 자리 잡았기 때문이다.

역사적으로 많은 변천을 거듭한 이 지역을 근거로 이 책에서 언급하는 동(東)프로이센은 프로이센 공국의 전체 영토 가운데 오늘날 독일과 폴란드로 분리된 동쪽 프로이센을 일컫는다. 구체적으로는 현재 러시아의 칼리닌그라드, 리투아니아 서부, 폴란드 북부를 점유했으며, 20세기 초까지 흥망을 이어갔던 곳이다. 그러나 2차 대전 중에는 연합국의 대규모 공습으로 동(東)프로이센 영토의 대부분이 폐허가

되었으며, 이후에는 패전국 독일이 영토를 포기함으로써 동(東)프로이센 영토는 각각 절반씩 러시아(북쪽)와 폴란드(남쪽) 국토로 편입되었다.

여기서 프로이센 공국이 성립하기 이전의 지역성도 알아볼 필요가 있다. 즉 13세기 독일기사단들에 의해 정복되기 이전, 이 지역에서는 발트민족들이 여럿 공존하고 있었는데 그 가운데 '프루사 Prūsa'라고 불리던 민족도 이곳에서 정착하고 있었다. 프로이센이라는 이름도 바로 프루사라고 불리던 민족의 이름에서 유래된 것으로 알려져 있다. 이 지역에는 리투아니아인과 프루사인을 비롯해서 다양한 발트민족이 살고 있었으나, 수도 쾨니히스베르크가 위치한 셈바 반도 지역에는 프루사인의 영향력이 유독 강했다. 언어나 인종적으로 리투아니아인이나 라트비아인과 흡사한 발트민족의 일파로서, 리투아니아어가 집중적으로 기록되기 전부터도 독일기사단과 선교사, 그리고 역사가들에 의해 그 언어가 기록되기도 했으므로 발트어의 뿌리와 형성을 알려주는 소중한 자료가 되고 있다.

현재 리투아니아와 칼리닌그라드 지역의 국경을 이루는 네무나스 (Nemunas. 러시아어 Niemen, 독일어 Memel) 강이 동(東)프로이센 민족과 리투아니아 민족의 경계선으로 여겨지고 있으나, 과거 리투아니아 대공작들은 그보다 더 안쪽 지역을 리투아니아 영토로 여기고 탈환을 시도한 바 있다. 비타우타스 Vytautas 대공작은 심지어 현재 칼리닌그라드 지역까지를 리투아니아인들의 땅으로 여긴 적이 있었기 때문이다. 결국 동(東)프로이센 원주민들은 16세기까지 셈바 반도와 서부 지역에 집중적으로 거주하다가 마침내 자취를 감추었다.

이처럼 소(小)리투아니아란 동(東)프로이센 영토의 많은 부분을 공유하고 있지만, 모든 면에서 동일하다고 말할 수 없다. 엄밀히 말하면,

소(小)리투아니아는 13세기에서 14세기 사이 집중적으로 독일십자군들에 의해서 정복활동이 이어진 리투아니아의 서쪽 지역으로서 전통적으로 리투아니아인들이 많이 거주하던 지역이었다.

이후 700여 년간 독일의 지배하에 놓임으로써, 가톨릭의 전통과 슬라브 민족의 문화적 영향이 강한 본토 리투아니아와는 달리 독일문화의 영향을 받으며 발전을 이루었다. 이 지역에는 리투아니아인만이 아닌 다른 민족들도 존재했지만, 그중에서 리투아니아인들이 가장 큰 비중을 차지했으며, 역사가 진행되는 동안 다른 민족들도 프루사인들처럼 다른 민족에 동화되어 자취를 감추었다.

현재 리투아니아 공화국 북서부 해안지대와 칼리닌그라드 주(洲) 대부분의 지역이 소(小)리투아니아에 해당되는 곳이었다. 관련된 나라들의 언어로 구별해보면, 리투아니아어로는 '작은 리투아니아'라는 의미의 단어인 '마죠이 레투바 Mažoji Lietuva', 혹은 '프로이센 리투아니아'라는 의미의 '프루수 레투바 Prūsų Lietuva'를 사용하고, 폴란드어와 러시아어로도 역시 '작은 리투아니아'라는 의미로 '리뜨바 므니에이샤 Litwa Mniejsza', '말라야 리뜨바 Малая Литва' 등의 명칭이 사용된다. 그리고 본토 리투아니아에서는 자국민을 '레투비스 lietuvis'라고 칭하는 반면, 소(小)리투아니아에 사는 리투아니아인들은 '레투비닌카스 lietuvininkas'라는 별도의 명칭으로 일컬어 본국과의 분리를 시도하기도 했다.

### 소(小)리투아니아의 문화적 배경

본토 리투아니아에서는 폴란드와 제정 러시아 등 슬라브 민족과 로마 가톨릭의 영향이 가장 컸지만, 소(小)리투아니아는 마르틴 루터의 개혁 신앙에서 기원한 문화적 특징이 잘 드러난다. 그러나 본토 리투아니아는 폴란드나 제정 러시아의 지배를 받는 동안 여러 차례에 걸쳐 리투아니아어 언어사용이 제한되거나 금지되는 등 자국의 문화발전에 있어 방해요인이 많았다.

이와 달리, 소(小)리투아니아는 그와 같은 제한이 거의 없이 본토 리투아니아 문화와 서유럽의 문화 사이에서 적절하게 균형을 유지하면서, 전반적인 리투아니아 문화발전에 크게 기여를 했다. 따라서 소(小)리투아니아에서는 리투아니아어 문자의 기록방식이 정리되고 발전했으며, 리투아니아어로 창작활동을 한 최초의 문학인들이 나오기 시작했다.

이처럼 이 지역에서 나온 대표적인 성과를 든다면, 먼저 1547년에 나온 최초의 리투아니아어 서적 『교리문답』과 1653년에는 최초의 리투아니아어 문법책, 그리고 1579년부터 11년 동안 번역작업을 거쳐 1735년 발간된 리투아니아어로 번역된 성서 등이 있다.

### 역사적 배경

프로이센 건국의 기원이 된 것은 독일십자군의 일파로서 1230년 발트 지역에 살고 있던 이교도들을 기독교하기 위한 목적으로 창설된 프로이센 기사단이다. 그러므로 프로이센의 역사는 독일기사단이 발트 이교도들을 정벌하기 위해서 발트지역에 최초로 진출한 13세기 이후, 1308년 폴란드 북부 지역을 점령하여 거점지를 개척하면서 시작되었다. 그러나 프로이센 원주민들이 독일기사단들에 의해서 기독교화가 되고, 1385년 리투아니아의 대공작이었던 요가일라 Jogaila(폴란드어 야기에워 Jagiełło)가 폴란드의 야드비가 여왕과 결혼하여 왕위를 계승한 후 공식으로 리투아니아마저 기독교화된 이후 프로이센이 가지고 있던 선교 거점지로서의 기능은 점차 의미를 잃어갔다. 그러므로 전쟁과 점령으로 차지한 지역을 통솔하고 유지하기 위한 정치적 시스템이 나타나면서부터 국가의 형태를 띠게 된 것이다.

　프로이센 역사 연구에 중추적인 역할을 담당한 프리드리히 Karin Friedrich 에 의하면 "앞으로 있게 될 정부와 의회정치 시스템 성립의 전조가 되는 프로이센 역사에서 최초로 나타난 조직적 형태는 토른 (Thorn, 현재 폴란드 토룬 Toruń), 쿨름(Kulm, 현재 폴란드 헤움므노 Chełmno), 단치히(폴란드 그단스크 Gdańsk), 엘빙(Elbing, 현재 엘 블롱그 Elbląg), 쾨니히스베르크 Königsberg와 브라운스베르크 (Braunsberg, 현재 폴란드 브라니에보 Braniewo) 등의 한자도시들이 기사단의 감독하에 14세기에 결성한 연합형태에서 기원되었다."

　1410년 '폴란드-리투아니아 연합국'이 독일기사단의 동방진출을 저지했던 '그룬발트 Grunwald'에서의 대규모 전투를 승리한 후, 프로이센 내에서의 폴란드의 입김은 더욱 거세어져갔다. 마침내 프로이센은 폴란드 왕령 지역과 공국으로 나누어졌으며, 프로이센 공국, 즉 동프로이센은 셈바 반도를 중심으로 한 일부만 차지하게 되었다. 그럼에도 불구하고 폴란드는 동프로이센에 실질적인 폴란드의 제후국이 될 것을 꾸준히 요구해왔다.

　1512년 독일귀족과 리투아니아 지그문트 1세 스타리 왕의 조카였던 알브레히트 Albrecht von Brandenburg-Ansbach(폴란드어 Albrecht, 리투아니아어 Albertas)가 프로이센의 대공작으로 선출되었다. 알브레히트 대공작은 대학을 건설하고, 학문활동을 지원하여 프로이센 자체의 문화적 중흥을 꾀하지만, 리투아니아 문화발전에도 적지 않은 기여를 하게 되었다.

　그가 대공작으로 즉위한 지 얼마 지나지 않아 알브레히트는 폴란드에 대항할 수 있는 군사적 지원을 부탁하기 위해 독일로 떠났으나, 종교개혁의 후폭풍으로 독일의 내부사정이 여의치 않자, 지원을 포기하고 다시 귀국길에 올랐다. 그러나 귀국길에서 만난 마틴 루터는 그에게 기사단을 정교가 분리된 세속적인 국가로 만들라고 충고했고, 알브레히트는 귀국 즉시 그의 충고대로 개혁교회를 받아들인 후, 종교와 분리된 국가설립의 기반사업에 착수했다.

이번 배경에서 프로이센이 개혁교회를 받아들이자 로마 교황청과 독일 황제와의 관계가 열악해질 수밖에 없었다. 로마 교황청은 1525년 알브레히트 공의 '동(東)프로이센 세속화' 시도를 불법적인 것으로 간주했고, 튜튼기사단을 전신으로 하고 있는 프로이센 기사단 역시 호헨졸레른 가문의 규율하에 새로운 공국을 만드는 것에 반대했다. 그들로부터 프로이센 공국의 입지를 보호하기 위해서 군사적 협력을 폴란드에서 찾을 수밖에 없었으나, 폴란드는 그 대가로 프로이센을 폴란드의 지방으로 합병하기를 희망하고 있었으므로, 폴란드와의 협력은 성사될 수 없었다.

따라서 알브레히트는 리투아니아에서 해답을 찾기로 한다. 폴란드에 비해서 비교적 가톨릭 사상이 덜 전파되고 자유로운 리투아니아에서 개신교를 전파할 수 있다고 판단했다. 이로써 폴란드와 일정한 거리를 둘 뿐만 아니라 리투아니아와의 관계를 개선할 수 있다고 계산한 것이다. 결과적으로 리투아니아 현지에 새로운 종교를 확산시키고, 리투아니아에서 탈출한 개신교도들을 감싸안고, 리투아니아어로 된 개신교 서적을 출판하는 데 힘을 쏟는 것에 정진하기 시작했다.

독일어나 라틴어가 아닌 타민족의 언어사용을 독려하는 일은 당시 상황으로서는 상당히 진보적인 조치였다. 독일기사단 시절에는 프로이센 원주민 언어나 그 외 지역언어가 공공장소에서 사용이 금지되었다. 심지어 하인들조차도 주인과 프루사 원주민어로 이야기하는 것이 금지되었다. 그러나 알브레히트는 다양한 언어의 권리를 향상시켜주었다.

그래서 지방의 교육증진에 앞장서서 성당의 부속기관 차원에서 타민족의 교육을 담당하는 학교를 설립하기도 했다. 16세기 초까지 프로이센 전체에 약 20개의 리투아니아 학교가 있었으며, 1542년에는 현지어를 잘 구사하는 성직자들을 양성하기 위한 목적으로 수도 쾨니히스베르크에 '스투디움 파르티쿨라룸 studium particularum'을 설립했으며, 이 기관을 통해서 장차 리투아니아의 문화중흥을 이끌게 될 학자와 문인들이 다수 배출되었다.

더욱이 알브레히트 대공작의 이상을 실현하기 위해서 쾨니히스베르크에는 1522년에 인쇄소가 최초로 문을 열었고, 여러 가지 지역의 언어를 기반으로 한 서적 편찬사업이 진행되었다. 당시 리투아니아에는 로마 알파벳으로 인쇄를 할 수 있는 시설이 전무했기 때문에 최초의 리투아니아 서적 역시 이곳에서 출판될 수밖에 없는 상황이었다.

1544년에 쾨니히스베르크 대학이 문을 연 뒤, 알브레히트 대공작은 리투아니아에서 학생들을 집중적으로 선발하기 시작했다. 개교 후에는 쾨니히스베르크 대학에서 교수로 일했던 리투아니아인들이 리투아니아 문화중흥에 지대한 영향을 미치게 되었다.


## 소(小)리투아니아 내의 리투아니아 문화활동의 시작

### 리투아니아어 문학활동의 시작

자국어로 문학활동을 하게끔 하는 데 있어 출판사업은 필수적이다. 고유언어를 표기할 문자가 없는 민족은, 프루사와 요트빙게이 등 발트해안에 거주하던 여러 민족의 예에서 볼 수 있듯이, 자취를 감춘 이후 민족의 언어적 배경을 이해하는 데 많은 어려움이 야기되고 있다. 소(小)

리투아니아에서는 사상 최초로 리투아니아어로 기록된 서적이 출판되고, 이전에 문자가 없이 구전으로만 전해 내려오는 민요와 전설을 글자로 기록하게 도와주어 구전문학에만 의존하던 리투아니아 문학이 주류문학으로 다가설 수 있도록 하는 데 큰 공헌을 해주었다. 나아가 독일, 러시아, 폴란드 등 주변 강대국의 침략과 줄기차게 이어져 민족의 사활이 걸려 있던 리투아니아인들에게 민족정체성을 확립해줄 수 있는 근거를 마련해주기도 했다.

대표적인 인물들을 언급하자면, 리투아니아어로 기록된 최초의 책인 『교리문답 Katekizmas』을 작성한 마즈비다스 Mazvydas를 비롯하여 리투아니아어 출판사업의 바탕을 만들어준 쿨비에티스 Kulvietis 와 라폴료니스 Rapolionis 등이 손꼽히고 있다. 그러나 리투아니아 언어학자 야블론스키스 Jonas Jablonskis(1860~1930)는 자신의 연구를 통해 "리투아니아어를 이용한 문자생활의 기원은 이미 프란체스코나 베르나르도 사도회 등이 활동하던 시대로 거슬러 올라가며, 14세기경 그리스도교를 국교로 받아들인 직후 리투아니아어로 기록된 문서가 나온 바 있다"고 밝혀 리투아니아의 문자사용은 그 이전부터 존재해왔음을 유추해볼 수 있다. 그러나 애석하게도 당시에 만들어진 리투아니아어 자료는 남아 있는 것이 전혀 없다.

리투아니아 문자사용의 발달이 늦어진 이유는 투멜리스 Juozas Tumelis의 연구자료에 의하면, 무엇보다 출판사의 부족이 큰 역할을 했다. 리투아니아에서는 1522년에서부터 3년간 벨라루스 출신의 스카리나 Francysk Skaryna(1485, 1490~1540, 1551)가 운영한 인쇄소가 영업을 했을 뿐이며, 게다가 중세 러시아어로 책을 출판했다. 당시 리투아니아에서 사용하기 위해서 만들어진 책들은 모두 폴란드, 독일, 오스트리아, 이탈리아 같은 외국에서 편찬되었다. 리투아니아 학자들과 사제들이 사용하기 위해 출판된 책들은 있었으나, 리투아니아어로만으로 저술된 책은 비로소 1547년에야 세상에 나오게 된다.

여기는 마르틴 루터의 종교개혁 이후, 유럽을 휩쓸었던 개혁사상이 중요한 역할을 차지한다. 유럽의 다른 지역에 경우 개혁사상은 반봉건주의 운동과 맥을 같이하고 있지만, 리투아니아는 성격이 조금 달랐다. 리투아니아는 사회의 하층민보다 지식층에서부터 개혁신앙을 접하고, 전파하기 시작한 것이다. 이는 위에서 언급한 바와 같이 프로이센 알브레히트 대주교가 정치적 목적으로 리투아니아에 집중적으로 개혁사상을 전파한 배경도 있겠으나, 전통적으로 이교도적 성격이 짙은 리투아니아에서 기독교 사상이 뿌리 깊게 자리매김하지 못한 상황도 중요한 역할을 했던 것으로 보인다. 폴란드와의 연합을 이루면서 강제적으로 기독교를 받아들인 리투아니아에서 기독교는 단지 폴란드인들을 중심으로 한 고위계층에서만 전파되었고, 하층민 사이에서는 겨우 명목만 유지되고 있었을 뿐이다. 리투아니아인들 사이에서는 정작 전통종교에 대한 신앙이 더 많은 영향을 미치고 있었던 것이다.

투멜리스의 평가에 의하면, "리투아니아는 개혁사상이 들어올 당시 기독교를 받아들인 지 불과 200년밖에 지나지 않은 상황이었으므로, 농민들 사이에서 종교적 신앙심이 향상되지 못한 상태였다. 그러므로 개혁사상이 전파될 당시 많은 농민들이 가톨릭을 고수하거나 새로운 개혁종교로 개종하는 대신 전통신앙으로 귀의하는 일이 더 많았다"고 밝히고 있다.

### 리투아니아어 저술과 출판 사업의 시작

가톨릭과 폴란드 문화의 융성으로 인해 본토 리투아니아에서는 자국어로 된 문학활동이 아직 싹을 틔우지 못하고 있을 무렵, 프로이센에서는 위에 논의한 대로 국제정치적 상황과 맞물려 리투아니아 문화중흥을 준비하는 분위기가 서서히 조성되고 있었다. 알브레히트 대주교의 개인적인 야욕과 폴란드 및 리투아니아에서 개혁신앙을 전파하고자, 희망하는 왕족들의 전폭적인 지원으로 프로이센에서는 리투아니아어 문학이 뿌리내릴 토양이 만들어지기 시작했는데, 이유는 다음과 같은 초기 학자들의 공이 컸다.

### 아브라오마스 쿨비에티스 Abraomas Kulvietis(1510~1545)

쿨비에티스는 짧은 인생을 살았지만, 리투아니아인들만의 독자적인 기독교 사상이 발전하는 데 발단을 제공하고 초기 근대시절의 상징적인 인물이 되었다. 그는 리투아니아 최초의 지성인이자 당시 유럽에서도 명성이 자자했던 학자로 기록되어 있다. 리투아니아 귀족가문에서 1510년에 출생했으며, 독일 라이프치히에서 수학하던 중 마르틴 루터와 조우하게 되었다. 1538년 리투아니아에 돌아온 직후, 1539년에는 외국에서 유학할 학생들을 위한 학교를 설립했으나, 개혁적인 신앙사상을 전파한다는 이유로 핍박이 이어지자, 리투아니아를 떠나 프로이센으로 망명했다. 이후 알브레히트의 보좌관으로 일하다가, 쾨니히스베르크 대학설립 후에는 그곳에서 그리스어와 히브리어를 강의했다. 1545년 개혁종교에 대한 억압이 수그러들자 리투아니아에 돌아왔으나, 오래지 못해 사망했다.

그가 저술한 『신앙고백 Confessio fidei』은 당시 성당의 문제점을 알리고 복음주의에 반대하는 핍박활동을 막기 위해서 쓴 글이다. 이 글에서 그는 일반시민은 신앙의 문제를 논의할 의무가 없다고 지정하는 성당의 내부규정은 잘못된 것이며, 더 나아가 "아이들의 학교를 대표하는 일도 맡지 못할 만큼" 학문적으로 성숙되지 못한 성직자들이 성경을 해석하는 것은 놓아두면서도 성서의 언어를 모두 이해할 수 있을 만큼 교육의 배경이 높은 리투아니아 시민에게는 금지하는 것은 말도 안 되는 일이라 역설했다. 신앙고백에서 그는 구체적으로 성당의 과오를 네 가지나 더 들어 반박했다.

이 글은 쿨비에티스가 리투아니아를 대표하는 개혁신학자로 활동할 수 있도록 도와주고 리투아니아 내 반개혁운동 분위기가 고조되어 쿨비에티스가 생명의 위협을 느낄 때, 쾨니히스베르크로 탈출할 수 있도록 도와준 당시 보나 스포르자 Bona Sforza 왕비(1494~1557)에게 보낸 감사의 편지 형식으로 기록한 문서이다.

쿨비에티스의 신앙고백서는 자신의 신앙을 비판하고 사죄하며 또한 상세히 해설하는 내용으로 주로 구성되어 있다. 마지막에는 종교적 신념 때문에 리투아니아 개혁신도들을 박해하여 해외로 도피하게 만드는 시대에 대한 반감의식이 잘 드러나 있다.

그는 시에나에서 박사학위를 받았던 만큼 이탈리아 개혁사상의 영향을 가장 많이 받았다. 네덜란드, 독일, 이탈리아 등에서 긴 유학기간을 마치고 돌아온 1541년, 당시 폴란드의 왕 지그문트 Zygmunt 1세의 부인 보나 스포르자는 이탈리아 왕족 출신 여인으로 그 역시 개혁신앙에 대한 많은 관심을 가지고 있었으므로 쿨비에티스가 리투아니아에서 업적을 이루어나가는 데 지대한 영향을 미치게 된다. 쿨비에티스는 여왕의 보호를 받으며, 리투아니아 명문계급의 자제들을 위한 사립학교를 건설했다. 그러나 실제로는 귀족 집안만이 아닌 하층민 출신 학생들에게도 교육의 기회를 제공해 해외로 유학을 떠날 수 있도록 가능성을 열어주기도 했다. 이는 16세기 리투아니아인들을 대상으로 한 교육수준을 끌어올리는 데 있어 지대한 역할을 했다.

쿨비에티스는 리투아니아어를 통해서 개혁사상을 전파한 최초의 리투아니아 개혁운동가로 손꼽힌다. 사상 최초로 찬양곡과 시편을 리투아니아어로 번역하기도 했는데, 이 역시 차후에 등장할 마즈비다스의 성가곡집 2권에 수록되었다. 네덜란드, 이탈리아, 프로이센, 폴란드, 독일 등 그가 거쳐 갔던 나라들에서 방대한 양의 책을 수집했다. 그 중 그리스어와 히브리어로 된 시편집에서 일부를 리투아니아어로 번역하였다고 알려져 있으나, 현재까지 남아 있는 것은 없다. 대신 마즈비다스의 성가곡 모음집에 그가 번역한 성체곡의 내용이 수록되었다. 그가 번역한 곡은 마르틴 루터의 성체곡인 "Gott sey gelobet und gebenedeiet"을 리투아니아어로 번역한 것으로 리투아니아어 제목은 '주 하느님에 대한 감사 Malonus dėkavojimas Ponui Dievu'로 수록되었다.

### 스타니슬로바스 라폴료니스 Stanislovas Rapolionis(?~1545)

15세기 말 리투아니아 남동부에서 태어난 스타니슬로바스 라폴료니스는 삶과 행적, 운명 모든 면에서 16세기에 들어 사회적으로 가장 큰 진전을 일으켰던 변혁운동 중 하나인 종교개혁과 깊은 연관을 가지고 있다. 초기에는 가톨릭 수도원 생활을 하였으나, 개혁신앙으로 돌아섰다. 1528년 크라쿠프 대학에서 수학한 후, 쿨비티에스가 리투아니아에 설립한 학교에서도 학업을 이어나갔다. 1542년부터 2년간 알브레히트의 장학금을 받아 독일 비텐부르크 대학으로 유학을 떠나, 박사학위를 취득하고, 쾨니히스베르크에 돌아와 신학을 강의했다. 쾨니히스베르크 대학에서 최초의 신학박사로 알려져 있는 라폴료니스는 성경과 찬양곡을 리투아니아어로 번역하여, 역시 마즈비다스의 교리문답에 인용되었다.

그는 비텐베르크 같은 개혁운동의 근원지에서 직접적으로 개혁사상을 이어받은 1세대 학자들 중 하나로 단지 리투아니아뿐 아니라 폴란드,

독일 등에서 개혁사상이 전파되고 자리매김하는데 중요한 역할을 담당했다. 그러나 그가 이룩한 가치는 위에 논한 쿨비에티스와 마찬가지로 단지 개신교사상을 전파하는 데 그친 것이 아니다. 리투아니아를 비롯한 타민족 사람들이 모두 자국어를 통해 사상을 접할 수 있도록 하는 배경을 조성했다는 점이다.

라폴료니스는 쾨니히스베르크 대학교에서 일하는 동안 이루어놓은 업적과 학식으로 인해 가장 인정받은 교수 중 한 명이었고, 단지 신학자로만이 아닌 다양한 시각을 가진 철학자로서도 명성이 높다. 그는 저술활동을 많이 하지는 않았지만, 라틴어와 리투아니아어로 된 작품을 몇 점 남겨놓았다. 그가 리투아니아어로 창작한 글 중에는 현재까지 하나만 남아 있는데 9편의 4행시로 구성된 "Gesme apie kentejima Jezaus Christaus amszinoija Diewa Sunaus, iszguldita nuog Dactara Stanislausa Rapagelana"(스타니슬로바스 라폴료니스가 번역한 영원한 신의 아들 예수 그리스도의 고난에 대한 노래)로 이 작품은 마즈비다스와 발트라미에유스 빌렌타스 Baltramiejus Vilentas(1525~1587)가 공동으로 1570년에 발간한 성가곡집 "기독찬양 Giesmes chrikszczonischkas" 2권에 수록되어 있다. 이 곡은 당시 유럽 전체에서 많은 인기를 얻고 있던 성가곡인 '주님의 고통의 시간 Horae canonicae Salvatoris'을 번역한 것이다. 그러나 그가 직접 쓴 원본은 남아 있지 않다. 게다가 마즈비다스의 성가곡집에 실려 있는 라폴료니스의 번역시는 번역자의 고향에서 쓰이던, 프로이센과 인접한 리투아니아 북서부 제마이티야(Žemaitija)어의 형태를 많이 보이는 것으로 보아 차후 마즈비다스 자신이 상당히 손을 본 것으로 알려져 있다. 당시로서는 제마이티야 지역이 가지고 있던 문화적 위치가 상당했다. 마즈비다스는 라폴료니스 번역본에서 스타일과 운율을 상당히 보완할 필요가 있었을 것으로 보이며, 마즈비다스는 그의 책에서 분명히 성가곡에 차용된 번역본이 라폴료니스의 작품이라고 명시해두었다.

### 마르티나스 마즈비다스 Martynas Mazvydas(1510~1563)

1510년 쿠르슈 네리아 사구 인근에서 태어난 그 역시 1546년 알브레히트의 장학금으로 쾨니히스베르크에서 유학을 시작했다. 마즈비다스는 위에서 언급한 리투아니아 출신의 쾨니히스베르크 대학 초기 교수들의 도움, 그리고 시대적 상황이 맞물려 최초의 리투아니아어 서적을 편찬한 인물로 리투아니아 문화사에서 지대한 업적을 남긴 사람 중 하나이다.

기록에 의하면, 1539년에서 1542년까지 쿨비에티스의 학교에서 강의를 한 적이 있다. 개혁신앙을 전파했다는 명목으로 학교가 폐교되고, 그에 대한 혐의로 수감생활을 해야만 했다.

그의 가장 위대한 업적은 1547년에 발간된, 최초로 리투아니아어로 출판된 서적 『교리문답』의 편집을 담당한 것이다. 마즈비다스의 교리문답은 하층민들에게 기독교 개혁사상을 전파시키기 위한 책으로, 대상은 신부나 고학력자들에게 초점이 맞추어져 있었다. 1447년 최초로 인쇄기술이 발명된 지 정확히 100년 만에 세상에 나온 책이라는 점에서도 의미가 있다. 최초의 라트비아어 책은 빌뉴스에서 1585년에 발간되었고, 에스토니아어는 그보다 이른 1535년에 비텐베르크 (Wittenberg)에서 나왔으므로 발트지역에서 최초라고 불릴 수는 없지만, 내용면에서 훨씬 풍성하고 문학적 가치도 높다.

우선 책의 구성을 보면, 서문이 라틴어와 리투아니아어로 실려 있고, 운문의 형식을 취하고 있다. 즉 리투아니아에 남아 있는 가장 오래된 리투아니아어 운문으로 기록된다. 이후 리투아니아어의 기본적인 자모를 소개하는 자모구성법, 교리문답 본문, 그리고 11개의 찬양곡 순으로 수록되어 있다. 교리문답의 본문은 폴란드에서 이미 출판된 내용을 바탕으로 해서 몇 개의 다른 책들을 인용해서 저술한 것으로 밝혀졌으며, 찬양곡은 주로 독일어와 폴란드어에서 번역된 것이다.

흥미로운 것은 책 어디에도 저자에 대한 정보가 나타나 있지 않다는 점이다. 그러나 1938년 폴란드의 한 언어학자가 리투아니아어 서문 3~19행에 이합체(離合體)로 'Martinus Masvidius'라고 적힌 것을 보고, 저자가 마즈비다스임을 확인할 수 있게 되었다. 각 행의 첫 단어가 저자의 철자로 구성되어 있다.

이전까지는 리투아니아어 표기법이 통일되지 않았으나, 마즈비다스가 교리문답을 저술하면서, 착안한 표기법은 현대 리투아니아어 글자의 표준으로 자리 잡았다. 그러나 리투아니아어의 특징 중의 하나인 장모음, 이중모음을 적는 방식이 모두 통일되지는 못했다. 마즈비다스는 폴란드어 표기법에서 리투아니아 표기법 규칙의 상당 부분을 따왔으며, 'ą, ę'같이 리투아니아와 폴란드에 모두 나타나는 비음은 표기되어 있으나, 'i, u, ū'처럼 폴란드어에는 없지만 리투아니아어에만 존재하여 당시 인쇄하기 불가능했던 모음은 그냥 특별한 표기 없이 일반적인 'i, u'로 표기했다. 그는 『교리문답』 출판 이후, 네만(Neman)에서 신부로 일하면서 여생을 보냈고, 1549년에는 리투아니아어 찬양집을 발간하여 위에 논의된 쿨비에티스와 라폴료니스가 번역한 찬양곡을 수록하기도 하였다.

## 본격적인 리투아니아 문학의 성립

쿨비에티스, 라폴료니스, 마즈비다스는 리투아니아어로의 번역, 저술, 출판차원에서 지대한 영향을 미쳤다. 그러나 그에 미치지 않고 몇

세기 후 나오게 될 리투아니아 고전문학의 탄생에 적잖은 밑바탕을
마련해주었다.

1806년 프랑스에 의해 권좌에서 물러난 프로이센의 왕 프리드리히
빌헬름 3세는 1806년부터 3년간 리투아니아의 해안 도시 클라이페다에
서 거주했다. 빌헬름 3세는 그동안 그 지역 리투아니아인들의 풍습에
깊은 관심을 가졌고, 민요 같은 현지 풍습을 즐겼던 것으로 알려져
있다.

발트 해안가 리투아니아인들의 생활에 깊은 감동을 받은 빌헬름 3세는
권좌에 돌아온 후, 그 지역의 관리인들은 무조건 리투아니아 사람들
사이에서만 뽑도록 지시했을 정도였다. 그외 여러 가지 리투아니아
문화의 발전을 돕기 위한 정책을 폈으나, 지역의 독일화는 피할 수
없었다. 1807년 나폴레옹에 의해서 동(東)프로이센 지역의 농노제도가
철폐되어 농노가 해방되었으나, 리투아니아의 농노는 소작농 신세로
남게 되어 독일 영주들의 영향권에서 완전히 벗어날 수 없던 상황이었다.
리투아니아인 사이에서 공용어는 여전히 독일어였고, 이런 여러 가지
악조건으로 19세기 초 리투아니아어 문학은 지역을 불문하고 전반적으
로 정체상태에 빠져 있었다.

### 크리스티요나스 도넬라이티스 Kristijonas Donėlaitis(1714~1780)

도넬라이티스는 1714년 현재 칼리닌그라드의 구셉(Гусев) 인근
에 위치한 라즈디넬레이(Lazdyneliai)에서 태어났다. 이 지역은 한때
리투아니아인들이 절반 이상 차지할 정도로 리투아니아인들의 비율이
많았으나, 독일인들의 진출이 늘어나면서부터는 인구의 비율이 3분의
1로 줄었다. 그 역시 쾨니히스베르크 대학을 졸업한 후, 1743년부터는
고향의 인근 마을에서 신부로 일했다. 독일어와 리투아니아어로 설교했

을 정도로 리투아니아어에 대한 애정이 대단했다. 도시에는 거의 나오지 않는 은둔생활로 유명하지만 기압계, 현미경, 악기 등을 직접 제작하는 등 다재다능한 인물이었던 것으로 알려져 있다. 1780년 신부생활을 했던 곳에서 사망했으며, 그가 사망한 '치스티에 푸르디(Чистые Пруды)'에는 현재 그의 기념관이 들어서 있다. 그는 리투아니아 뿐만 아니라, 유럽 전체 문학사에서도 꽤 큰 의미가 있는 작품인『사계 Metai』를 저술했으나, 살아 있을 당시에는 아무것도 출판된 적이 없다.

도넬라이티스는 동서고금을 통틀어 아주 우수한 리투아니아 문학작품으로 칭송받는『사계』를 저술했다. 이 작품은 1765~1775년 사이에 저술한 것으로 알려져 있으나, 책은 그의 사후 1818년에 세상에 나왔다. 모두 3517행으로 구성되어 있는 이 작품은 여러 모로 당시 유럽문학에서 획기적인 작품이었다. 리투아니아의 강세구조에 가장 적절한 방식이라고 평가되는 헥사미터 기법을 사용했으며, 18세기 소(小)리투아니아에 살던 리투아니아 농노들의 삶, 일상의 문제, 민족의식 등을 훌륭하게 묘사했다. 아담 미츠키에비츠 등 외국의작가들도 많은 관심을 가졌으며, 현재 외국어로 가장 많이 번역 출판된 리투아니아 문학작품에 속한다. 『사계』출판 이후, 1824년 도넬라이티스가 수집한 동화집도 출판되었다.

그는 이 작품에서 당시 농노들의 언어를 그대로 사용했으며, 분위기를 살리기 위한 효과적인 단어 선정과 수려한 문체 사용 등을 최초로 시도하여, 리투아니아 산문과 스타일을 한 단계 높였다는 평가를 받고 있다.

**류드비카스 게디미나스 레자 Liudvikas Gediminas Rėza(1776~1840)**

1776년 리투아니아의 네링가(Neringa) 사구에 있는 한 마을에서 출생했으며, 그의 아버지는 해안경비대로 근무했다. 이른 나이에 부모를 여의고, 쾨니히스베르크 대학에서 신학을 공부했다. 1812년부터 2년간 나폴레옹 전투에 참가하기도 했으나, 1807년부터 쾨니히스베르크 대학에서 동양어와 신학을 맡아 강의했다. 1840년 쾨니히스베르크에서 사망했다.

류드비카스 레자가 이룬 업적은 리투아니아 민요수집이지만, 그에 앞서 도넬라이티스의 『사계』가 가진 가치를 깨닫고 출판하게 된 것이 더 큰 성과일 수도 있다. 레자가 도넬라이티스 작품을 재발견해내지 못했다면, 아마 『사계』는 세상에 나오지 못했을지도 모른다. 이외에도 레자는 해안지대에 살던 리투아니아인들의 민요를 수집하여 민요집 『다이노스』를 출판했다. 구체적으로는 1807년경부터 수집을 시작하여, 1815년에 편집을 완성하여, 마침내 1825년에 출판되었다. 이 책에는 85편의 리투아니아 민요가 독일어 번역과 함께 수록돼 있다. 그 결과 전 세계적인 관심을 이끌어내어 1826년에는 야콥 그림이, 1833년에는 괴테가 읽고 서평을 작성하기도 했다.

레자는 새로운 리투아니아로 성경을 해석하는 작업에도 참여했다. 리투아니아에는 1735년에 최초로 완역한 성경이 나온 바가 있고. 이후 1755년에 초창기 번역과 차이가 거의 없는 두 번째 버전이 나왔으나, 그 사본이 모두 사라지고 말았다. 성서를 해석하면서 그는 마틴 루터의 버전 이외 히브리어와 그리스어 버전 등도 참조해 더 다양하고 정확한 성서의 해석작업에 힘썼다.

그는 리투아니아 역사상 가장 위대한 대공작 중 하나인 게디미나스로 개명하여, 리투아니아인으로서의 긍지를 내세우기도 했다. 요약한다면, 리투아니아 문화와 문학에 대한 관심을 세계적으로 확산시킨 인물로 평가된다.

# 리투아니아의 문화수호와 계승

## 리투아니아어 자모 사용 금지 조치

소(小)리투아니아는 이렇듯 비교적 자유로운 분위기와 알브레히트 대공작에 의해 조성된 학문연구의 환경에서 본토 리투아니아에서는 이루어낼 수 없었던 다양한 성과들을 이룩할 수 있었다. 소(小)리투아니아가 리투아니아 문화사에서 갖는 의미는 단지 이렇게 새로운 것을 창조해내는 분위기 외에도 '본토 리투아니아'에서 사라질 위기에 있었던 리투아니아의 문화를 수호하고, 후대에 전달하는 수호자 역할도 담당하였다는 점이다.

1863년에 발생했던 반 제정 러시아 봉기가 실패로 끝나자, 리투아니아 현지에서는 리투아니아어를 매개로 한 문학활동 자체가 금지되었다. 자연스럽게 소(小)리투아니아는 리투아니아 문학의 메카로 다시 떠올랐다. 레자 시절까지는 이 지역에서 출생하여 공부한 이들이 주류가 되어 리투아니아 문학을 새롭게 창작하고 전개했으나, 리투아니아어 금지 조치 이후에는 리투아니아 문화활동은 리투아니아의 환경에서 나고 자란 리투아니아 문인들에 의해서 진행되었다.

1863년 1월에 있었던 봉기는 비록 실패로 끝났지만, 진압에만 며칠이 걸렸을 만큼 리투아니아인들의 반 러시아 감정을 만방에 표명하는 대사건이었다. 이에 불안과 위기감을 동시에 느낀 제정 러시아는 봉기에 대한 보복으로 1894년부터 1904년까지 리투아니아 문자를 사용한 출판을 전면적으로 금지하는 조치를 내린다. 리투아니아는 전통적으로 유럽의 대부분의 나라가 사용하는 로마 알파벳을 사용하고 있었으나, 그 자모 대신 러시아의 키릴문자만을 사용해서 출판하도록 조치한 것이다.

러시아어에는 없는 비음과 이중모음이 다양하고, 러시아어로 표기할 경우 구개음화되어 전혀 다른 소리로 변화하는 [d], [t] 소리를 자주 사용하는 리투아니아어의 특성상 키릴문자는 입말을 적는 도구로서 전혀 적합하지 못했다. 마치 한국어를 키릴문자의 자모로 적어야 하는 경우와 다를 바가 없는 것이다. 더 중요한 것은 이 조치는 단지 문자의 사용만을 금지시킨 것이 아니었다. 전 인구 중 90%가 로마 가톨릭 신자로 구성되어 있는 리투아니아는 러시아 정교가 주를 이루는 러시아 와는 문화적 배경이 근본적으로 다르다. 러시아는 이러한 조치를 통해서 리투아니아에 러시아 정교의 입지를 군히고, 폴란드의 영향을 축소시키 며, 더 나아가 모든 교육을 러시아어로만 실시하는 등 리투아니아 문화의 뿌리를 뽑고자 했다.

그 결과 러시아어로 기록된 책들이 시장으로 쏟아져 나왔고, 심지어 리투아니아인들의 환심을 사기 위해 무료로 배포되기도 했으나, 국민들 은 관심조차 기울이지 않았다. 러시아어를 제대로 구사할 수 있는 선생들 이 부족하여 리투아니아어를 기본으로 교육하던 학교는 전부 문을 닫아 야 했다. 1579년에 설립되어 리투아니아를 비롯한 폴란드, 우크라이나, 벨라루스 등 주변 국가들에게 지성의 산실이었던 빌뉴스 대학교 역시 폐교되었다. 리투아니아인들에겐 단지 그들의 말을 적을 수 있는 도구를 상실한 것만이 아니라, 그들을 리투아니아 사람으로 살도록 해주는, 그들의 정체성을 지켜주는 가장 소중한 것을 잃어버릴 위기에 처해 있었다.

이처럼 당시는 리투아니아의 문화사 중 가장 암흑기에 해당되는 기간 이 되고 말았다. 전 유럽에서는 낭만주의가 도래하여 민족의식을 고취하 는 문학작품들이 왕성하게 창작되는 시기였음에도 불구하고 리투아니 아인들은 자신들의 문자를 사용한 창작활동이 심하게 저해되었다. 게다 가 교육, 종교 등 기본적인 활동의 모든 근간이 흔들리게 된 것이다.

이때 프로이센과 리투아니아 사이에서 전통적인 경계를 이루고 있던 네만(네무나스) 강변에 위치한 틸지트(Tilsit, 현재는 소베츠크 Сове тск)가 리투아니아 문학의 수호자로 떠올랐다. 우선 틸지트에서 1879년 리투아니아 문학협회가 창설되었다. 사라져가는 리투아니아의 원형 문화를 보전하기 위해서 언어, 역사, 민속 등 종류를 막론하고 리투아니아인들의 삶과 관련해서 학술적으로 가치가 있는 것들을 수집하기 위한 문학단체였다. 이곳에서 성직자과 학자로 구성된 22명의 발기인들이 중심이 되어 창설했으나, 몇 주 만에 참가회원들이 90명으로 확대되는 등 리투아니아인들 사이에 반향이 아주 컸다. 현대 리투아니아 문학의 기틀을 만들어줌과 동시에 어려운 상황 속에서 하마터면 잊혀질 뻔했던 민속자료를 수집하는 등 리투아니아 문화중흥에 지대한 영향을 미친 요나스 바사나비츄스 Jonas Basanavičius, 아우구스티나스 야눌라이티스 Augustinas Janulaitis(1878~1950), 그 외 라트비아 출신의 학자 에두아르다스 볼테리스 Eduardas Volteris(1856~1941) 등 학자들이 다수 참여하였다.

역설적으로 당시의 상황은 아이러니하게도 표면적으로는 암흑기였지만, 리투아니아 자모 출판 금지령이 발효된 시점부터 리투아니아의 문화는 오히려 황금기에 이르는 기현상을 보이게 되었다. 리투아니아의 민족의식과 자주의식을 고취시키는 활동이 더욱 늘어나게 된 것이다. 1883년 틸지트에서는 리투아니아에서는 최초로 자국어 신문인 〈아우슈라; Aušra 새벽〉와 1889년에는 월간지 〈바르파스; Varpas 9종〉가 출판되었다. 바르파스 창간 10주년을 맞이해서 당시 편집부장인 빈차스 쿠디르카 Vincas Kudirka가 창작한 시는, 현재 리투아니아 국가로 불리고 있음을 보더라도 이곳에서 이들의 활동은 매우 중요한 의미를 갖는다.

이상에서 살펴보았듯이, 결론적으로 소(小)리투아니아에서의 활발한 문화적 활동과 그에 걸맞은 문화의 수호와 계승은 리투아니아 문학의 발생과 전개에서 결정적인 역할을 했던 것이다. 요약하면, 리투아니아 현지에서는 자국어 출판활동이 금지되었던 관계로 프로이센은 그 당시 리투아니아 문화활동의 메카로 떠올랐다. 1890년에서 1904년까지 리투아니아어 문자탄압이 가장 기승을 부리던 당시, 틸지트에서만 2500여 종의 책이 출판되었다.

### 책 밀수꾼의 활동

이와 동시에 리투아니아에서는 세계문학사 어디에서도 찾아보기 힘든 새로운 직업이 나타나는데, 바로 '책 밀수꾼'들이었다. 리투아니아어로 '크니그네시스 Knygnešys'로 불리는 이들은 프로이센에서 출판되는 자국어 책들을 리투아니아로 반입하는 역할을 한 이들을 일컫는다.

그들의 활동은 처음에는 종교적 차원에서 이루어졌으나, 점차 시간이 지나면서부터 민족의식을 고취하기 위한 활동으로 방향이 바뀌기 시작했다. 어떤 사람들이 구체적으로 그 일에 종사했으며, 그 수가 전부 몇 명이 되었는지는 현재까지 정확한 통계가 남아 있지 않다. 그러나 그들의 활동이 자유와 생명을 위협할 수 있는 행위였음은 두말할 이유가 없다. 책 밀수꾼들의 활동이 점차 증가하자, 프로이센과 러시아 국경에는 국경 수비가 3중으로 이루어졌을 정도로 살벌한 상황이 계속되었다. 만약 그들의 활동이 발각될 경우 시베리아로 유형을 떠나거나, 감옥에 가거나, 심지어 국경에서 즉시 총살을 당하는 일까지 발생했다.

현재 남아 있는 자료에 의하면, 1891년부터 1901년까지 10년의 기간 동안 단행본과 정기 간행물을 전부 포함해서 17만 3259점이 몰수되었다. 1891년에서 1893년까지 단 3년의 기간 동안 만에는 3만 8천 점만이 몰수되었다는 것에 비교하면, 밀수되는 책의 양은 절대 줄지 않았던 것이다. 이러한 사실에서 유추할 수 있듯이, 러시아의 공포정치도 리투아니아인들의 문화적 활동을 전혀 막지 못한 것으로 드러났다.

본토 리투아니아에서는 리투아니아어의 사용이 자유롭지 못한 정규교육의 사정으로 인해 부모들은 자식들을 학교에 보내지 않은 대신 가정교육을 통해 양육시켰다. 가정이나 마을 단위로 이루어지는 교육이었으나, 당시 리투아니아어는 자국어 교육이 금지된 상황임에도 불구하고 문자 해독율이 70%에 이를 정도로 유럽에서 문맹률이 가장 적은 수준을 기록하는 기적적인 결과를 양산하기도 했다.

문자사용에 대한 금지 조치가 자신들의 의도와는 전혀 다른 방향으로 나가고 있다는 비판이 러시아 내에서도 거세어지고, 1904년 러일전쟁에서 일본에 패배한 이후, 러시아는 끝내 리투아니아의 문자사용에 대한 금지조치를 해제하게 되었다. 이후 리투아니아어를 자유롭게 쓰고 사용할 수 있는 시대가 열리자, 리투아니아어의 연구와 보급은 더욱 활발하고 자유롭게 이루어질 수 있었다. 그 결과 산스크리트어와의 유사성을 간직한 유럽에서 가장 오래된 언어라는 리투아니아어의 특성과 가치를 그대로 보존한 채, 현재까지 이어져 내려올 수 있었던 것이다.


## 리투아니아 문학의 지역성

이 장에서는 리투아니아인들의 문학적 필요에 의해 리투아니아어로 창작된 작품들이 나타나던 리투아니아 문학의 지역성에 대해서 더욱 자세히 고찰해 보고자 한다. 리투아니아 문학의 지역성은, 대부분의 리투아니아인들이 거주하고 있는 본토 리투아니아와 폴란드-리투아니아 연합국의 영토에 한정하지 않더라도 리투아니아가 점령하거나 정치적 영향력을 미치지 않은 프로이센에도 찾아볼 수 있었다.

구소련 국가였다는 고정관념으로 발트3국은 으레 러시아 및 슬라브 문화권과의 연관성이 강할 것으로 예상하지만, 사실 13세기부터 이 지역에 진출하여 무역의 교두보를 세운 독일의 문화적 영향력에 비할 수는 없다. 제정 러시아를 시작으로 해서 발트3국 전역에 러시아의 지배가 시작된 것은 18세기 후반으로 전체 역사에서 비교해볼 때, 그리 긴 시간은 아니다. 스웨덴, 러시아, 폴란드 등 발트해안가를 지배하던 국가들이 바뀔 때에도 발트지역에 정착한 발트독일인들은 당시 지역 정권들과 결탁하여 1차 대전까지 그들의 권리와 영향력을 누리는 데 있어 거의 방해를 받지 않았다.

리투아니아는 2차대전 시절을 제외하고는, 공식적으로 영토 전체가 독일문화권에 편입된 적은 전혀 없다. 도리어 독일의 동방진출을 효과적으로 방어하고, 발트지역에서의 민족적 정체성을 수호하는 데 적잖은 공을 세운 방파제 역할을 해왔다고 보아도 무리가 아니다. 비록 그 지역에 살던 많은 민족들이 자취를 감추긴 했으나, 리투아니아가 독일과 리브란트 간의 길목에서 강성한 나라를 건설했던 덕분에 완전한 독일화를 이루지는 못했던 것이다.

그러나 리투아니아는 독일문화 팽창에 큰 장애가 된 것처럼만 보이지만, 사실 리투아니아 역시 독일문화 영향권 내에서 크게 자유롭지는 못했다. 비록 변방에서 이루어진 일이지만, 본토 리투아니아 내에서의 문화 중흥과 문학 발전에 어마어마한 역할을 수행한 것이다. 위에서 밝힌 대로, 독일의 영향권 내에 있던 소(小)리투아니아에서의 문학 활동은 종교개혁 이후, 유럽 전역에 퍼져나간 개혁사상 전파와 큰 연관성을 가지고 있다. 이러한 차원에서 가톨릭과 민간신앙이 영향력을 펼치고 있는 본토에서는 볼 수 없는 새로운 분위기와 형식의 문학이 리투아니아의 문학사 속으로 진입하도록 하는 데 있어서 큰 공헌을 했다. 그러나 다른 발트지역과 비교해 볼 때, 리투아니아 내 독일문학의 영향을 분석함에 있어 약간의 차이를 보인다.

### 같은 민족 간 전파

리브란트를 위시로 한 라트비아와 에스토니아의 경우, 독일문화는 그들을 지배한 상류층에 속한 문화였으므로 민중계층까지 파급되는 데 어려움이 많아 현지 민족의 실질적 문화와는 상당히 괴리감이 있었다. 물론 라트비아와 에스토니아의 경우에도 종교개혁 이후, 현지 농노들을 위하여 성서를 현지어로 번역하고 미사를 현지어로 진행하며, 농노 출신에게 교육의 기회를 마련해주는 등 계급차별을 없애기 위한 노력을 기울이기도 했다. 그러나 소(小)리투아니아의 경우 프로이센 정부의 정책적인 지지로 인해 타민족으로부터 강압적으로 유입된 것이 아니라, 교육과 정책을 통해서 리투아니아 사람으로 하여금 자연스럽게 같은 민족에게 전파될 수 있도록 하여 전반적으로 리투아니아 문화중흥과 문학발전이라는 긍정적인 성과를 거두게 되었다.

리브란트 독일인들은 현실적으로 현지 민족의 문화발전에는 큰 관심이 없었으며, 자신들의 문화를 현지 민족들과 철저히 분리하여 문화 간 접촉을 최대한 줄이고자 했다는 중요성이 강조된다.

### 변방의 현상이 주류로 유입

라트비아와 에스토니아에서는 13세기 이후, 발트지역에 진출한 독일인들에 의해 독일문화가 직접적으로 전파되었다면, 리투아니아의 경우 영내를 벗어난 프로이센의 일부 지역, 즉 변방에서 발생한 현상으로 시작되어 주류로 유입되었다는 차이점도 보이고 있다. 그러므로 지배층의 의도가 담긴 내용보다는 괴테, 헤르더, 그림 형제 같은 범인류적이고 민족주의적 사고방식을 갖춘 독일의 문예사조만이 걸러져 유입되는 순기능을 양산하게 된 것이다.

그러므로 초기에는 종교적 색체를 띤 사건으로 시작하였으나, 점차 종교적 차원보다는 민족 구성원들의 안위와 민족문화의 창달이라는 문화적 차원으로 관심이 기울었으며 결과적으로 리투아니아 문화사에서 없어서는 안 될 중대한 업적을 이룩하게 되었다.

## 3.2. 리투아니아 근대문학의 발단

리투아니아의 문학(사)과 그 배경을 이해하기 위해서도 문학에 대한 기본적인 정의부터 필요하다. '리투아니아 문학'이란 무엇인가? 그 범위와 대상은 어떻게 규정되어야 하는가? 등 여타 나라별 문학과 큰 차이가 있을 수 없다. 그러나 실상은 사뭇 다르다. 예를 들어, 리투아니아 영토 내에서 리투아니아인들이 리투아니아어로 창작한 문학이라고 단정 짓는 것이 가능하겠는가? 리투아니아 문학의 경우, 다른 나라와 달리 그 발생과 배경에서부터 역사적 변천과정을 겪으면서 혼재되었던 언어에 이르기까지 몇 가지 기준으로 규정하는 데는 한계가 있기 때문이다. 뿐만 아니라, 그러한 기준에서도 경계를 짓기 힘든 많은 문제점들이 내재하고 있다.

이러한 기준에 대한 논의를 위해 다음과 같이 이해 가능한 범위와 대상에서 접근하고자 한다. 문제제기를 통해 리투아니아의 근대문학이 '언제, 어디서, 어떻게' 발생하였고, 또 '누구에 의해' 전개되었는지를 따져보는 일이다. 즉 오늘날 리투아니아 문학에서 비중을 갖는 주요 작가와 문학작품들을 중심으로 분석과 이해를 우선하기에 앞서 또 다른 전제가 선행되어야 할 것이다. 따라서 이 장은 초기 리투아니아 문학이 발생하게 된 시대적 배경, 환경적 요인, 그리고 문화적 기억과 유산을 남긴 주요 문인들의 활동을 살펴본다.

이 책의 중심내용이 되는 리투아니아 문학은 일부 문학잡지에서 특정 작가나 사조에 대해 소개되거나 다른 학제간 논문에서 짤막하게 거론된 적은 있으나, 학술지에서 전문적으로 연구된 바는 없다. 따라서 유럽 내 다른 지역들과 상당한 차별성을 가지고 발전한 리투아니아만이 가지고 있는 특징을 중심으로, 리투아니아 문학이 전반적인 유럽문학사 속에서 차지하고 있는 의의와 위상을 가늠하는 것이 일차적으로 중요한 의미를 가진다.

특히 발트독일인, 폴란드, 제정 러시아 등으로부터 영향을 받던 시대를 끝마치고, 리투아니아만의 독특한 문학사조와 분위기가 형성되기 시작한 19세기 후반(1863년 반 제정 러시아 봉기 이후)과 20세기 초의 문학 환경을 집중적으로 분석하여, 리투아니아의 근대문학이 형성된 과정을 조명하는 것이다. 이로써 리투아니아 문학이 유럽 각국의 문학사 전반에 걸쳐 드러나는 보편성을 포함해서 그들과 차이가 나는 특수성과 독자성을 진단하고자 한다.


## 리투아니아 문학을 위한 전제

### 리투아니아어로 만들어진 리투아니아 문학

오늘날 리투아니아 공화국에서 사용되는 공식적인 언어는 인도-유럽 어족 발트어군의 일파인 '리투아니아어'이며, 리투아니아 문학계에서 공식적으로 사용되는 언어 역시 리투아니아어이다. 리투아니아어는 인도-유럽어족 언어 중 가장 고대의 형태를 지니고 있으며, 어휘나 문법적인 면에서 이미 사어가 되어버린 산스크리트어와 상당히 흡사한 점을 가지고 있다. 실제로 수세기 동안 리투아니아와 연합국을 이루었던 폴란드나 이웃나라 러시아, 벨라루스에서 사용되는 슬라브어과 비교해 보아도 그 차이점은 확연하다.

이처럼 리투아니아어는 인근 라트비아어와 함께 현존하는 유일한 발트어로 분류되지만, 독일인들의 진출이 활발하게 이루어지기 시작한

13세기 초 이전까지는 리투아니아인 이외에도 쿠르인, 요트빙게이인, 프루사인 등 10여 개의 발트어를 사용하는 민족들이 있던 것으로 알려져 있다. 현재 그들은 독일, 러시아, 폴란드 등 주변 강대국의 침략과 지배를 받는 과정에서 인근 국가에 흡수되거나 자취가 사라짐으로써 현재는 독일기사단, 폴란드나 러시아의 역사가들에 의해 기록된 역사서에서만 그 흔적을 찾을 수 있다.

  오늘날 리투아니아는 폴란드, 라트비아, 벨라루스, 러시아 등 다양한 언어권 국가들과 국경을 인접하고 있었다. 그러나 한때 북쪽으로는 발트해, 아래쪽으로는 흑해에 이르는 광대한 영토를 가진 적이 있었다. 게다가 같은 리투아니아 영내라 하더라도 중세 이후 이곳에 살고 있는 폴란드 소수민족이나 북서부 제마이티야(Žemaitija, 영어식 표기는 Samogitia) 처럼 문화적 언어적으로 독특한 특성을 가진 민족구성원이 존재하기 때문에 한 국가 내에 다양한 언어가 공존해 왔다. 빌뉴스 지역에 모여 살던 유대인들은 독일어와 히브리어의 혼합체인 '이디시 Yiddish'라는 언어를 사용하기도 했다. 이처럼 시초부터 리투아니아어만이 리투아니아의 문화와 문학을 대변하는 것은 아니었다. 그러므로 그중 어떤 언어로 창작된 것을 진정한 리투아니아 문학으로 보아야 하는가가 첫 번째로 제기되는 문제이다.

  16세기 리투아니아와 폴란드는 점차 늘어나는 러시아의 영향력에 공동으로 대항하기 위해 실질적인 연방국을 결성한다. 그러나 실제는 이보다 앞서 독일기사단의 동방진출을 막아내기 위한 목적으로 14세기부터 폴란드와 리투아니아의 연합체제가 줄곧 이어져왔던 것의 연장선이었다. 이는 결과적으로 리투아니아가 폴란드에 병합되는 결과를 낳았고, 폴란드(사실상 폴란드-리투아니아 연합국)가 오스트리아, 독일, 러시아 3국에 의해 1772년, 1793년, 1795년 세 차례에 걸쳐 분할되는 역사적 사건인 '3국 분할' 이후, 폴란드 동부에 속해 있던 리투아니아는 1795년부터 제정 러시아의 지배를 받게 되었다.

아담 미츠키에비츠 Adam Mickiewicz(1798~1855)나 율리우스 스워바츠키 Juliusz Słowacki(1809~1849) 등과 같은 유명한 폴란드 문인들은 리투아니아에서 나고 자라면서, 리투아니아의 도시와 자연의 아름다움을 표현한 작품들을 많이 창작했지만, 주로 폴란드어로 작품활동을 했다. 소련연방 시절 가장 오래된 대학이자 리투아니아 지성의 산실인 빌뉴스 대학 내부에는 이 대학에서 수학한 폴란드의 문학가들의 이름으로 빼곡하게 기록되어 있다. 예를 들어, 노벨문학상 수상자인 체스와프 미워시 Czesław Miłosz(1911~2004) 역시 리투아니아 중부 케르나베(Kernavė)에서 출생했으나, 폴란드어로 작품활동을 한 대표적인 작가 중 한 명이다. 그외 심지어 유대인들도 리투아니아 내에서 문학활동을 했다는 점을 들더라도, 이 지역에서 사용된 언어가 다양했음을 알 수 있다.

그들의 작품 속에는 리투아니아에 대한 그리움과 정경이 묘사된 내용들이 상당히 많다. 실제로 아담 미츠키에비츠는 대표작인 『판 타데우시 Pan Tadeusz』(1834)에서 리투아니아에 대한 무한한 사랑을 직접적으로 표현한 바 있다.

Litwo! Ojczyzno moja! ty jesteś jak zdrowie.
Ile cię trzeba cenić, ten tylko się dowie,
Kto cię stracił. Dziś piękność twą w całej ozdobie
Widzę i opisuję, bo tęsknię po tobie

리투아니아여, 아, 나의 조국. 그대는 평안한가.

그대를 잃고 난 뒤에야 비로소

그대의 가치를 깨닫게 되었도다. 내가 오늘 그대의 고귀한 아름다움을

알아보고 칭송함은, 그대를 그리워하기 때문이라.


위에서 언급한 작가들은 어느 정도 리투아니아어를 구사할 수 있는 수준이었던 것으로 알려져 있으나, 작품활동은 모두 외국어로만 이루어졌다. 리투아니아어가 문학언어로 본격적으로 사용되기 시작한 것은 16세기에 들어서 가능했지만, 문화적 카리스마를 인정받아 그를 바탕으로 한 창작활동이 집중적으로 이루어진 것은 19세기 중반 이후에서야 비로소 가능했다. 그러므로 리투아니아 서사문학에서 리투아니아어가 문학언어로서 갖는 가치는 다른 나라와 비해서 그다지 높지 못하다.

리투아니아 문학사 연구에서는 폴란드 문학사 역시 리투아니아 문학사의 일부로 넣는 경향이 있다. 그러나 이 책에서는 주변 지역으로부터 문화적 독자성이 발생하기 시작한 19세기 중반 이후의 문학을 다루고자 한다. 따라서 순수 리투아니아어만으로 창작되었거나, 폴란드어 등의 외국어로 작품생활을 해왔다 하더라도, 출생배경에 비추어 리투아니아어가 모국어이며, 그에 상당하는 언어적 가치를 가지고 있는 작가와 작품들을 그 대상으로 하였다.


### 리투아니아 문학의 지역성

다른 한편으로 '과연 리투아니아 영내에서 나온 문학만을 리투아니아의 문학으로 볼 것이냐' 하는 문제를 들 수 있다. 현재 리투아니아 공화국의 국경이 설정된 것은 1차 대전 이후로 이전까지 리투아니아의 영토는 많은 변화를 겪었다. 즉 역사적으로 중세시대에는 북쪽 발트해에서 흑해에 이르기까지 중동부 유럽에서는 가장 광대한 지역을 형성하기도

했으나, 리투아니아의 쇠퇴와 제정 러시아의 지배를 받은 이후 현재에 이르렀다.

그러나 리투아니아 문학의 지역성에서 가장 중요한 논제는 지정학적 차원의 변화가 갖는 이유보다는 근대에 들어가 리투아니아어로 출판작업이 가장 왕성하게 일어난 곳이 리투아니아 본토가 아닌 바로 인근 동(東)프로이센이라는 점에 주목할 필요가 있다. 16세기 종교개혁 이후, 유럽 전역에서 개혁주의 물결이 확산될 때, 개혁교회를 국교로 삼은 동(東)프로이센에서는 개혁사상을 전파하기 위해 유럽의 여러 언어로 책을 출판하기 시작했고, 리투아니아어로 발간된 최초의 서적 역시 이때 빛을 보았다. 그러나 정작 리투아니아 현지에서는 폴란드어, 러시아어, 라틴어 등에 밀려 리투아니아 현지어로 된 문학출판은 거의 이루어지지 않았다.

프로이센 지역에서의 리투아니아어로 된 문학활동은 단지 중세시대에만 머무르지 않는다. 1863년에 벌어졌던 제정 러시아에 반대한 혁명이 실패로 끝나자, 러시아는 그에 대한 보복차원에서 그 이듬해부터 리투아니아어 자모를 사용한 출판금지령을 내렸다. 리투아니아가 전통적으로 사용해온 로마 알파벳을 버리고, 러시아의 키릴문자만을 사용해서 문자활동을 하게끔 강제조치를 취했다. 이는 일제시대 한국말 사용 그 자체를 금하지 않았지만, 글을 쓸 때는 일본의 히라가나를 사용하라는 조치와 아무런 차이가 없다. 슬라브어와 근본적으로 다른 리투아니아어를 키릴문자로 표기하라는 것은 문자생활 자체를 금지한 것과 다름없었다.

리투아니아어 자모사용의 금지조치는 주변국에서 낭만주의 문학을 바탕으로 민족주의 감성을 표현한 문학발전이 들불처럼 번져가고 있을 당시에도 리투아니아는 문학적 발전보다 언어의 생존 자체에 더 많은 관심을 기울여야만 했다. 그 결과 다른 이웃나라에 비해서 문학발전의 속도가 늦추어지는 결과를 낳았다.

당연히 리투아니아어로 된 책은 당시 리투아니아어 사용에 관대했던 독일어 문화권인 동(東)프로이센에서만 출판이 가능했다. 1904년 리투아니아어 자모금지령이 해제될 때까지 리투아니아 최초의 언론지인 〈아우슈라 Aušra〉가 1875년에, 〈바르파스 Varpas〉가 1889년에, 동(東)프로이센과 리투아니아 국경지대에 있던 틸지트(Tilsit, 오늘날 러시아의 소베츠크)에서 발간되었다. 이 두 잡지는 제마이테, 마이로니스, 요나스 바사나비츄스 등 리투아니아 현대문학의 근간을 이룬 거장들의 활동장소이기도 했다. 리투아니아어 자모금지령 기간 중 동(東)프로이센에서는 대략 2천 종의 책이 5백만 권이나 출판되었다. 이 책들은 '크니그네시스 Knygnešys'라 불리는 책 밀수꾼들에 의해서 리투아니아 본토에 보급되었다.

결과적으로 동(東)프로이센의 중심도시에서 발간되던 리투아니아어 서적들과 초기 언론매체들은 리투아니아인들의 언어에 대한 관심과 언어적 감성을 잃지 않도록 크게 기여하였다. 이는 역설적으로 동(東)프로이센에서 출판된 책들을 몰래 리투아니아로 보급하게끔 한 유럽의 출판역사에서 찾아보기 힘든 '출판물 밀수'라는 독특한 상황이 만들어졌음을 뜻한다.

다른 한편으로 리투아니아 해외에서 문인들의 활동도 중요하다. 소련으로의 복속을 전후로 하여 많은 리투아니아인들이 미국, 남미, 북부와 서부 유럽, 호주 등으로 이주했기 때문이다. 당연히 해외에서도 리투아니아인들의 정서와 감성을 담은 작품들이 다수 출판되었다.

그러나 여기에서는 유형이나 망명 같은 정치적이고 인위적인 이주가 없이 전통적으로 리투아니아 민족이 거주하며, 리투아니아 역사의 중심지였던 빌뉴스, 카우나스를 중심으로 구성된 현재 리투아니아 공화국의 영토로 리투아니아 문학의 지역성을 우선하고자 한다. 동시에 현재는 러시아의 영토인 칼리닌그라드 주(洲)로 편입되어 있으나, 역사적으로 리투아니아인들이 많이 거주했던 '소(小)리투아니아 Mažioji Lietuva'로 불리던 동(東)프로이센 지역에서 활동하던 문인들도 대상에 포함시켰다.

### 문자문학 이전의 구전문학

여기서 새삼스럽게 고려해볼 문제는 문학이란 반드시 문자로만 적혀야 하는 것인가의 차원이다. 리투아니아의 예를 들어보면, 이것 역시 꼭 그렇지만도 않다. 중세시대부터 리투아니아어는 폴란드어와 라틴어 등에 밀려 설 자리를 잃었다. 제정 러시아 시대에는 사실상 사용이 금지되었다. 그러므로 외국어로 작성된 주류문학은 시골에서 주로 밀집해 생활했던 리투아니아 민중들의 문학적 감성과 욕구를 충족시키는 데 부족한 점이 많았다. 게다가 14세기 폴란드에 의해 거의 반 강압적으로 기독교화가 된 이후, 리투아니아의 전통신앙마저 금지되었다. 전통적으로 토속신을 섬기기 위한 제단이 있던 자리에는 가톨릭 성당이 들어섰고, 성스러운 숲은 파괴되었고, 토속신들의 이야기는 공공장소에서 자취를 감추어야만 했다. 이러한 상황에서 리투아니아인들이 선택한 방법은 바로 '구전문학'이었다. 그들은 가슴 속에 감추어져 있던 심리적 정서를 민요와 신화를 통해서 밖으로 표출했던 것이다. 따라서 당시 리투아니아에서는 별도로 문학을 공부하지 않아도, 모두 음유시인과 낭만주의 문학가가 되었다.

이러한 시기를 거치면서, 리투아니아에서 채록된 민요는 그 분량도 많았지만, 내용에 담겨 있는 고대철학이나 고도의 상징성으로 인해 이전부터 유럽의 학자들로부터 관심의 대상이 되어왔다. 이름이 알려지지 않은 민중들이 창작한 민요였지만, 민요 속에는 문학을 전문적으로 창작한 사람들의 것과 유사한 수사법과 기법도 엿볼 수 있다.

리투아니아에는 핀란드의 『칼레발라 Kalevala』나 에스토니아의 『칼레비포에그 Kalevipoeg』, 라트비아의 『라츠플레시스 Lāčplēsis』처럼 노래로 전해지는 내용을 채록하여 정리한 대서사시가 존재하지 않는다. 그러나 민중들이 일상에서 창작한 노래는 그 자체로 훌륭한 문학작품이 되어, 동(東)프로이센에서 리투아니아 민요가 수집되어 출판되기도 했고, 헤르더나 괴테 등과 같은 유럽의 문호들 역시 리투아니아 민요의 가치에 대해 극찬을 했던 것으로 알려져 있다.

이처럼 리투아니아의 구전민요는 그 자체로서의 문학성과 예술성과는 별도로 리투아니아 근대문학의 대표적인 장르인 단편소설의 장르를 형성하는 데 있어 매우 중요한 역할을 했다.


## 리투아니아 문학의 토대

### 민속문화와 민요수집

앞서 언급한 것처럼, 리투아니아에서 민요는 단순히 여흥의 기능을 가진 민속문화의 일부로 받아들이는 것보다 더 중요한 의미를 지니고 있다. 민요는 일반 민중들의 예술적 문학적 본능을 해결할 수 있도록 도와주는 창구의 기능을 맡았으며, 실질적으로 문학의 형식을 형성하는 데에도 크게 기여했기 때문이다. 그러므로 현대 리투아니아 문학을 논함에 있어서 민요의 역할은 빠트릴 수 없는 근거 가운데 하나이다.

민요를 포함하여 리투아니아 민속문화에 관해 남아 있는 가장 오래된 기록은 유럽의 역사가들이 프로이센, 라트비아 등 발트해 연안에 살았던 이교도 민족들의 이야기를 기록하던 11세기부터 찾아볼 수 있다. 당시 이 지역의 민속문화는 이민족을 계몽하고, 그리스도교 신앙을 전파하려는 차원에서 집중적으로 시행되었다. 당시 기록된 대부분의 자료는 리투아니아인보다는 지금은 사라진 프로이센 원주민들이나 라트비아인들 같은 독일의 영향력 아래 있던 민족들이 중심적인 역할을 맡았다. 이는 리투아니아의 실정과는 별개로 보일 수 있으나, 이들 모두 리투아니아와 같은 언어권 내에서 존재하는 민족들이었고, 문화적 역사적으로 상당한 유사성을 갖고 있었다. 그만큼 당시 리투아니아인들을 비롯한 발트해 인근에 거주했던 민족들의 전통신앙 및 문화를 보여주는 귀한 자료들이다.

11세기에는 주로 탐험가들이나 선교사들이 리투아니아를 여행한 후 기록을 남겼다. 그 가운데 대부분의 자료에서 독특한 장례풍습이 소개되곤 했다. 일반적인 유럽의 모습과는 다른 '바이딜라'나 '크리비스'라고 불리던 민족종교 지도자들이 주재하는 행사의 모습을 비롯해서 동(東)프로이센과 인접한 제마이티야 지역 등에서도 다양한 풍습이 드러났다.

한편 폴란드 출신의 역사가 얀 드우고시 Jan Długosz(1415~1480)도 발트해안에 거주하는 다양한 민족들에 관해 기록하였다. 그중에는 현재 리투아니아의 남서부 지역인 수발키아 Suvalkija 지역에 살았던 야트빙케이 종족에 관한 정보도 남아 있다. 이렇듯 15세기까지 기록된 자료들의 대부분은 독일, 러시아, 그리고 리투아니아 지역으로 흡수된 여러 이웃종족에 관한 이야기들이 중심을 이룬다.

15세기 이후부터는 리투아니아 민족의 민속문화에 대한 연구가 점점 활성화되기 시작하는데, 동(東)프로이센의 쾨니히스베르크에서 활동했던 아도마스 프리드리카스 쉬멜페니기스 Adomas Fridrikas Šimelpenigis (1699~1763)가 1776년에 발간한 『새로 정리하고 수정된 민요집 Iš naujo perveizdėtos ir pagerintos giesmių knygos』이 최초의 책으로 알려지고 있다. 여기에 리투아니아 민요가 몇 편 수록되어 있어, 장차 레자와 같은 민요 연구가들의 활동에 큰 기여를 했다.

독일의 철학자 헤르더 역시 리투아니아 민요에 대한 관심이 지대하여, 1779년 발간한 『제 민중들의 목소리 Stimmen der Völker』에 리투아니아의 민요 여덟 편을 번역해서 수록하기도 했다. 이를 시점으로 이후 폴란드와 독일 출신의 학자들에 의해서 리투아니아의 민요가 해외에 다수 소개되었으며, 특히 동(東)프로이센 지역에서 학자들이 괄목할 성과를 이루었다. 이에 대해서는 차후 새로운 논의와 연구가 필요하다고 본다.

그러나 19세기 중반에 들어서, 리투아니아 현지에서 리투아니아 민요에 대해 가장 왕성한 관심을 보인 대표적인 인물은 요나스 바사나비츄스 Jonas Basanavičius(1851~1927)로 리투아니아 역사상 민요수집에서 가장 뛰어난 업적을 낳았다. 그는 리투아니아에서 의사로 활동하면서, 동시에 리투아니아의 민담을 중심으로 한 채록활동을 벌였다. 그러나 제정 러시아의 압박을 피해 외국으로 망명하였고, 그가 수집한 리투아니아 민속자료들은 1902년 미국에서 비로소 출판되었다. 리투아니아 민속자료의 수집은 이후 빈차스 쿠디르카 Vincas Kudirka(1858~1899) 등 리투아니아 계몽운동가들에 의해서도 꾸준히 이어졌으며, 리투아니아 제1공화국 시절에는 미콜라스 비르지스카 Mikolas Biržiska (1882~1915), 유르기스 엘리소나스 Jurgis Elisonas(1889~1964) 등 여러 후대 학자들을 통해서도 지속적으로 이루어졌다.

## 민요의 분류와 특성

 이웃나라 라트비아와 함께 발트민족을 구성하는 리투아니아는 폴란드, 러시아 등과 같은 인접 슬라브 국가, 북유럽, 핀-우구르 민족들과 상당히 차별화되는 민속문화를 가지고 있다. 특히 14세기 이후 연합국을 결성하여 역사적, 문화적으로 상당한 공통점을 가지고 있는 폴란드, 그리고 이웃나라들인 라트비아와 에스토니아와 비교하더라도 그 차이점은 크다. 라트비아인과 에스토니아인들이 단 한 번도 자기 민족을 중심으로 국가를 만들지 못하고, 독일이 건설한 리브란트의 영토의 일부로서 이전 역사의 대부분에 걸쳐 독일인들의 농노생활을 면치 못했던 반면, 한때 강성대국을 건설했던 리투아니아는 독일의 동방진출을 막는 방파제 역할을 해내었다는 점에서부터 다르다.

 게다가 리투아니아는 유럽에서 최후로 기독교화가 된 국가이다. 이전까지는 태양과 땅 같은 자연신을 섬기던 민속종교를 신봉하던 국가였으나, 이후 국내에 전파된 그리스도교와 함께 리투아니아는 다른 유럽 국가들에서는 찾아볼 수 없는 독특한 분위기의 문화를 만들어내었다. 이러한 리투아니아가 가지고 있는 독특한 조건은 '다이나 Daina'라고 불리는 리투아니아의 전통적인 민요에 많이 투영되어 있다.

 리투아니아의 민요는 크게 세 부류로 나뉜다. 첫 번째는 종교적 내용을 가지고 있는 '기에스메 Giesmé'로 가톨릭적 세계관을 담아 신과 마리아를 찬미하거나, 예수의 부활, 죽음을 기리기 위한 내용이 담겨 있다. 두 번째는 '라우다 Rauda'로, 이는 죽은 이들을 추모하고 장례식에서 슬픈 분위기를 조성하기 위해서 불리는 노래들이다. 그리고 세 번째는 '다이나'로 앞선 두 가지와 달리 특징적인 기능이 없이 일상생활, 세시풍속, 관혼상제, 인생의 통과의례, 노동 등 일생의 다양한 측면이 녹아들어 있다.

이 가운데 내용의 구성적인 측면에서 다이나는 크게 '단선율'과 '다선율' 두 종류로 나뉜다. 단선율 민요는 멜로디의 변화가 없이 한 가지 선율로 불리는 민요다. 상황과 분위기에 따라 화음이 들어갈 수 있다. 이런 형태의 민요는 노래를 부르는 데 있어 특별한 연습이나 훈련이 필요하지 않아, 일상생활에서 가장 많이 불린다. 악기반주가 꼭 필요한 것은 아니며, 일반적으로 악기는 노래와 별도로 독주나 합주로 연주된다. 그리고 단선율 곡에서 춤이 동반되는 경우는 찾아보기 힘들다.

이에 비해 다선율 민요는 '수타르티네스 Sutartinês'로 불리며 주변국가에서는 찾아볼 수 없는 독특한 형태로 구성된 노래이다. 이 민요를 연주할 때, 가장 특징적인 성격은 창자들이 두 개에서 네 개의 부분으로 나뉘어 서로 다른 곡조를 부르는 데 있다. 즉 선창자가 주 멜로디를 선창하면, 다른 사람들이 약간의 시간차를 두고, 그 선창자의 주 멜로디를 따라한다. 수타르티네스의 멜로디 역시 복잡하지 않지만, 다른 이들과의 협조로 이루어지기 때문에 선창자의 음악적 감각이 우선적으로 요구된다. 수타르티네스는 동북부 지역인 아욱스태이티야(Aukštaitija)를 중심으로 지역화되어 있다.

이는 16세기경 노래를 부르던 방식이 현재 불리는 형태에 큰 영향을 미친 것으로 보고 있다. 그리고 수타르티네스의 가사는 19세기 말과 20세기 초에 들어 많이 기록되었다. 덧붙여 수타르티네스는 노래를 부르는 동안 참여하는 이들이 원을 그리며 도는 등 간단한 동작이 요구되기도 한다.


**민속시로서 다이나에서의 운율**

일반적으로 민요의 텍스트는 강세, 모음의 길이, 음절의 수 등으로 운율이 구성된다. 리투아니아 역시 그런 기준에 따라 분류하는 것이 가능하나 용이하지는 않다. 우선 리투아니아어에서 강세의 위치가 수시로 변하기 때문에, 강세를 이해하기 위해서는 복잡한 규칙에 대한 이해가 선행되어야 한다. 여타 인도-유럽어족의 언어와 달리 리투아니아어에서 강세는 위치가 자유롭다. 즉 단어에 따라 강세의 위치를 잘못 선정하면, 그 의미가 달라질 정도로 복잡한 성질을 가지고 있기 때문이다.

예를 들어, 인접국가인 에스토니아와 라트비아의 경우, 항상 첫음절에 강세가 있다. 그리고 폴란드어는 마지막 둘째 음절에 있지만, 리투아니아어는 단어마다 각 격변화 시 강세가 움직이는 형태를 정형화한 법칙을 별도로 익혀야 하기 때문에 리투아니아어를 제대로 알지 못하는 사람이 아니면 이를 제대로 실행하는 것은 어렵다.

따라서 리투아니아 민요의 운율은 대략적으로 음절을 기준으로 분류한다. 한 행에서 다섯 개에서부터 여덟 개까지의 음절이 존재할 수 있으나, 같은 민요라 해도 행마다 음절의 수가 상이한 경우도 종종 발생한다. 그러므로 기존 유럽의 '헥사미터 Hexameter'나 '단장격운율 Jamb' 같은 기존 음보분석으로는 형태를 규정하기가 매우 어렵다. 다른 말로 표현하면, '다이나'는 유럽의 민요시 구조와 비교해서 운율적, 음조적 리듬이 결여되어 있다. 이 때문에 리투아니아 민요에서 멜로디를 제외한 텍스트가 가진 시언어를 문학적으로 접근한 연구는 많이 이루어지지 않았다.

테오도라스 브라지스 Teodoras Brazys는 "리투아니아의 전통적 멜로디의 음조와 리듬 등 근원적인 특성이 그리스의 음악적 시스템을 통해서만 이해가 가능하므로 그리스의 음악적 운율을 차용했다고 생각할지 모른다. 그러나 리투아니아의 인도-게르만적 기원과 산스크리트어와의 긴밀한 관계 등을 고려해 보면, 리투아니아 음악의 근원을 인도음악에서 찾는 것이 적절할지 모른다"고 확신했다. 브라지스의 학설은 리투아니아의 민요적 운율이 그리스 또는 인도로부터 기원했다고 주장하고, 리투아니아어만의 특수성을 고려하지 못한 점 때문에 여러 학자들로부터 많은 비판을 받았다.

야드비가 츄를료니테 Jadviga Čiurlionytė는 기존의 유럽적 연구방식대로 음보나 악센트의 위치에 따라 민요를 구분하지 않았다. 대신 리투아니아 언어의 특성에 맞추어 각 행마다 나타나는 음절의 수에 따라 '5음절 민요, 6음절 민요, 7음절 민요' 등 세 가지로 나누었다. 그러나 음절의 수에 따라 강세의 위치도 비교적 일정하게 나타남을 증명했다. 그의 분류에 따르면, 각 분류별 강세의 위치분포는 아래와 같다.

| | | | | | | |
|---|---|---|---|---|---|---|
| 5음절 민요 | ^ | _ | ^ | ^ | _ | |
| 또는 | _ | ^ | ^ | _ | ^ | |
| 6음절 민요 | _ | ^ | ^ | _ | ^ | ^ |
| 또는 | ^ | ^ | _ | ^ | _ | ^ |
| 7음절 민요 | _ | ^ | ^ | _ | ^ | _ | ^ |
| 또는 | ^ | ^ | _ | ^ | ^ | _ | ^ |
| 또는 | ^ | _ | ^ | ^ | ^ | _ | ^ |

츄를료니테는 이전에는 2~3행이 한 절(연)을 이루는 형태의 민요들이 주로 사용되었지만, 점차적으로 3행이 한 절을 이루고 있다고 밝혔다. 첫 번째 행이 반복되는 형태로 변화했으며, 현재는 5음절, 6음절, 7음절이 한 절을 이루는 형태의 민요들이 자리를 잡게 되었다는 것이다.

유럽의 여러 나라들에서 낭만주의와 민족주의의 영향으로 문학이 번성하고 있을 당시, 리투아니아에서 리투아니아어는 주류 언어가 아닌 주변 언어로 폄하되고, 제정 러시아의 지배시절 리투아니아어의 문자사용 금지령이 발효되는 등 문학의 발전이 철저하게 방해를 받았다. 쉽게 말해서 리투아니아인들의 문학적 감성을 지켜나가기 위한 방도로서 민요는 유일한 표현수단이었던 셈이다. 이러한 이유 등으로 리투아니아 인들은 다른 나라에서는 찾아보기 힘든 고도의 상징체계를 사용해서 독특한 분위기의 다이나를 창조해낸 것이다. 결과적으로 다이나는 19세기 말 본격적인 리투아니아 문학의 태동에 결정적인 역할을 하였다.

## 3.3. 리투아니아 근대문학의 형성

### 서사문학의 태동

19세기 말은 리투아니아 농노들과 서민들의 생활을 대변하는 실증주의 문학을 위주로 리투아니아 문학이 서서히 수면 위로 떠오르는 시기였다. 당시 문학을 창작하던 이들은 대부분 정식으로 문학교육을 받은 이들이 아니다. 실생활 속에서 민요를 접하고 익혀온 농민과 서민, 그리고 그들을 대상으로 한 계몽활동을 주도해온 종교인들이었다.

이처럼 리투아니아의 초창기 문학을 대변하는 작품들에서 드러나는 분위기는 대부분 다이나에 묘사되는 것처럼 자연과의 화합, 농촌풍경, 애환의 표현, 개인의 일생 등을 특별한 기법 없이 담담하게 이야기하듯 펼치는 경향을 보여주었다. 이러한 경향은 산문에서 민족주의나 낭만주의적 장편소설보다는 독특한 구조의 단편소설이 주를 이루는 특수한 상황을 낳았다.

리투아니아 근대문학의 형성과정에서 민요가 갖는 가치는 그 내용뿐만 아니다. 근대문학이 태동하고, 그 형식을 규정하는 실질이고 구체적인 역할을 민요가 담당하기도 했다. 리투아니아 문학에서 가장 두드러지는 장르는 바로 단편소설이다. 당시 리투아니아에서 특히 사랑받았던 단편소설은 단지 분량이 짧은 소설이라는 기존의 개념과는 많이 다르다. 짧고 단순한 구조의 이 문학장르를 일컫는 가장 적절한 단어는 '압사키마스 apsakymas'와 '아피사카 apysaka'로, 그 구조와 내용은 구전문학을 떠올리게 한다. 리투아니아 초기 문학에 자주 나타났던 단편소설은 구전민담과 민요의 이야기 전개구조를 그대로 담아 비교적 주인공들의 성격과 관계가 단순하고, 쉽게 이야기를 풀어가는 것 같은 구조를 보인다. 한국어로 번역하면, '풀어 말하기'라는 뜻이다.

"리투아니아의 소설의 첫 발자국은 바로 리투아니아 예술적 구전설화의 전통에서 그 기원을 찾을 수 있다"는 말에서 그 의의가 충분히 가늠된다.

이처럼 리투아니아에서만 찾아볼 수 있는 독특한 문학 장르인 압사키마스는 리투아니아의 구전문학, 특히 민요와 민담에서 많은 영향을 받았으며, 리투아니아 문학의 특징을 형성시켜주는 중요한 역할을 담당했다. 알기스 칼레다 Algis Kalėda의 연구에 의하면 "이 장르는 형식이 유연하다는 특징과 사람들이 자유롭게 접할 수 있는 잡지에 주로 실려 많은 이들이 접할 수 있었던 유통방식으로 인해 작가들과 독자들 사이에서 많은 인기를 얻을 수 있었다.

이런 형태의 이야기 양식은 각자 개인의 심리적 경험을 묘사하는 차별성과 사회적 환경에서 나타나는 현상들의 공통성을 형상화하는 가능성을 부여했다. 그러나 20세기 중반까지 이 장르의 패러다임은 안정적이지 않았으며, 구조적 법칙으로 통일되어 있지도 않았다. 그러므로 형식을 대해 논할 때, 장르의 분량보다는 전통의 영향이나 문학적 담화의 결과로 사조가 형성되는 과정에 더 많은 관심을 기울여야 한다."

이 소설들은 이야기 구조와 플롯이 단순한 이유로 분량이 비교적 적다는 공통점이 있지만, 분량보다는 그 이야기 속에 담겨 있는 주제적인 구성이 더 중요하다. 이런 이유로 같은 시대 작가와 비평가라 하더라도 압사키마스와 아피사카를 혼동하여 사용하는 일도 있다. 그래서 압사키마스를 아피사카보다 조금 더 긴 양식의 단편문학으로 분리해서 보는 경향도 있다. 달리 말한다면, 압사키마스와 아피사카는 당시 리투아니아에서 유행하고 지금도 많은 영향을 미치고 있는 독특한 구조의 단편문학을 일컫는 동의어로 판단해도 무방하다.


## 실증주의 문학

구전문학의 영향은 맨 먼저 리투아니아 문학계에 실증주의 사조를
불러일으켰다. 민요의 서사구조를 바탕으로 드러나는 등장인물에 대한
담담한 묘사, 누군가에게 구전된 이야기를 다시 들려주는 듯 한 단순한
구조, 그리고 계급적 부조리들이 초기 리투아니아 문학에 큰 영향을
끼친 것이다. 따라서 19세기 말 리투아니아의 근대문학을 열어가는
작품들에서는 당시의 여러 가지 사회상과 인물군상의 모습을 비교적
실증적으로 묘사했다는 점이 특징적이라 할 수 있다. 대표적인 작가와
작품을 든다면, 다음과 같다.

### 제마이테 Žemaitė(1845~1921)
제마이테의 본명은 율리야 베뉴세비츄테-쥐만티에네 Julija
Beniusevičiute - Žymantienė로 1845년 리투아니아 서부 도시 플룽게
(Plungė) 인근에서 태어난 리투아니아의 최초 여류작가이자, 리투아니
아 문학사 전체를 통틀어 리투아니아 근대문학의 첫 움직임을 시작한
인물이다.

1845년 폴란드 귀족 가문에서 태어나 폴란드 문화의 많은 영향을
받았고 별도의 교육을 받지 않고 독학으로 공부를 해야 했다. 1863년
제정 러시아에 반대하는 봉기가 실패로 끝나자, 그 봉기를 물심양면으로
지원했던 제마이테는 깊은 좌절을 느껴야 했고, 몇 년 후 그 봉기에
참여했던 활동가인 라우리나스 쥐만타스와 결혼했다. 이후 고향에 들어

와 자리를 잡고, 〈아우슈라〉, 〈바르파스〉, 그리고 〈압즈발가 Apžvalga〉 등과 같은 초기 리투아니아 언론매체에 관심을 갖고 종사하기도 했다.

특히 언론생활 중 알고 지내게 된 유명한 작가이자 기자인 포빌라스 비신스키스와의 친분은 제마이테가 리투아니아어로 작품생활을 시작하도록 하는 동기부여가 되었다. 마침내 1895년에는『가을 저녁 Rudens Vakaras』이라는 작품집으로 문단에 데뷔하였다. 1912년에는 빌뉴스로 거주지를 옮긴 후, 줄곧 언론과 리투아니아의 문화활동에 종사했다. 그리고 1915년에 독일이 리투아니아를 점령하자, 러시아의 페트로그로드(현재 상트페테르부르크)로 탈출하지만, 1916년부터는 미국으로 이주하여 그곳의 리투아니아 단체들과 만나 교류하면서 미국에서 운영되는 리투아니아의 언론매체에 글을 기고하기도 했다. 1차 대전이 끝난 후, 1921년에 다시 리투아니아로 돌아와 짧은 시간 동안 리투아니아 동부 마리암폴레(Marijampole)에서 거주하다가, 그해 12월 8일 세상을 떠났다.

제마이테는 그의 필명으로, 플룽게 지역이 속해 있는 리투아니아의 제마이티야 지역의 여인이라는 의미를 담고 있다. 작가의 고향인 제마이티야는 한때 리투아니아와는 자치공국을 건설하기도 하고, 방언을 뛰어넘어 별도의 독립어로 인정받을 정도의 독특한 언어를 가지고 있었다. 그만큼 문화적으로도 독특한 면이 많았으며, 리투아니아 전체적인 문화적 색채를 부여한 장소이다. 양친은 몰락한 폴란드 귀족 출신으로 자신들의 가문적 배경을 중시하여, 아이들에게는 리투아니아 농노들과 어울리거나 리투아니아어를 통해서 대화를 하는 것을 금지할 정도로 자존심이 강했다.

이러한 부모님들의 의지에도 불구하고, 제마이테는 주변의 리투아니아인들과 친분을 갖고, 어린 시절부터 리투아니아어를 배웠다. 그는 제도적 교육을 받지 않았지만, 그럼에도 불구하고 오로지 독학만으로 최초의 여성 인텔리겐치아라는 명성을 얻게 되었다. 유년시절 주변의 농노와 농민들의 생활을 직접 체험한 작가의 작품세계는 그들을 둘러싸고 있는 가난, 비참한 생활 등으로부터 많은 동기를 부여받았다. 그러므로 귀족가문이라는 출신과 배경에도 불구하고, 작가는 언제나 스카프를 두른 리투아니아 촌부의 모습으로 대중에 등장했고, 지금도 여전히 그러한 모습으로 대표된다. 이렇듯 제마이테는 폴란드 귀족이라는 가정적 사회적 배경에도 아랑곳하지 않고, 리투아니아 사실주의적 고전의 포문을 연 작가가 되었다.

그는 능력을 갖춘 이야기꾼이었고, 특히 현실의 상황을 묘사하는 데 탁월한 능력을 보였다. 이는 현지 언론생활을 하던 도중 자연스럽게 얻어진 성향으로 생각된다. 어린 시절의 경험으로 인해, 작가는 농민들의 실상을 그들의 편에 서서 이해할 수 있었고, 그 결과 농민들의 힘, 감성, 일상생활을 잘 묘사했다. 특히 여성들의 삶에 더 많은 관심을 쏟았다. 리투아니아 최고의 문학비평가 쿠빌류스는 "새로운 시대를 맞은 리투아니아에서 픽션과 사실주의로 향하는 풍조의 시작은 바로 제마이테의 이름과 연관되어 있다"고 찬사를 아끼지 않았다.

제마이테 이전에는 어느 누구도 농노의 실생활, 정신세계, 친구이자 적들이었던 사회적 부조리들을 그렇게 성공적으로 형상화하지 못했다. 그는 사회상황과 계급문제, 현실적인 상황에서 겪게 될 다양한 문제들을 사실적으로 묘사함으로써, 인간의 현실과 존재의 문제에 대해서 많은 관심을 보였다. 그런 어려운 상황 속에서 행복을 영유하기가 얼마나 어려운지, 가난과 고통이 인간의 정신과 건강을 얼마나 해할 수 있는지를 잘 보여준 것이다. 그의 비판은 계층을 가리지 않았다. 농노라 하더라도 이유 없이 전근대적인 사고방식과 전통에 얽매여 있는 농노들의 문화는 심한 비판의 대상이 되었다.

그 결과 그의 작품에 등장하는 세계는 그다지 밝지 않지만, 농노들의 삶의 다양한 부분을 묘사하려 애쓴 노력 덕분에 '다이나'에 근거한 민속 시적 요소와 토속적 어휘가 가득하다. 마치 우리나라 김유정의 작품을 보는 것 같은 생각이 들게 한다. 그가 사용한 문장과 구문구조는 당시 시골 사람들의 일상적인 언어에서 그대로 따왔을 정도로 민중적인 요인이 많다.

그의 작품 중 가장 대표적인 것은 「며느리 marti」이다. 제마이테는 이 작품에서 남성들의 우월주의와 그를 둘러싼 잔인한 관계 속에서 희생양이 되어야 했던 여성들의 모습을 그려냈다. 이 단편소설의 주인공 카트레 역시 전근대적인 사고방식의 지배를 받는 가정에서 태어나, 자신의 의지와는 상관없이 농민가정으로 시집을 가야 했던 인물이다. 풍부한 토속적 어휘와 민속적 표현으로 외부적 요소로 인해 절망에 빠진 여성의 삶을 구체적으로 그렸다. 자신의 신세를 한탄하고 묘사하는 주인공의 독백이 마치 모노로그처럼 자주 등장한다. 이와 같은 나레이션은 '다이나'의 가사를 듣는 것과 몹시 흡사하다. 그리고 단지 독백 같은 주인공의 목소리를 통해서 직접 분위기나 상황을 말해주는 것 이외에도 전지적 서술시점에서 주변 상황들을 담담하게 묘사하는 기법은 읽는 이들로 하여금 주인공의 상황에 감정이입이 되도록 도와준다.

### 요나스 빌류나스 Jonas Biliūnas(1879~1907)

요나스 빌류나스는 리투아니아 동부 우크메르게(Ukmergė) 인근 작은 마을에서 태어났다. 1900년에는 에스토니아 타르투 대학교 의대에 진학함과 동시에 사회참여적 내용을 다룬 작품들을 창작하기 시작했다. 건강이 나빠져 빌류나스는 1904년 여름 리투아니아로 잠시 돌아왔으나,

그해 가을에 다시 스위스로 유학을 떠나 문학연구를 이어나갔다. 1904년에는 신학에 대해서도 관심을 보이기 시작한 이후, 그의 관심은 정치적 분야보다는 범인류적인 가치관으로 확대되었다. 1905년에는 건강문제로 학업을 잇지 못하고, 리투아니아로·귀국한 그는 사회정치적 활동에는 손을 완전히 떼고, 창작활동에만 정진했다. 두 해 후인 1907년에는 폴란드 자코파네에 있는 요양원에서 요양생활을 하다가, 1907년 12월 8일에 사망했다.

그는 리투아니아 사실주의 문학과 동시에 심리주의 소설의 문을 연 작가로 추앙받고 있다. 그는 젊은 시절부터 국내외적으로 사회운동에 많이 참여하였다. 그러나 1901년에 그는 반 제정 러시아적 활동으로 당시 재학 중인 에스토니아 타르투 대학에서 제적을 당하고, 리투아니아에 돌아와 반체제 운동에 더욱더 열성을 기했다. 또한 독일 라이프치히에서 유학하는 동안에는 리투아니아의 문학사와 창작활동에 관심을 갖기 시작했고, 이후 리투아니아어에 대한 연구에도 매진하였다.

빌류나스가 리투아니아 문학사에서 차지하고 있는 비중은 아주 특별하여, 러시아의 안톤 체홉과 자주 비견되곤 한다. 쿠빌류스는 "빌류나스야 말로 리투아니아인들에게 정제된 문학이 무엇인지 최초로 보여준 사람이다"라는 평을 내렸다. 또한 빌뉴스 대학교 리투아니아 문학교수인 빅토리야 다우요티테 Viktorija Daujotytė는 "그가 쓴 단편소설의 주제는 주로 인간의 삶에 관한 것이고, 리투아니아 민족에 대한 핍박, 농노의 고통 등 빌류나스가 살았던 당시의 현실을 그대로 보여준다"라고 말하기도 했다.

그는 인간사회의 현상을 여실히 보여주는 것을 넘어 철학적 현상학적 기법을 잘 이용했다는 차원에서 리투아니아 문학사에서 더욱 특별한 가치를 가지고 있다. 다우요티테는 빌류나스 문학의 현상학적 특성에 대한 연구에서 "그는 '사물로의 귀환'이라는 현상학의 기본요건을 언제나 잘 투영해서 보여주고 있다. 우리 눈에는 공간에 가득 찬 사물, 혹은 사물 자체나 또 다른 존재들로 가득한 공간이 보일 뿐이지, 그 사물과 우리 자신 속에 엄연히 존재하는 시간은 보지 못한다. 시간이란 단순히 원인에 따른 결과로 이어져, 우리 곁을 흘러가고, 발전하다가 사라진다." 이렇게 현상학적인 차원에서 사물과 인물, 주변을 조망하여 묘사하는 특성으로 인해 그는 단지 심리적 사실주의를 넘어선 현상학적 기법을 구사하는 작가로까지 인식되고 있다.

그가 묘사하는 세계는 고통으로 가득 차 있고, 강한 자는 악한 자를 억압하며, 약한 자는 그 고통에서 벗어날 수조차 없다. 노스텔지어, 고독, 우울함 등이 인간의 존재에 대한 인식의 기본이다. 즉 작가는 전반적으로 이 세상을 우울한 미소로 쳐다보고 있는 것이다. 그러나 그의 작품의 가치는 헤어날 수 없는 슬픔과 비통에 사로잡혀 눈물을 흘리는 군상을 묘사하여 감정이입을 통해 독자들의 감정을 정화할 수 있도록 카타르시스를 제공하는 데 멈추지 않는다.

요니스 빌류나스에 대한 연구에서 두각을 나타낸 학자 메일레 룩시에네 Meilė Lukšienė는 그의 연구에서 "빌류나스에게 있어 예술의 역할은 실질적인 현실의 현상을 묘사하는 것이지만, 그런 묘사는 아무렇게나 이뤄져서는 안 되고 반드시 사람들이 감정적으로 반응할 수 있는 아름다움이 느껴져야 하며, 그와 동시에 독자가 이해하는 현상에서 감정적인 가치가 부여되어야 한다"고 역설했다. 이 이야기는 리투아니아 민중들의 삶과 현실을 그대로 묘사하는 사실주의 양식을 차용하되, 그 가운데서도 사람들의 심금을 울리는 문학적 아름다움을 잃지 않았음을 의미한다.

빌류나스 이전에도 리투아니아 소설은 주로 물질적 가난, 육체적

상처, 인권의 유린 등과 같은 고통의 외부적 요소에 초점이 맞추어져 있었다. 이에 반해 빌류나스는 부도덕이나 영혼의 과오 같은 좀 더 추상적인 관념으로 눈을 돌렸다. 불행의 외부적 요소가 아니라, 그 경험의 강도에도 관심을 부여했다. 이처럼 작가에게 있어서 인간들은 자신의 운명만이 아니라, 불완전한 사회의 운영체제 때문에 고통을 겪기도 하는 실체들이다. 유오자스 스토니스 Juozas Stonys는 "빌류나스에게 있어서 슬픔과 고립은 '존재가 잊힐 때' 더 특별하며, '역할의 상실'이 그 주된 요인이다"라고 평가했다. 그만큼 그의 서술은 어둡고, 그가 묘사하는 세상은 슬픔으로 가득해 보이지만, 그래도 자신이 직접 목도하고 체험한 경험을 바탕으로 한 서사는 여전히 리투아니아 독자들의 감성을 자극하고 있다.

그의 작품에서는 가난뱅이, 무직자, 거지, 고아들이 주인공으로 자주 등장한다. 그의 가장 대표적인 작품인 「슬픈 이야기 Liūdna pasaka」는 낯선 외부의 환경 속에서 한 인간과 그의 가족을 얼마나 절망적으로 파괴될 수 있는지를 보여준다. 1863년 반 제정 러시아 혁명에 연류되어 비극적인 종말을 맞는 리투아니아 농민부부의 삶과 심리를 잘 묘사한 이 작품은 분량은 짧지만, 리투아니아 근대 문학의 최고 걸작으로 손꼽히고 있다. 서술의 구조나 분량차원에서 당시 나온 단편소설과 큰 차이가 없어 보이나, 이 작품은 하나의 시대적인 사건이 발단부터 마지막까지 묘사되어 있어 내용적인 측면에서 대하드라마 같은 웅장함을 선보이고 있다.

### 라즈디누 펠레다 Lazdynų Pelėda

'호두나무의 부엉이'라는 의미의 동인명은 작가들이 살았던 당시의 상황을 그대로 투영하고 있다. 전반적인 쇠퇴와 우울, 그리고 생존에 대한 고민과 해결책 등으로 점철된 과거를 비교적 낭만적으로 그린 것이다. 달빛이 빛나는 밤을 날아다니며, 이러한 풍경을 지켜보고 있는 '지혜의 새'인 부엉이의 관점으로 표현해본 것이라 할 수 있다.

두 자매의 삶 역시 앞서 언급한 두 작가와 마찬가지로 힘들었던 리투아니아 민중들의 삶을 그대로 반영하고 있다. 어려운 가정환경에서 살아야 했던 그들의 삶을 흔히 멜로드라마로 비유하곤 한다. 이전 작가들과 약간의 차이가 있다면, 농민이나 최하층민들의 삶 이외에도 도시생활에서 보이는 개인의 어두운 단면을 묘사하려는 경향이 있었다는 것이다.

이 자매의 작품들에서도 역시 다양한 인물상이 나타나지만, 그들 중 대부분은 여성, 노인, 아이들같이 불평등한 사회의 희생양이 될 수밖에 없었던 도시사회의 약자들이다. 자매는 귀족집안에서 태어나 예술을 좋아했던 아버지의 영향을 많이 받았던 것으로 알려져 있다. 그러나 언니 소피아는 결혼실패로 인해 작품활동을 이어나갈 수 없을 정도로 어려워졌다. 심지어 그는 지역 일간지에 "심각한 상황에 처해 있는 유명 작가입니다. 근무 이후, 제 개인 작업을 할 수 있는 가사도우미 일을 찾고 있습니다. 이전에 큰 농장에서 일해본 적이 있고, 우유와 고기 요리를 잘하고, 세탁이나 천짜기, 바느질 모두 잘합니다"라는 광고를 싣기도 했다. 작품활동은 자매가 공동으로 이어갔지만, 동생 마리야의 작품을 언니 소피야가 자주 손질한 것으로 알려져 있다. 언니가 죽은 이후에도 마리야는 그 필명을 사용하며 활동을 이어갔다.

그런 생활환경이 보여주듯 라즈디누 펠레다는 현실사회의 현상을 잘 뽑아낸 사실주의 작가로 인정받고 있지만, 그보다 20세기 초 문학사조에서 유행했던 심리적 사실주의 기법을 일부로 차용한 면모를 보이고 있다. 이는 자매들의 실질적인 삶의 경험을 바탕으로 언론생활을 하면서 터득한 작법이 융합되어 나타난 결과물로 보인다. 아그네 이에스만타이테 Agnė Iešmantaitė는 2005년 발간된 자매들의 산문집에 게재한 서론에서 이들의 작품이 심리적 사실주의적 형태를 보이게 된 데에는 "그들이 일했던 〈바르파스〉 잡지가 '모든 예술가들은 사회적 관계의 사실적 사회적 경제적 도덕적인 면을 보여 주어야 한다'고 지정한 내부규율에서 기인한 것"으로 보인다고 논했다. 사회는 근본적으로 불완전하며, 악이 횡행하므로, 예술가들의 의무는 그런 사회악을 표현하여 이해하도록 도와주고 결과적으로 그것을 뿌리 뽑아야 한다는 철학이 지배적이었기 때문이다. 하지만 자매들은 사회를 메마른 시각으로 비판만 하지는 않는다. 자매들은 이런 이유로 봉건시대 사회적 불평등, 윤리적 가치의 하락, 도농 간의 갈등, 부유한 이들의 탐욕, 인간의 이중성, 에고이즘, 잔혹성 등을 들추어내고, 아무런 죄 없는 희생자들에 대한 동정심을 불러일으켜 그들이 현실사회의 불의와 해악으로부터 자신들을 보호하는데 얼마나 약한지를 잘 보여준다.

쿠빌류스는 그들의 작품세계에 대해 "사실주의의 특색이라 할 수 있는 현실의 결정론적 인식에 대해 잘 알고 있다"라고 평했다. 그들이 표현한 이 세계는 사람들이 환경을 파괴하고, 주변 사람들은 그것 때문에 상처를 입고, 그런 관계 자체로 인해 파괴가 된다. 작품에 등장하는 여성들은 제마이테의 작품에서처럼 적절한 교육이나 사회적 보호를 받지 못한 상태에서 남성들의 폭력과 가난으로 인한 희생자가 되어버린다.

그들의 대표작 중 하나인 「엄마가 데려갔어요 Motulė poviliojo」는 갑자기 고아가 되어버린 가난한 남매의 슬픈 이야기를 통해 불행한 환경이 사람을 어떻게 파괴할 수 있는지를 잘 보여주었다는 평을 받고 있다. 1908년에 발표한 「꿈처럼 사라졌다 Ir Pražuvo kaip sapnas」는 특히 현실주의적 현실에 대한 특출한 묘사와 민주주의적 사고가 잘 드러나 있다. 여기서는 리투아니아 내의 사회적 변화와 영주와 농노

간의 갈등 등 그들의 사회적 관심이 잘 드러나 있다.


## 낭만주의 시문학

소설 분야에서는 민중들의 삶과 현실을 사실적으로 그려낸 사실주의 작품들이 인기를 얻고 있던 시기, 시 분야에서는 자주독립과 민족의식을 고취시키는 낭만주의가 관심을 끌고 있었다. 이미 리투아니아의 역사를 최초로 기록한 역사학자 시모나스 다우칸타스 Simonas Daukantas (1793~1864), 안타나스 바라나우스카스 Antanas Baranauskas (1835~1902) 같은 시인들이 리투아니아에서 낭만주의의 도래를 알렸으나, 그중에서 리투아니아 낭만주의 시의 대표적인 인물은 바로 마이로니스 Maironis(1862~1932)였다.

안타나스 바라나우스카스는 1858년 발표한 작품 『아닉쉬체이의 숲 Anykščių šilelis』에서 자신의 고향이 아닉쉬체이의 자연환경을 리투아니아의 고대사, 역사, 현실과 비교하여 많은 이들로 하여금 애국심을 고취시켰다. 그러나 비로소 마이로니스에 들어서 리투아니아의 낭만주의가 기틀이 잡히는 단계에 이르게 된다. 리투아니아 문학가의 대표적인 시인 중 한 명인 빈차스 미콜라이티스-푸티나스 Vincas Mykolaitis -Putinas가 20세기 전반기의 시는 마이로니스 이전과 이후로 나뉜다고 했을 만큼, 리투아니아 문학사에서 마이로니스가 가지고 있는 가치는 지대하다.

화려하고 웅대했던 역사에 대한 기억, 잃어버린 역사와 가치들에 대한 아쉬움, 그리고 문화적 기억을 통해 끊임없는 고통의 풍랑 속에서도 꿋꿋이 살아남은 여린 조국에 대한 무한한 사랑 등 이러한 정서를 모두 품고 있는 마이로니스의 시는, 한 세기가 지난 오늘날에도 여전히 리투아니아인들에 의해 칭송되고 있다.

이러한 배경에서 본다면, 마이로니스는 단지 문학사뿐만 아니라 문화사 전반에 걸쳐 가장 큰 비중을 차지하는 인물이다. 그가 태어나기 전까지 리투아니아의 시는 여전히 민속음악의 운율과 표현, 민족 내부적 정서에서 크게 벗어나지 못하고 있었다. 그러나 그의 작품활동 이후, 리투아니아의 시는 한결 더 성숙되고 범유럽적인 세계에 진입을 하게 되었다는 찬사를 듣게 된다. 푸른 초원과 강이 굽이쳐 흐르는 리투아니아의 아름다운 풍광과 정취를 마치 비행기를 타고 날면서, 고공촬영을 하는 느낌을 받는다. 호탕하고 웅장한 기개로 설파하는 분위기는 수백 년간 타민족의 지배에서 억눌리며 살았던 리투아니아 민중들에게 자주의식을 불어넣었으며, 새로운 역사의 시작을 준비하라는 신호탄이 되었다.

마이로니스는 이처럼 숱한 어려운 상황 속에서 리투아니아의 문학세계를 한 단계 높인 최고의 문호로 추앙받고 있지만, 그 이전에 어려운 상황에 처했던 리투아니아인들의 앞길을 밝혀준 종교 지도자로서의 가치가 더욱 높다고 할 수 있다.

### 마이로니스의 일생과 업적

마이로니스의 본명은 요나스 마출리스(Jonas Mačiulis)로 1862년 10월 2일 리투아니아 서부에 위치한 라세이니에이 지역에 있는 파산드라비스(Pasandravis)라는 작은 시골마을의 한 농민가정에서 태어났다.

그는 어린 시절부터 폴란드어와 리투아니아어를 모두 사용하는 환경에서 자랐고, 1873년 리투아니아 제2의 도시 카우나스(Kaunas)에 있는 학교에 진학한 이후 미츠키에비츠, 스워바츠키, 크라솁스키 등 당대 최고의 폴란드 시인들의 작품을 접하게 된다. 이는 장차 시인의 문학세계에 큰 영향을 미치게 되었다. 실제로 초기에는 폴란드어로 작품활동을 하기도 했다.

이후 그는 1883년 키에프 대학에 진학하여 문학을 전공하는 동안 푸시킨, 레르몬토프 같은 러시아의 대표 작가들의 작품도 접하면서, 문학적인 소양을 넓히게 되었다. 그러나 일 년 후 당시 영향력 있는 러시아어 잡지인 〈노보예 브레미야(새로운 시대)〉에 핍박당하는 리투아니아어의 현실을 알리는 글을 게재함과 동시에 키에프에서의 학문을 접고 리투아니아로 돌아와 신학원에 진학한다. 이곳 신학원에서 리투아니아어와 문학을 가르치고 있던 당시 낭만주의 최고의 시인인 안타나스 바라나우스카스와의 만남은 그의 일생에 결정적인 계기가 되었다.

대내외적으로 민족적 자주의식의 폭풍우가 몰아치던 19세기 말, 마이로니스 역시 단순한 문학활동에만 머물지 않고, 정치적 활동에도 참여하기 시작했다. 그는 리투아니아의 신문 〈아우슈라〉를 통해 시인으로서 첫 작품을 발표한다. 이 신문은 제정 러시아의 지배시절 민족의식의 고취를 위해 발간된 역사상 최초의 신문으로서 리투아니아어의 문자사용이 금지되어 있던 리투아니아가 아닌 동(東)프로이센에서 출판이 되었다. 신문에서 시인은 '즈발리니스'라는 가명으로 「리투아니아의 고통 Lietuvos vargas」라는 시를 최초로 발표하는데, 이후 이 작품은 「숲과 리투아니아」와 「숲의 소리」로 제목이 두 차례나 바뀐다.

그는 리투아니아의 역사에 대한 관심은 꾸준히 이어가면서, 리투아니아 역사에 관한 책을 저술하기도 했다. 마침내 1895년에는 최초로 단독 시집인 『봄의 소리 Pavasario balsai』가 출판되었다. 그러나 신부가 된 이후, 마이로니스는 이전처럼 왕성한 활동을 보이지는 않았다. 대신 말년인 1932년까지 리투아니아의 역사와 전설을 주제로 한 장편시와 중세 리투아니아를 다스렸던 대공작들의 일대기를 그린 삼연작 희곡을 발표하여, 그의 작품세계를 한층 넓혀갔다. 또한 여러 신학원에서 교수와 학장직을 역임하면서, 문학과 신학에 관한 연구에 전념했다. 1932년 사망한 그는, 1922년부터 창작과 연구활동에 몸 담았던 카우나스에 소재한 대성당에 안치되어 여전히 리투아니아인들에게 자유와 주권을 위해 투쟁하던 당시의 증인으로서 역사의 귀감으로 남아 있다.

### 마이로니스의 작품세계에서 리투아니아의 이미지

마이로니스의 작품은 19세기에서 20세기를 거치는 동안 리투아니아인들이 겪어야 했던 사회적 변혁, 그리고 새로운 사조의 바람이 불기 시작한 문학적 환경을 그대로 보여준다. 1992년 발간된 마이로니스의 작품집 서문에서 이레나 슬라빈스카이테 Irena Skavinskaitė는 "마이로니스의 작품세계는 당시 리투아니아의 사상을 구성하고 또 실현하는 데 필요한 모든 요소들에 맞추어져 있으며, 그의 애국주의는 시적일 뿐만 아니라, 이성적 사회적 고민, 정치적 방향 및 논리에 바탕을 두고 있다"고 논평했다.

그의 시에 나타나는 가장 큰 특징 중 하나는, 시의 내용이 전반적으로 두 부분으로 나뉜다는 데 있다. 처음에는 리투아니아의 자연이나 역사를 찬미하는 표현으로 시작한다. 그러나 맨 마지막 연에서는 개인적인 감성이나 느낌을 강하게 표출하면서 시를 마치는 것이다. 마이로니스의 시마다 자주 나타나는 화려한 미사여구의 사용이나 개인적인 감정표출은 때론 후대의 시인들과 비평가들에 의한 공격의 대상이 되기도 했다.

그럼에도 불구하고 마이로니스의 시를 읽으면, 누구나 그의 어린 시절에 대한 추억이 잘 녹아 있음을 느끼게 된다. 리투아니아의 환경이 대부분 그렇지만 그가 태어난 마을은 들판과 언덕, 강이 어우러져 마치 조국의 풍경을 축약해놓은 듯한 아름다운 경치를 자랑하는 곳이다. 때문에 그의 시는 리투아니아에서 나고 자란 거의 모든 독자들의 감성을 어루만지고, 가슴속 가장 깊은 곳에 숨어 있는 민족의식과 애국심을 끄집어내는 신비로운 힘을 가지고 있다. 이러한 이유로 마이로니스의 작품 중 다수가 작곡가들의 손을 거쳐 가곡으로도 불리고 있다.

또한 역사 속에 묻혀 잊힐 수밖에 없었던 위인들과 전설을 발굴하여 형상화시킨 것도 마이로니스가 이룩한 큰 업적 중 하나이다. 『칼레발라』, 『칼레비포에그』, 『라츠플레시스』 등 주변 발트국과 스칸디나비아 국가들이 고대의 전설을 바탕으로 한 서사시들을 대부분 가지고 있지만, 리투아니아는 그것들과 견줄 만한 작품이 없다. 그러나 마이로니스는 리투아니아 역사상 추앙받는 케스투티스 Kęstutis와 비타우타스 Vytautas 대공작을 주제로 한 삼연작 희곡을 발표함으로써 역사의 망각을 방지하였고, 동시에 역사 서사시라고 분류해도 부족함이 없을 만한 장편시도 다수 창작했다.

그중 가장 유명한 것은 발트해와 인접한 조국의 전설을 바탕으로 한 「유라테와 카스티티스 Juratė ir Kastytis」라는 시이다. 리투아니아가 인접한 발트해는 옛날부터 소나무의 송진이 급격한 지각변동과 고열고압으로 화석화된 보석인 호박이 많이 출토되는 것으로 유명했으며, 리투아니아 여인들의 장신구로 전통적으로 이용되곤 했다. 이 작품은 리투아니아 최고의 신인 페르쿠나스의 딸 유라테가 인간 어부인 카스티티스에게 사랑에 빠지자, 페르쿠나스가 분노를 못 이겨 유라테가 거주하던 발트해 밑의 호박궁전을 폭파시켜 그들의 사랑이 이루어지지 못하게 했다는 전설을 아름답게 승화시킨 내용을 담고 있다.

이렇게 마이로니스를 통해서 자리매김을 한 낭만주의 시문학은 이후 모티에유스 구스타이티스 Motiejus Gustaitis(1870~1927), 유르기스 발트루샤이티스 Jurgis Baltrušaitis(1873~1944), 빈차스 미콜라이티스-푸티나스(1893~1967) 등을 통해서 이어졌다.

이상과 같이 리투아니아 근대문학의 형성에서 그 기틀을 만들어준 시대상황과 당시 활동했던 인물들을 중심으로 살펴보았다. 요약하면, 먼저 리투아니아는 그들이 가진 특수한 상황으로 인해 민요를 바탕으로 한 구전문학의 영향이 두드러졌음을 알 수 있다. 리투아니아인들은 본능적으로 구전민요에 예술적 감정과 혼을 담아 창작하는 정서가 있었으나, 자모금지령으로 문학활동이 원천적으로 방해를 받게 되자 다이나를 중심으로 한 구전문학은 거의 주류문학을 대신하여 민족의 혼을 이어받는 문학적 역할을 여실히 해내었다.

그러나 다른 이웃나라에서 낭만주의와 민족주의를 위시한 문학사조들이 주를 이루고 있을 때, 리투아니아에서는 구전문학에 기반을 둔 단순한 구조의 단편소설들과 민중들의 생활을 담담히 묘사하는 사실주의적 소설이 주로 나타나게 되었다. 리투아니아의 문화적 기반이 확립되던 당시의 환경변화로 인해 구전문학과 문자문학은 더욱 긴밀한 관계가 형성되었다. 영화롭고 아름답던 과거를 노래하는 낭만주의보다는 왜곡된 현실을 묘사하는 문학사조가 주를 이루는 환경이 조성되면서, 그들의 문학작품 속에는 한국인의 대표적인 정서라 할 수 있는 한과 비슷한 '시엘바르타스 Sielvartas'라는 슬픔이 등장하게 된다.

이러한 이유로 현재 리투아니아 문학은 세계적인 관심사나 고민보다는 리투아니아가 가진 내부적 고민, 역사적 고뇌 등 상당히 민족적 관점의 주제들이 주를 이루고 있을 뿐만 아니라, 이를 극복하면서 동시에 세계문학의 무대로 진입하기에는 어려움이 많다. 그럼에도 불구하고 옛 소련의 붕괴 이후, 독창적인 주제와 문체로 대내외적으로 명성을 얻는 작가들이 점차 늘어나고 있으므로 기존의 민족 내부적 시각의 관점은 점차 범세계적, 범인류적 관점의 주제로 넓혀져 가게 될 것으로 보인다.

그러나 이러한 리투아니아의 특수한 상황이 몇 세기에 걸쳐 점령과 침략으로 이어졌던 역사적 경험을 공통적으로 가지고 있는 발트3국에서 모두 나타나는 현상으로 볼 수 없다. 라트비아와 에스토니아의 경우, 리투아니아처럼 자모 사용 금지령을 겪은 적은 없었으며, 역사적으로 지대한 영향을 미친 발트독일인들과 문화적으로 인접한 핀란드와의 직접적인 관계를 통해 독일 및 북유럽 등에서 활발하게 불고 있던 문학사조를 가감 없이 받아들일 수 있는 환경이 마련되어 있었다. 이 때문에 리투아니아처럼 구전문학에 바탕을 둔 단순한 구조의 단편문학만을 위주로 발전하지는 않았으며, 낭만주의 문학도 리투아니아보다 좀 더 일찍 자리를 잡을 수 있었다. 실제로 에스토니아 낭만주의의 대표적인 여류작가인 리디아 코이둘라 Lydia Koidula(1843~1886)의 대표작 『에마강의 나이팅게일 Emajõe Ööbik』은 1867년에 출판되었으므로 마이로니스가 작품생활을 하던 시대보다 대략 한 세대 정도 앞섰다.

리투아니아의 문학사나 일반역사에서 느낄 수 있는 특이한 점은, 현재 리투아니아가 가지고 있는 문화적 성격은 대부분 1864년부터 40년간 지속된 리투아니아어 자모 사용 금지령 시대에 이루어졌다는 사실이다. 실질적으로 이 시대는 리투아니아의 문화의 암흑기로 불리지만, 역설적으로 이때 리투아니아 문화 발전이 가장 활발하게 일어났다. 그만큼 리투아니아 문학은 어려운 시대를 살아야만 했던 리투아니아 사람들에게, 자칫 폭력적이고 보복적인 상황으로 변질될 수 있는 상황 속에서도 그들의 심정을 어루만져 노래와 문학이라는 평화로운 방식으로 해결할 수 있도록 도움을 주었다고 볼 수 있다. 이러한 역사와 문화적 환경을 바탕으로 한 리투아니아인들의 전통적인 정서는 20세기 말 전환

기에 이르러서 전쟁이나 폭력이 없이 옛 소련으로부터 발트3국 가운데
맨 먼저 독립을 선언하는 데 있어 정신적 원동력으로 평가되기도 한다.
이로써 냉전시대라는 구 세계질서의 종말을 알리는 신호탄이었던 '노래
하는 혁명'도 가능했으리라 본다.

# IV

발트의 민속문화와 한국의 정서

## 4.1. 한국과 리투아니아 민요의 슬픔의 정서

　민속예술은 민속 문화사가 시작하는 아주 중요한 요소이다. 초기 인류들이 문자를 사용해서 자기의 생각을 기록하는 것을 터득하기 전부터, 춤이나 노래 같은 방법으로 자신을 표현할 줄 알았고, 전설이나 신화, 민요 속에 그 시대의 모습이 많이 남아 있음은 여러 학자들의 연구를 통해서 여실히 증명된 바 있다.

　그러므로 민속예술의 한 장르인 민요는 전설이나 신화 등과 함께 문학적 창조성의 기원이라는 차원에서 중요성을 가지며, 그것들을 한데 아우르는 구비문학은 고대의 사상과 세계관을 현대인에게 전해주는 증거물이기도 하다. 구비문학은 역사적 환경으로부터 많은 영향을 받는다. 사회의 발전, 민족의 역사는 구비문학의 내용과 분위기에 많은 영향을 끼친다. 다시 말하면 구비문학의 장르인 민요 역시 민족과 국가의 성격에도 영향을 미칠 수 있다. 구비문학과 민족문화란 서로 연관을 가지며 발전해나가기 때문이다. 그러므로 구비문학의 내용과 성격이 민족문화가 초기에 가졌던 그 모습을 짐작하게 해줄 수도 있을 것이다.

　구비문학의 세계관과 그 표현의 방식은 사회적 가치와 밀접한 연관을 맺고 있으며, 사회의 관습을 통해 형성된다. 구비문학의 내용과 그 양식은 사람들의 행동방식(언어적 전통 포함)을 결정해주는 문화와 관습의 영향을 받아 발전해나가므로 사회적 차원에서 연구가 가능하다. 인류의 모습은 관습뿐만 아니라 예술 속에서도 투영되어 나타나므로, 예술 속에서 발견할 수 있는 사회적 관습은 사회학자들의 관심대상이 될 수도 있다.

　모든 민족에겐 구비문학의 예술적 형태와 표현 방법을 형성해주는 관습과 문화가 존재하며, 그것은 구비문학의 형성되는 시기에 불문법처럼 작용을 하게 된다. 사회적 관습과 연관이 되어 있지 않은 구비문학장르 역시 존재하지만, 사회적 질서에 맞지 않거나 국가가 민족을 교화하고 새로운 문화를 주입하기 위한 도구로 사용하는 것이 아니라면, 그런 것들의 존재기간을 오래가지 못한다. 말하자면 민족의 관습과 관심도에 맞아 떨어지는 구비문학작품만이 살아남는다고 할 수 있다.

리투아니아인들을 비롯한 다른 발트민족은 전부 노래하는 민족으로 알려져 있다. 각국에서 4~5년마다 개최되는 세계노래대전은 유네스코의 세계문화유산목록에 등재되어 있고, '다이나'라 불리는 리투아니아의 민요는 19세기부터 서유럽의 시인과 학자들을 매혹시켰다. 다이나를 들을 때 첫인상은 아주 단순하고 지루할 수가 있으나, 그 예술적 표현과 스타일은 아주 높은 수준이다.

여기에서 고찰해보고자 하는 것은 바로 그 리투아니아 다이나와 한국 민요와의 공통점이다. 한국에서 리투아니아 민요에 대한 연구는 아직 불모지에 가깝지만, 한국민요와 다이나 간에는 많은 공통점이 발견되고 있다. 서로 멀리 떨어진 민족의 구비문학에서 공통점을 찾아내는 것은 그리 어려운 일은 아니다. 민요란 전문 문학가들이 아닌 농부, 민중 같은 일반적인 사람들이 창조해내는 것이기 때문에 내용과 형태 면에서 연관성이 존재한다. 그 연관성은 민요의 리듬과 형식에서 나타날 수도 있고, 내용상 소재나 주제에서도 파악이 가능하며, 그러한 요소들은 인접해 있는 국가들 간의 역사적 교류나 상호영향관계를 통해서 설명이 가능하다. 그러나 리투아니아와 한국 두 나라가 아주 멀리 떨어져 있다는 사실을 염두에 두고 보면, 이 공통점은 쌍방 간 있었던 상호작용이나 영향의 결과라기보다 단순한 우연의 결과라고 보는 것이 타당할지 모른다. 사람들의 성격과 생활방식은 나라마다 다르지만, 기본적인 감정과 주변세계에 대한 반응은 어디서든 거의 비슷하게 나타난다. 사람들은 언제 슬퍼하고 기뻐해야 하는지 배우지 않는다. 사람들은 기쁨과 슬픔을 표현하기 위해서 노래를 부르며, 그 이유로 민요 속에는 다양한 감정이 녹아 있다.

그러나 민요의 전반적인 정서에 관해서라면 말이 좀 다르다. 자연과 인생의 아름다움을 노래하는 즐거운 민요가 주를 이루는 민족이 있는가 하면, 개인적 감정보다 종교적 분위기를 전달해주는 민요가 자주 불리는 민족도 있으며, 슬픈 노래들을 좋아하는 민족 역시 존재한다. 한 특정의 민족의 민요만 가지고 보게 되면 다양한 분위기의 노래들이 공존하는 것을 볼 수 있지만, 객관적인 역사적 요소에 의해서 어느 한 분위기가 두드러지는 것 역시 알 수 있다. 만약 그렇다면, 그 특정한 민족의 민요의 분위기와 정서를 연구해보면 민족이 처했던 역사적 상황을 유추해 볼 수도 있지 않을까. 다시 말해서, 역사적 문화적 배경과 환경이 비슷한 민족이 있다면, 역사적 지리적으로 직접적인 관계가 없더라도 현재 민속문화에서 무언가 서로 연관되는 것이 나타날 수도 있을 수도 있다. 만약 그러한 식으로 공통점을 찾아낼 수 있다면, 그것은 경제적 협력으로 인한 관계보다 더 강한 유대관계를 만들어낼 근거가 될 수도 있다.

이 글의 목적은, 리투아니아와 한국민요에 상당히 특징적인 슬픔의 정서를 비교 분석해보고, 이런 분위기를 만들어내게 된 원인을 찾아보는 것이다. 현재까지 한국인의 정서라고 알려져왔던 그런 슬픔의 정서가 왜 다이나에도 나타나게 되었는지, 리투아니아 현대문화에서는 어떤 영향을 끼치고 있는지, 그리고 조금 더 확장하여 이웃나라이지만 다른 문화권에 속해 있는 에스토니아의 경우와도 비교해보고자 한다.

## 양국 민요 내용상의 정서 비교고찰

### 다이나에 관한 외국학자들의 연구

리투아니아나 외국에서 출판된 다이나 연구서들을 읽어보면, 그 어디에도 '다이나는 슬프다' 하고 한마디로 정의하는 내용은 전혀 찾아볼 수 없다. 심지어 리투아니아 사람들에게 그 사실에 대해 물어보면 대부분의 사람들은 부정하는 반응을 보인다. 텔레비전을 통해서 방영되는 노래들을 들어보아도 슬픈 곡조나 내용이 들어 있는 노래보다는 흥겹고 즐거운 민요들이 주를 이루고 있다. 이전에 말한 것처럼 한 민족의 민요 안에는 여러 다양한 분위기가 존재하므로, 리투아니아의 모든 노래가 '슬프다' 하고 결론을 내리는 것은 상당히 위험하다. 그러나 리투아니아를 비롯한 외국의 학자들은 전반적으로 리투아니아의 노래가 슬프고 애절하다는 생각을 갖곤 한다.

무엇보다 다이나는 다른 유럽 국가들과 비교해볼 때 그 기원이 색다르다. 민요가 속해 있는 구비문학의 저자는 알려져 있지 않은 것이 보통이다. 그 반대의 경우 구비문학으로서의 가치를 잃는 경우가 다반사이다. 그러나 구비문학 창작주체들의 사회적 계층이 무엇이었는가는 비교적 정확히 추측해보는 것이 가능하다. 영국과 아일랜드의 민요의 명성은 단지 유럽을 뛰어넘어 과히 세계적이다. 영국과 아일랜드 민요의 대부분은 바드 Bard라 불리는 음유시인이 창작한 것으로 알려져 있으며, 그 창작주체의 문학적 선호도와 가치를 대변하는 그 노래들이 전통적인 민요로서의 기능을 해오고 있는 것이다. 프랑스 남부에서 활동하던 트루바두르, 방랑시인, 음유시인들은 독일, 스페인, 이탈리아 등 민요 발전에 지대한 영향을 미쳤다. 그러나 다이나의 경우는 그 이야기가 다르다. 리투아니아에도 안타나스 스트라즈다스 Antanas Strazdas 같은, 직접 창작한 작품이 민요처럼 불리던 음유시인이 전혀 없던 것은 아니나, 진정한 의미에서 그것은 리투아니아의 민요라 일컫기에 무리가 있으며, 그 예도 아주 드물다. 리투아니아의 민요는 기독교화되기 이전 고대의 세계관을 그대로 간직한 채 현재에 이르고 있으며, 농민이나 여성 같은 지극히 일반적인 사람들 사이에서 창작되어 전파되어왔다.

다이나를 소재로 현대화하는 작업을 하고 있는 리투아니아의 작곡가 카지스빅토라스 바나이티스 Kazys Viktoras Vanaitis는 『리투아니아 다이나 88곡 88 liaudies dainos』이라는 작품집을 발간하면서 맨 마지막에, 다이나의 화음과 구성의 방식은 다른 민족의 민요와는 확연히 다르다고 거론하였다. 그의 작업은 리투아니아만의 독특한 성격을 발견하여 표현하는 일이었다.

(리투아니아) 민요의 하모니는 우리가 학교에서 배우는 일반적인 하모니의 방법과는 상당히 거리가 멀다. 예를 들어 우리 민요는 신학교 합창 수업의 기본으로 자주 사용되는 개신교 성가대의 합창과는 다른 화음법과 논리 방식을 요구하기 때문이다. 민요라는 장르에는 모든 시간과 민족에 적용 가능한 화음의 틀 같은 것이 존재할 수 없다. 각각 민족마다 자신의 민요의 원형적인 멜로디에, 적지 않은 독특한 화음의 가능성과 비밀(독일어로는 latent Harmonie라고 불린다)이 존재하고 있음은 보통 잊혀지고 있으나, 그런 것들을 전파하고 표현하는 것이 민요를 재구성하는 작곡가들의 가장 중요한 작업이다.

리투아니아가 처해 있던 독특한 역사적 환경으로 인해 그들의 민요는 다른 민족의 민요와 내용 면에서도 많은 차이가 있다. 다이나를 구성하는 가장 중요한 부분은 농노 출신의 여성과 여인들이 창작한 노래들로서,

일상생활 속에서 느끼는 기쁨과 슬픔의 표현 등 다양한 개인적 감정을 싣고 있다. 다이나에 있어서 아주 중요한 특징은, 거기엔 상위계층으로 옮겨가고자 하는 열망은 전혀 보이지 않고, 그와는 반대로 일상의 어려움과 앞으로 다가올 비극적인 운명을 노래하는 것들이 많다는 사실이다.

결혼식 다이나 역시 많은 학자들의 관심을 끌었다. 결혼이란 어느 누구에게나 지대한 의미를 가지므로, 결혼식 민요 역시 모든 민족문화에 있어 가장 근본적인 장르의 하나이다. 리투아니아의 결혼식 다이나에서도 역시 리투아니아의 세계관이 담겨 있다. 많은 연구가들이 리투아니아 결혼식 민요에서 다음과 같은 특성을 발견하였다.

(리투아니아 결혼식 민요의) 비유법은 언제나 고통스럽고 극단적이다. 내가 아는 리투아니아 결혼식 민요 중에서 시집가는 여인의 상황을 찬양하는 노래는 단 한 개도 존재하고 있지 않다. 항상 기뻤던 처녀 시절의 상실을 묘사할 따름이다. 정말로 어떠한 노래들은 결혼이란 신부 자신이나 식구들에게 죽음과 비슷한 것이라는 것을 여러 가지 모습을 통해서 일러주고 있다. 그들의 느끼는 슬픔과 존재의 목가적 감정을 리투아니아 사람들은 '슬픔'이라는 단어를 통해서 표현해낸다.

19세기 초 폴란드의 작가 크라셉스키 Kraszewski도 다이나에서 사랑이란 다른 슬라브 민족과는 다르게 표현된다고 저술한 바 있다. 그에 따르면 리투아니아 결혼식 민요에는 사랑과 행복의 발견보다 슬프고 한스러운 분위기가 주를 이루고 있다.

사랑에는 이름조차 없고(있어도 노래에서는 사용하지 않는다),

표현 못할 성스러운 비밀로 변하여, 그 이름으로 가득 찬 자신의 마음을 함부로 발설하지도 못한다. 폴란드인들을 비롯한 슬라브인들이 "연모하여 사랑한다"는 식으로 표현하는 뜨거운 사랑을 일컫는 단어는 리투아니아어에는 없다. 모든 사랑은 궁극적인 사랑인 per exellentium 하나로 통하며 다른 것들과 분리시키는 것은 상상할 수도 없어 내놓고 표현하기도 꺼려할 정도이다. 결혼식 노래에는 기쁨보다는 슬픔, 무언가 매혹적일 정도로 우울한 미래에 대한 회한이 더 많이 등장한다. 신랑신부의 아름다움 같은 열정적인 모습은 아무 곳에도 없고, 눈물이 가득한 슬픈 눈망울이 자주 보일 뿐이다.

크라셉스키의 의견에서 중요했던 것은 다이나 속에 등장하는 절제의 개념이다. 그는 리투아니아 사람들은 사랑이라는 것을 직접적으로 표현하지 않고, 자기 마음속에 비밀처럼 가지고 다닌다고 말한다.

리투아니아에는 단지 슬픈 노래만이 있다고 말할 수는 없다. 리투아니아 사람들 역시 일상생활과 자연을 노래했으며, 결혼식 같은 의례요역시 전통적으로 불려왔으므로 민요 속에는 여러 가지 다양한 감정이들어 있다. 그러나 노래의 내용과 그를 통해 이어진 세계관은 다이나에독특한 색깔을 불어넣어 준다. 그런 특징은 리투아니아와 인접한 라트비아의 노래와 비교해보아도 금방 드러난다. 다이나에는 실제 생활은세세하게 묘사하지 않으며 감정의 세계에 치우치는 경향이 있으며,그런 면은 라트비아 민요보다 풍부하다. 다시 말하자면 라트비아 민요는세시풍속과 절기, 자연 등 실제 생활을 노래하는 경향이 크지만, 리투아니아의 경우 실제 생활을 다룬 내용보다 감정과 느낌에 치우친 노래들의비중이 높다.

## 리투아니아의 '시엘바르타스(sielvartas)'와 한국민요의 '한(恨)'

한국민요의 정서적 특징을 잘 드러내는 단어 중 하나는 바로 한(恨)일 것이다. 한국민요의 정서는 한 이외에도 흥, 신명 등 다양한 단어로 표현이 될 수 있지만, 한은 그러한 다른 정서와 함께 한국민요의 분위기를 이끌어온 대표적인 요소이다. 여인들의 민요에서 발생한 것으로 알려진 그 한은 여러 수난기를 거치면서 지금까지 전해오고 있으며, 다양한 문화장르에서 그 명맥을 계속 이어나가고 있다.

리투아니아 다이나의 정서적 측면을 대변하는 단어 중 하나는 바로 '시엘바르타스 Sielvartas'이다. 그 시엘바르타스는 리투아니아어에서 동사나 형용사 등 여러 가지 형태로 사용되고 그 단어는 한국의 한과 의미적으로 아주 근접해 있다. 시엘바르타스는 한과 같이 여러 가지 의미를 가지고 있다. 리투아니아어 연구소에서 발간된 동의어사전을 살펴보면 시엘바르타스의 동의어로 rūpestis와 liūdesys 두 개를 들어주고 있는데, 전자는 '걱정, 염려'라는 의미, 후자는 '슬픔, 우울함'이라는 의미로, 두 단어의 의미가 동일한 것이 아니다. 그 두 의미의 관계는 인과관계로서 이해가 가능하지만, 시엘바르타스는 그 두 가지 의미를 동시에 가지고 있다. 리투아니아 영어 사전에 의하면 시엘바르타스를 정의하는 영어단어는 grief, sorrow, heartbreak 그리고 woe가 사용된다. Grief와 sorrow는 슬픔 그 자체와 관련이 되어 있고, heartbreak는 마음의 상태를 나타낸다.

한국어 단어 한의 근거를 분석하면 리투아니아어 단어 시엘바르타스와의 공통점을 찾을 수 있다. 한(恨)의 한자로 두 부분으로 구성되어 있는데 왼쪽 부수 忄는 마음을 의미하고 오른쪽 부분 艮은 한 곳에 모여 있는 상태를 보여준다. 다시 말하면 마음 혹 영혼이 자유롭게, 흐르지 못하고 피처럼 응어리져서 고여 있는 상태를 말한다. 시엘바르타스라는 단어를 분석해 보면 역시 그와 비슷한 의미를 찾아볼 수 있다. '시엘바르타스 Sielvartas'는 sielas와 verstis라는 두 의미가 만나서 파생된 단어이다. Sielas는 인간의 가장 중요한 부분인 영혼으로서, 인간의 개인적 그리고 정서적 활동의 근원이 되어 인류를 동물과 근본적으로 분리해주는 의미이다. 이 단어의 두 번째 부분 vartas는 verstis라는 동사에서 나온 것으로 급격한 변화를 말한다. 이 두 단어가 합쳐져서 심리적 불안정과 염려를 의미하게 된다. 의미론적 차원에서 한과 시엘바르타스 두 단어는 이런 공통점을 가지고 있다.

그러나 다른 한편으로 시엘바르타스는 심리적 불안감만으로 의미하는 반면, 한은 정신적, 심리적, 영혼적 차원을 전부 아우르고 있다. 한국민속에서 한은 인간이 죽은 후에서 영혼의 움직임을 방해할 만한 영향력이 있을 정도이나, 리투아니아에서 시엘바르타스는 그 정도의 의미까지는 가지고 있지 않다.

한국과 다이나 내에 그 의미를 사용하는 차원 역시 비슷한 점이 있다. 양국의 민요에서 창자(唱者)는 여러 가지 비유나 상징을 사용해서 자신의 상태를 표현하지만, 직접적으로 한이나 시엘바르타스라는 단어를 사용하는 경우는 아주 드물다.

### 다이나 속에 등장하는 눈물의 숲과 들판, 그리고 한국의 한 많은 고개

글의 분량이 한정되어 있어서 양국 간의 모든 노래를 비교하는 것은 한계가 있으므로 인간에게 가장 근접해 있는 주변 환경에 관한 노래를 비교하며 양국 민요에 나타나는 슬픔의 모티브가 어떤 모습인지 알아보고자 한다.

리투아니아 영토의 대부분은 평지와 숲이 차지하고 있는 반면, 한국 영토의 70%는 높지 않은 노년기 산들이 주를 이루고 있다. 이런 자연적 환경으로 인해 리투아니아에는 숲과 초원에 관한 노래가 많고, 한국에는 산, 고개와 관련된 노래들이 많다. 얼핏 보기에 숲에 관한 노래와 산에 관한 노래 사이에는 공통점이 전혀 존재할 것 같지 않지만, 많은 비슷한 점을 찾아볼 수 있다.

일단 한국인의 정서를 가장 잘 대변하고 있다고 말해주는 민요 아리랑을 보면 그 노래의 화자는 사랑하는, 이를 떠나보낸 사람(아마도 여성)으로서 자신이 처한 인생의 어려움을 호소하고 있는 것이다. 떠나는 이를 차마 붙잡지는 못하고, 가지 말라는 말을 하지도 못한 채, 언제가 다시 돌아오리라는 희망을 보이고 있다. 사랑에 대해서 차마 고백하지 못하는 아리랑의 화자는, 크라솁스키가 리투아니아의 노래를 분석하면서 제시한 '절제'의 요소와 맞아떨어진다. 아리랑의 다른 가사는 청천하늘에 떠있는 수많은 별들처럼 우리들 가슴속에는 설움도 많다는 내용이 나타나 있다. 아는 바대로 아리랑은 노래의 후렴구에 자주 사용되는 부분인데, 그 의미가 무엇인지는 알려진 바가 거의 없다. 그러나 내용상으로 살펴보면 일반적으로 상당히 높지만, 그러나 충분히 건너갈 수 있는 산이나 고개와 주로 연관이 되어 있다. 한국에 전반적으로 퍼져 있는 노년기 산들의 모습을 그대로 보여주고 있는 것이다.

아리랑의 또 다른 형태인 진도아리랑을 보면 아리랑의 분위기를 또 한 번 확인할 수 있다.

> 아리 아리랑 쓰리 쓰리랑 아라리가 났네.
> 아리랑 음흠흠 아라리가 났네.
> 문경새재는 웬 고갠가
> 구부야 구부구부가 눈물이 난다. (후략)

가장 많이 불리는 아리랑 레퍼토리 중 하나인 진도 아리랑에도 역시 그리 높지 않은 산들이 이어진 문경새재란 지명이 나타난다. 현재로서는 많은 관광객들이 찾는 명승지로서 이름이 높지만, 문경새재의 형태는 전반적으로 아리랑에 나타나는 산의 분위기와 상당히 흡사하다. 과거 영남에서 서울로 가던 중요한 길목이었던 이 길은 주변의 경관 또한 아름답기로 유명하다. 왜 그 길을 지나던 나그네들은 주변의 아름다움을 찬양하는 노래를 부르기보다 이런 슬프고 애절한 노래를 남겨야 했던 것일까?

리투아니아에서 그렇게 주변 자연환경을 노래한 민요들을 살펴보면 그와 비슷한 점을 찾아볼 수 있다. 한국의 국토는 나지막한 산들이 이어져 있다면, 리투아니아의 국토는 그 3분의 1 이상이 울창한 숲으로 뒤덮여 있다.(공업화 전에는 국토의 60% 이상에 이른 것으로 알려져 있다.) 우리나라에서 시집간 여인이 친청 어머니를 만나기 위해서 험한 고개를 넘어가야 했었다면, 리투아니아의 여인들은 어둡고 울창한 숲을 지나서 낯선 외지 마을로 떠나야 했다. 우리나라의 산들이 마을 간의 이동을 막을 만큼 높은 산이어서 차라리 피해서 돌아가야 한다거나, 아니면 사람들이 통행을 막는 완전한 국경을 이루지도 못하는 노년기 산들이 대다수인 것처럼, 리투아니아의 숲은 브라질의 정글이나 시베리아의 숲처럼 건너지 못할 만큼 광활한 것이 아니라 다른 도시로 이동을 하기 위해서는 필수적으로 지나가야 하는 장소이다. 그러므로 경외의 대상이나 찬양의 대상이 아니라, 실제생활과 밀접하게 연관이 되어 있는 곳이다.

다이나 속에 등장하는 초원과 숲의 분위기는 한국민요에 등장하는 산의 이미지와 아주 흡사하며, 그 의미는 위에서 고찰한 공통점을 바탕으로 이해가 가능할 수 있다.

아버지는 우리 세 형제를 한몸처럼 키웠지만
멀고 먼 타향으로는 나 하나만 보냈다오.
삼일 밤낮을 이 길을 따라 정처 없이 떠돌고
나흘 되는 날, 그날 밤은 숲에서 보냈다네.
그런데 숲 속에서 어떤 소리가 들렸네.
난 어머니가 나를 부르는 소리인 줄 알았지만,
어머니는 나를 부르지도 기다리지도 않았네.
숲속 뻐꾸기가 슬픈 목소리로 울고 있을 뿐.

Augino tevelis tris mus kaip viena
išleido į šalį mane tik vieną
tris dienas tris naktis keleliu jau
ketvirta naktėlę girioj nakvojau
išgirdau girdjau girioj balsėlį
mislijau, kad šaukia mane močiuti
Ne šaukia ne laukia mane močiuti
tik gailiai kukuoja girioj geguti

리투아니아 빌뉴스에서 활동하는 민요단체 비시(VISI)의 주 레퍼토리. 리투아니아에서 가장 많이 불리는 민요 중 하나이다. 리투아니아의 해안지대인 제마이티야(Žemaitija)에서 기록된 민요이지만, 전체 리투아니아에서 즐겨 불리는 레퍼토리인 이 곡은, 타향에 혼자 남은 젊은이의 심정을 노래하고 있다. 이 노래는 리투아니아 최고의 문학가 중의 한 명인 요나스 빌류나스 Jonas Biliūnas도 그 작품에 차용했을 만큼, 우리나

라의 아리랑처럼 현대예술작품에도 많이 사용되는 모티브라고 할 수
있다.

　이 노래에서 숲은 슬픔의 근본적인 원인이 되지는 않으며, 그 화자가
느끼는 고통과 슬픔에 직접적인 연관도 가지고 있지 못한다는 점에서,
한국민요에 등장하는 산의 이미지와 상통한다. 진도아리랑에 등장하는
문경새재 자체가 나그네의 고통과 설움을 안겨주는 주체는 아니지만,
나그네는 그 장소를 통해서 자신의 감정을 표현한다. 그러나 그 고개의
형태와 아름다움에 대한 객관적인 묘사가 전혀 보이지 않고, 내용에
등장하는 것은 오직 감정이입뿐이다. 그와 비슷하게 리투아니아에서도
숲은 화자가 슬픔을 표현해내는 장소이며, 또 그 슬픔을 확장하는 계기가
되기도 한다.

> 호수 넘어 불이 타오르니
> 불꽃이 붓는듯 떨어지네.
> 부모 잃은 소녀의 눈물과도 같구나.
> 뻐꾸기 한 마리 울기 시작하니
> 소녀의 마음을 달래주는구나.
> 저 뻐꾸기가 없는 숲은 얼마나 힘들까.
> 부모 없는 저 소녀와 같을까.
> 가지 없는 체리나무 역시 힘겨울 거야.
> 형제 하나 없는 소녀도 그러하겠지.

> Už ežero ugnis dega
> krinta byra kibirkštele
> kaip našlaitės ašarelės

tai kukuoja geguželė

tai ramina našlaitę

sunku giriai be gegutės

kaip našlaitei be tėvėli

sunku vyniai be šakeli

kaip našlaitei be broleli


카지스 바나이티스가 자신의 작품에 차용한 이 노래에 등장하는 숲의 이미지는 이전 민요의 그것과 아주 흡사하다. 숲에 살고 있는 새들을 사람들과 비교하는 것은 리투아니아 예술의 특징적인 요소이다. 이 민요에서 숲은 농노의 생활과 밀접하게 연관되어 있고, 이는 리투아니아 인들에게 안위와 평화를 주는 주체이다. 숲의 색감이나 울창한 모습이나 아름다움을 찬양할 만도 하련만, 사람들은 숲 속에서 자기의 슬픈 현실과 연관되는 소재를 찾아내어 자신의 감정을 대입시킨다.

리투아니아와 이웃하는 다른 나라들의 민요의 예를 들어보면 다이나 속에 등장하는 숲의 분위기가 얼마나 우울한지 금방 알 수 있다. 아래 노래는 폴란드 서부 슐롱스크(Śląsk) 지방에서 불리는 노래로 폴란드인 들이 가장 즐겨 부르는 노래 중 하나이다.


한 여인이 숲 속으로 들어갔네.

푸른 숲으로…

젊은 사냥꾼을 보았네,

아주 총명한…

내가 사랑하는 그 아가씨가 있는

거리가 어디요, 그 집이 어디요?

그 거리를 찾았네, 그 집도 찾았네,
내가 사랑에 빠진 아가씨도 찾았네.
나의 사랑 사냥군님
내 마음에 쏙 드는 사람…
버터 바른 빵이라도 드리고 싶은데
제가 다 먹어버렸네요…

Szła dzieweczka do laseczka

Do zielonego…

Napotkała myśliweczka

Bardzo szwarnego…

Gdzie jest ta ulica, gdzie jest ten dom

Gdzie jest ta dziewczyna,co kocham ją.

Znalazłem ulicą, znalazłem dom

Znalazłem dziewczynę co kocham ją.

Myśliweczku, kochaneczku

Bardzom ci rada…

Dałabym ci chleba z masłem

Alem go zjadła…

　보는 바와 같이 폴란드인들이 숲을 대하는 태도는 리투아니아의 노래
와 사뭇 다르다. 여긴 사람과 숲을 비교하는 일도 없고, 숲을 의인화
하지도 않으며 단지 사람 주변에 존재하는 환경에 불과하다. 리투아니아
의 경우 이 숲에서의 감정이입이 아주 눈에 띄지만, 폴란드의 예에서는
비유도 거의 사용하지 않고 단지 주변 환경과 그 아름다움을 노래할

뿐이다.

이웃나라와 비교해 볼 때 다이나가 가지고 있는 차이는 바로 이러하다. 리투아니아에서 숲은 슬픔을 증폭시키고 그리움을 상기시키는 장소이지만, 모든 나라에서 숲이 이러한 감정과 접목되지는 않는다. 민족의 정서에 따라서 사랑이 이루어지는 즐거운 장소가 되기도 한다. 이러한 차이점은 두 민족이 가지고 있는 세계관에서 그 원인을 찾아볼 수 있는데, 숲이 살아 있는 숭배의 대상으로 나타나는 리투아니아의 신화가 다이나의 내용에도 역시 많은 영향을 미쳤으나, 폴란드를 비롯한 다른 민족들에게 숲은 단지 단순한 자연적 배경에 불과하다. 리투아니아인들에게 숲은 그들의 한탄과 호소를 들어주는 생명이 있는 자리이며, 그곳엔 영험한 영혼들이 살아 움직이고 있는 성스러운 자리이다.

숲에 관한 노래를 제외하고도 들판이나 땅 역시 다이나에서 슬픔을 표현하는 중요 도구가 되고 있다. 다이나에서 땅은 부모나 사랑하는 연인을 빼앗아간 증오의 대상으로 등장하는 일이 잦다.

> 비석에 몸을 기대고
> 흙을 쥐어 잡고 한 없이 울었다오.
> 아, 땅아, 땅아. 이 누르스름한 땅아.
> 우리 아버지와 어머니를 데려간 땅아.
> 우리 아버지와 어머니를 데려간 땅아.
> 나도, 이 가엾은 여인도 데려가라!
> 땅은 말했네. 꾸짖으며 말을 했네.
> 넌 이 땅에서 썩기에는 너무 어리단다.

> Šienelę grėbiau ir gailiai verkiau

ant grėblytlio pasiremdama
- oi žemė žemė žemele sieroji
paėmei tėvą ir motinelę
Paėmei tėvą ir motinelę
Paimk ir mane vargo mergelę
Žemelė tarė tardama barė
per jauna būsi žemelj pūti.


    다이나에서 땅은 죽음의 이미지와 아주 밀접하게 연관되어 있다. 땅과 죽음의 연관성은 그리 놀랄 만한 것이 아니다. 땅은 거의 모든 문화권에서 생명과 죽음, 사후 세계를 연결시키는 곳으로 이해된다. 중요한 것은 그것이 어떻게 묘사되고 있느냐이다. 땅의 색감은 각 민족의 민요마다 다르게 나타나기도 하지만, 또 화자의 감정을 대변해 주기도 한다. 다이나에서 그 땅은 주로 검거나 누런색으로 채색된다. 검은 땅으로 나타나는 이미지의 근원은 신화적 세계관에서 나타나는데, 그 흑색은 어두움, 혼란, 흙, 물과 연관되어 있고, 출산과 풍요의 여신들에게 대표적인 요소이다. 신화적 가치가 사라지자 구비문학에는 단지 미적 기능 차원에서만 그 단어가 남아 있게 되었다. 검은 색으로 표현되는 땅은 부정적인 존재감의 표현이다. 새로운 형용사 의미론적 차원에는 사람들 각각이 가지고 있는 시적 상상력이 많은 영향을 미쳤다. 최근 리투아니아 민속시에서는 '누르스름하다(siera)'라는 의미로는 거의 사용되고 있지 않다. 그런 일반적이고 전통적인 땅의 표현 외에도 '춥다', '단단하다'라는 의미로 나타나는 일도 많다. 사실 라트비아의 민요에도 나타나는 표현적 전통은 그 모습이 다르다. 예를 들어 라트비아에서 땅은 색깔에 의해서 표현되지 않고, '좋다', '나쁘다', '축축하다'와 같은 질적 가치를 가진 형용사가 사용된다. 이와 같이 이웃한 라트비아의 경우 농업이나 경제활동과 관련된 질적 가치를 부여해주는 측면이 두드러지지만, 리투아니아에서 땅은 신화적 세계관과 함께 리투아니아인들의 정서가 혼합되어, 어두움과 슬픔의 상징으로 나타나게 된 것이다.


## 슬픔의 정서가 나타나게 된 원인

### 경제적, 역사적 정치적 상황?

한국과 리투아니아 양국 민족이 역사 이래로 겪어야했던 고통과 슬픔은 과히 잘 알려져 있다. 이 두 민족은, 주변 강성제국들의 폭력을 끊임없이 당하고 다른 이들의 전쟁에 아무런 명분 없이 참여해야 했던 약소국이라면 의례껏 통과의례처럼 겪어야 했던 어려움을 전부 지나야 했던 것이다. 19세기 무렵부터는 전 리투아니아가 폴란드화되는 위기를 겪어야 했고, 소련의 공화국이 되어 주권을 상실한 이후로는 또 여러 힘든 싸움을 해내야 했다.

러시아, 일본, 중국, 미국 등 세계 최대 강대국들에 둘러싸인 한국이 겪은 역사 역시 리투아니아의 역사와 다르지 않다. 수많은 외침과 전쟁을 치렀던 중, 근세사까지 가지 않더라도 한국전쟁 이후 세계에서 가장 빈곤한 지역이었던 이 나라의 경제상황을 이 정도로 발전시키기 위해서 민중들이 겪어야 했던 고난의 무게 역시 절대 가볍지 않았다. 이런 모든 것들을 염두에 두고 보면, 민요 속에 슬픈 경험이 고스란히 남게 되는 것 역시 전혀 이상한 것이 아니다.

그러나 보기와는 달리 경제적, 역사적 조건은 이렇게 슬픔의 모티브가 많이 나타나게 하는 주원인은 되지 않는다. 현재 남한은 세계 10대

경제 대국이라는 명성을 얻었을 만큼 경제적 상황이 향상되었지만, 한의 모티브는 여전히 현대문화 속에서 큰 비중을 차지한다. 1993년 개봉된 임권택 감독의 영화 서편제는 한국인들이 느끼는 한의 정서를 가장 잘 표현한 작품으로 평가되고 있다. 현재 영화 관람객 주요계층이 전혀 겪어보지 못한 당시의 이야기를 소재로 하고 있으나, 당시를 살았던 구세대들만이 아니라 신세대 관객들에게도 많은 호응을 받았다는 사실은, 여전히 한이라는 소재가 낯선 구시대적 유물로 치부당하고 있지는 않다는 말이다.

리투아니아의 예를 들어보면 전 세계 70%의 인구가 리투아니아보다 더 열악한 조건 속에서 살고 있지만, 그 모든 민족의 민요가 그런 비슷한 분위기를 띠고 있지도 않다. 폴란드나 체코 같은 동유럽의 국가들 역시 리투아니아와 상당히 흡사한 역사를 통과해 왔으나, 그들의 노래에는 리투아니아와 같은 슬픔의 모습이 그다지 많이 보이지는 않는다. 이러한 정황을 살펴보면 경제적, 역사적 배경이 이런 슬픔의 모티브를 만들어내는 주요소가 될 수는 없다.

실례로 리투아니아는 전 세계에서 가장 높은 자살률을 기록하는 나라이지만, 2000년 통계에 의하면 그 자살률 수치는 경제적 정치적 조건과는 많은 상관이 없는 것으로 발표되었다. 그러므로 우울함과 패배주의의 근본적인 원인이 항상 경제적 정치적 상황과 맞물려 있지는 않다.

**민속종교의 영향**

리투아니아는 가톨릭 국가다. 리투아니아 국민의 대부분이 가톨릭 신자들로 집계되어 있고, 유럽 교회 건축양식의 역사를 그대로 보여주는 아름다운 성당건물은 수도 빌뉴스의 구 시가지를 화려하게 장식해준다. 그러나 현재 리투아니아에서는 기독교화가 되기 이전에 존재하고 있었던 고대종교가 현대문화에도 많은 영향을 주고 있다. 리투아니아인들은, 자기들의 나라가 유럽에서 가장 마지막으로 기독교화된 나라라는 사실을 자랑스럽게 여길 정도이다. 이들의 고대 종교와 신화 속에는 여러 신들이 등장하는데, 그 신들은 슬픔에 빠진 여인들이 19세기 즈음에 만들어낸 이야기들이 절대 아니다. 리투아니아 신화 속에 나오는 주요한 신적 인물들은 이미 발트민족들이 형성되기 전부터 이어져 오는 내용들이다. 그러므로 리투아니아의 문화는 다른 기독교 국가들과 아주 많은 차이를 보이고 있으며 여러 다양한 시대와 근원이 혼합된 형태이다. 여러 신들이 공존하는 다신교적인 리투아니아 전통종교는 의식이나 사상이 정형화되지는 않았으나, 자연과 인간의 화합을 아주 중요하게 여긴다. 리투아니아의 신들은 로마나 그리스 신화처럼 인간과 동떨어져 살고 있는 것이 아니라, 인간들 속에서 울고 웃으며 공동체처럼 생활한다. 리투아니아의 민속종교는 여전히 리투아니아 문화에 지대한 영향을 끼치고 있다.

한국의 상황 역시 아주 비슷하다. 한국엔 국교가 존재하지 않고 기독교, 불교, 유교 등 다양한 종교가 공존하고 있다. 기원 후 3세기경부터 한국에 들어오기 시작한 불교와 유교 등이 한국 문화에 끼친 영향은 지대하며, 기독교는 100년을 조금 넘는 짧은 역사를 가지고 있지만, 세계에서 가장 큰 5개의 교회가 한국에 위치하고 미국에 이어 가장 많은 선교사들을 세계에 배출하는 나라가 되었다. 문화적 차원에서 이 세 종교가 끼치는 영향의 정도는 비교적 동등하다. 그러나 그 이전부터 이 땅에 존재하던 민속종교의 영향 역시 끊이지 않고 있다. 샤머니즘과 애니미즘에 근거하고 있는 한국의 전통종교는, 신과 사람들 사이를 연결해주는 샤먼, 무당들의 역할이 아주 중요하다.

한의 의미는 바로 샤머니즘에서 나온 것으로 알려져 있다. 자기 운명에

복종하는 태도는 결정주의와 연관이 되어 있고 샤머니즘의 가장 중요한 이데올로기 중 하나이다. '팔자'라고 불리는 인생관에 따르면, 인생이란 이미 태어나기 전부터 어떤 초자연적인 힘에 의해서 지정되므로 자신의 힘으로 운명의 방향을 바꾸는 것은 불가능하다는 의미를 가지고 있다. 그러므로 한국인들은 자신의 운명의 문제에 대처하는 법에 유능하지 못했다. 그런 결정론적 관점은 리투아니아 민속에서 자주 등장한다. 가장 대표적인 예가, 리투아니아 신화 속에 등장하는 라이마(Laima)라 하는 여신으로, 그는 아기가 태어날 때 창문 밖에서 그 광경을 지켜보고 있다가 그 아이의 운명을 결정해준다. 그래서 리투아니아는 우리나라의 팔자와 비슷한 개념의 '라이마의 결정 Laimos likimas'이라는 표현이 존재한다.

한국 민속문화에는 샤먼들이 부르는 노래인 무가(巫歌)가 많은 영향을 미쳤다. 무가는 각 무당이 섬기고 있는 몸신이나 다른 신들의 이야기를 다룬 꽤 긴 노래로서 유럽에서 불리고 있는 영웅서사시와 그 형식이 아주 비슷하다. 무가에 등장하는 신들의 모습은 아주 인간적이며 이웃들처럼 친근하며, 사람들로부터 멀리 떨어진 위엄 있는 영웅들과는 거리가 멀다. 샤먼들의 무가에서 그 영웅들은 가난하고 낮춰지고 심지어 버림을 받는 일도 있어서 우리와 똑같은 고통을 경험한다. 그 이야기 구조와 최종적인 승리의 구도는 고대 신화를 연상시키게 한다. 무가는 시간이 지나면서 고대 신화에 자주 등장했던 영웅서사시적 성격을 잃어버리고 일반 민중들의 생활을 반영하는 노래로 변화하였다. 무가의 주체였던 샤먼들 역시 한국의 가장 낮은 계층에서 태어난 이유로 멸시와 천대를 당하면서 아주 어려운 삶을 살아야 했다. 그러므로 무가 역시 그러한 한계를 극복하지 못했고 그 속에 등장하는 인생관 역시 아주 수동적이며 발전적이지도 못하다.

그런 면에서 리투아니아와 한국 민족의 세계관은 비슷한 점이 많다. 가장 대표적인 예를 들자면, 바로 한국의 태극사상과 리투아니아의 '다르나 Darna' 사상이다. 다르나는 한국의 태극사상처럼 선과 악, 아름다움과 추악함, 불과 물 등 상반되는 개념이 서로 조화를 이루어가면서 존재한다는, 리투아니아 전통 세계관의 근간을 차지하는 개념이다. 다르나 속에서 자연과 인간은 하나이며, 삶과 죽음 또한 서로 연계되어 있으며, 사람도 자연환경도 서로 상호간 영향을 미치면서 존재하는 조화의 대상에 불과하다. 이런 사상은 민요를 통해서 불리면서 현대문화에 적잖은 영향을 주고 있는 것이다.

### 민요창작과 전파의 배경

세계 어느 민족이건 민요가 창작되어 전파되는 방법은 일반적으로 비슷하다. 위에 제시한 바와 같이 리투아니아와 한국민요는 특별한 사회적 지위가 알려져 있지 않은 민중들에 의해서 창작되었으며, 그들의 감정과 경험을 그대로 표현해주었다. 민요를 비롯한 구비문학은 전부 기록되지 않은 채 입에서 입을 통해서 전해 내려오기 마련이다.

그러나 그런 배경에서도 리투아니아의 민요 전파방법은 다른 나라의 그것과 적잖은 차이를 보인다. 리투아니아가 접하고 있는 러시아나 서유럽의 경우, 주류 문학의 바탕을 형성한 언어와 민족문화 전파에 사용된 언어는 거의 동일하며, 리투아니아의 이웃 폴란드의 경우도 주류문학 내에서 폴란드어가 차지하는 비율이 아주 높아 폴란드의 문학적 발전수준은 유럽 내에서도 상당하다. 그러나 리투아니아는 문학언어와 민속언어 사이의 괴리 현상이 심하다.

리투아니아는 폴란드와 연합체를 이룬 15세기 이후 점차 폴란드화되어가기 시작하여 리투아니아 현지인들은 폴란드인들의 농노로 전락하기 시작했고, 리투아니아 문화에서 폴란드어가 차지하는 비중은 점차 증가하기 시작했다. 그런 이유로 19세기 중반까지도 리투아니아 문학사에는 현지어보다 폴란드어로 창작된 문학작품이 주를 이루었다. 다시 말해 리투아니아어는 문학언어로서의 가치를 인정받지 못하고 있었던 것이다. 이전에도 도넬라이티스의 『사계』(1818) 등 리투아니아어로 저술된 책이 등장한 적이 있기는 하나, 19세기 중반 이전 출판된 대부분의 책들은 리투아니아의 다이나를 수집정리한 책이거나, 현지인들에게 개혁사상을 전파하기 위해서 나온 종교적 성격의 저서들이 주를 이루고 있다.

다른 유럽국가들에서는 르네상스를 지난 후, 낭만주의를 시작으로 독특한 국민적 요소를 가미한 자국어로 된 문학 발전이 일어났지만, 리투아니아어로 된 문학작품이 집중적으로 등장하기 시작한 것이 그보다 훨씬 시간이 지난, 민족 개화운동이 불붙듯 일어난 19세기 중반부터이다. 게다가 제정 러시아에 반대하여 일어난 1863년 1월 혁명의 실패 이후 40년간 라틴문자를 사용한 출판이 금지되자 리투아니아 문학 발전이 퇴행하는 계기가 되기도 했다. 그러므로 근세 이후에도 문학은 리투아니아인들의 생활과 상당히 동떨어져 있었고, 외국어를 모르는 현지인들이 함부로 접하기 힘든 것이었으므로, 주류 기록문학보다 구비문학에 의존하는 경향은 비교적 최근까지도 이어져 내려왔다.

중요한 것은, 그 시대를 살았던 리투아니아인들의 문맹률이 높았다는 이야기가 절대 아니다. 당시 리투아니아인들 중 70% 이상이 문자를 해독할 수 있었다. 리투아니아 내 출판이 금지되었을 당시 인접 지역인 칼리닌그라드에서 출판된 책을 리투아니아로 밀수해 오는 사람들을 통해서 리투아니아 책을 접할 수 있었고, 성당과 가정에서 이루어지는 교육을 통해서 교육수준은 상당수에 이르렀다. 그러나 주류문학에 사용되는 언어가 민중들의 언어와 괴리된 상황에서, 그렇지 않았던 이웃 국가들과 비교해 볼 때 문학 발전에 놓인 장애물은 절대 가벼운 것이 아니었다.

그렇듯이 주류문학의 대부분은 리투아니아 민중들이 다가갈 수 없는 상황이었으며, 그 상황에서 그들의 유일한 문학적 통로였던 민요는 그들이 감정을 승화시킬 수 있는 유일한 수단이 되었다. 그러한 배경에서 볼 때 민요를 창조하면서도 그들의 주변상황이나 자연을 객관적으로 묘사하기보다 자신의 감정을 이입하고 내면세계를 표현하는 보다 고난도의 문학적 기교를 첨가할 수밖에 없었다. 다시 말하자면 문학적 재능과 능력이 있는 작가들은 주류문화권으로 나갈 수 있는 길이 차단된 채 20세기 초까지 민요라는 수단을 통해서만 문학적 욕구를 충족시킬 수 있었고, 그러한 문학적 가치를 지닌 노래들이 다이나의 전체적인 분위기에 많은 영향을 미친 것이라 볼 수 있다.

한국의 상황 역시 크게 다르지 않다. 한글이 창제되기 전까지 한국의 문학언어는 일반민중들이 이해할 수 없는 한자였으며, 한글이 창제된 이후에도 문학적 주체들은 한글보다 한자를 주로 사용하여 일반민중이 주류문학세계를 접할 방법은 원천적으로 차단되어 있었다. 그러므로 중국에서 유입된 여러 다양한 사조와 함께 발전을 이룬 주류문학은 민중문학에 거의 영향을 주지 못했으므로 민속문학은 주류문학과 다른 차원으로 발전을 이루어야 한 것이다.

이런 영향으로 리투아니아와 한국의 민중들은 상류계층의 사상과 이데올로기가 가득한 주류 문학을 통해서는 문학적 욕구를 충족시키지 못했다. 모든 인간은 창작의 본능을 가지고 태어나며 리투아니아와 한국의 민중들은 자연의 아름다움이나 인생의 통과의례 같은 단지 형식적인 아름다움을 노래하는 것으로 만족하지 못하고, 민요라는 문학적 도구를 통해서 자신의 생각과 정서를 더욱 더 깊게 표현해낸 것이다. 이는 자국어 문학 발전에 제약이 없던 다른 민족의 일반적인 상황과 비교해볼 때, 리투아니아와 한국 민요의 상황은 아주 특별할 수밖에 없었다.

### 슬픔의 연구가치

슬픔의 요소와 그 표현법은 얼핏 보기에 연구대상으로 그다지 중요하게 보이지 않을 수도 있지만, 슬픔이란 기쁨, 분노 같은 인간의 기본감정 중의 하나이다. 위에 제시한 바대로 한 민족의 구비문학이란 당시 사회 구성원들의 문화와 관습과 많은 연관을 가지고 있다. 민요란 수백 년 동안 형성된 민족의 정신세계와 사고방식의 표현이었기 때문이다. 게다가 민요를 통해서 당시의 사회구조를 가늠해보는 것이 가능하므로, 두 나라가 수백 년간 지내온 역사적 사회적 역사적 배경이 비슷하다면, 그 배경 속에서 나타난 민속문화에서는 많은 공통점이 나타날 수도 있다.

민속문화의 현상은 인접해 있는 민족들 간의 직접적인 교류와 영향관계를 통해서 전파되어 주변 국가들 간 비슷한 모습으로 나타날 수 있지만 그런 직접적인 영향이 없이도 다른 요소를 통해서도 비슷한 형태의 민속현상을 양산해낼 수 있다. 리투아니아와 한국은 근 10년간의 경제적 정치적 교류 외에 문화적 영향을 끼칠 만한 교류는 거의 이루어지지 않고 있었음에도, 정치 경제적 측면 외에 자연적, 신앙적, 그리고 사회적 배경으로 인해 양산된 비슷한 민속요소가 존재함은 눈여겨 볼 일이다. 이러한 바탕 위에서 우리나라와 직접적인 연관이 없는 다른 문화권의 민속현상들과 비교연구는 더욱더 활성화되어야 할 것이다.

완전히 한국적인 정서로만 알고 있던 한의 정서가 리투아니아 다이나 속에서도 나타나고 있다는 것이 확인된다면, 양국과 비슷한 전통과 배경을 가진 다른 민족에서도 그러한 우리만의 사고방식과 세계관을 발견해 내는 것이 가능할 수도 있으며, 이러한 방법으로 민족 간 이해의 범위를 넓혀갈 수도 있다. 정치학계에서 약소국들의 가치와 정치 발전을 고찰하는 약소국 정치발전론이 부상하고 있는 것과 마찬가지로, 약소국들의 민속현상 연구에 더 많은 노력을 기울인다면, 그것은 세계 주류문화권과는 별도로 약소국들 간의 공통분모를 발견해내는 작업이 될 것이다. 그런 공통분모를 더욱 발전시켜 전 인류의 문화적 공통분모로 발전시켜 나간다면, 소수 강대국들의 문화가 지배하고 있는 현대 문화조류에 대응할 수 있는 새로운 무언가를 만들어 내는 결과를 양산할 수도 있다. 이런 차원에서 문화의 전파와 수용, 또는 문화변용을 인한 과정을 규명하기 위해 주변 국가들의 민속문화를 비교해보던 비교민속학 분야에서, 문화의 교류가 거의 이루어지지 않은 다른 문화권과의 비교연구도 충분히 가능한 일임을 보여준다. 그렇게 된다면 문화변용이나 문화동화의 차원에서 현상을 설명하지 않고도 문화적 현상의 원인을 설명해볼 수 있고, 한 민족의 일정한 특성을 주변의 영향의 산물이 아닌, 고유한 가치와 현상으로서 볼 수 있다. 한 가지 예를 들어보면, 리투아니아와 지리적으로 인접한 에스토니아는 인종적 언어적으로 발트인종이 아닌 핀우그르 족이라는 전혀 다른 범주에 속한다. 그래서 핀란드를 비롯한 발트해에 인접한 여러 핀우그르족들과의 교류가, 리투아니아, 라트비아 같은 발트민족간의 교류를 능가하는 것으로 알려져 왔고, 게다가 발트민족과의 문화적 연관성도 공공연히 부인하고 있는 상황이다. 그런 인종적 배경을 가진 에스토니아의 민속문화는, 그들과 바로 인접해 핀우그르 민족인, 핀란드인들, 리브(Liv)나 세투(Setu)족과도 다른 차이를 보이나, 역사적 사회적 배경이 상당히 비슷한 라트비아, 리투아니아의 민속현상과는 아주 흡사하다. 그렇다면 에스토니아와 리투아니아 민속문화 간에 나타나는 공통점은 문화의 전파 수용 차원이 아니라, 리투아니아와 한국처럼 전혀 다른 방향에서 접근해서 이해해야 할 것이다.

다시 요약하자면 다이나 속에는 인간이 겪는 모든 감정들이 총망라되어 있으나, 슬픔이라는 요소가 특히 두드러진다. 그 속에서 슬픔의 분위기는 아주 훌륭하게 표현되어 있어 세계의 민속학자와 예술가들의 관심을 끌어 모으고 있다.

여기서 가장 중요한 것은 리투아니아의 민요는 단순히 자신의 감정으로 표현하고 현실에 안위하고 만족감을 느끼기 위해 사용된 수동적 도구가 아니었다는 사실이다. 리투아니아 민족을 전부 끌어안았던 그 민요가 리투아니아의 역사와 사회에 미친 영향을 따져보아야 한다. 독일의 학자인 휩커 Höpker는 리투아니아의 민요를 다음과 같이 평가하였다.

이 민족이 내게 관심을 끄는 것은 그런 어려운 조건에 처해 있었음에도 아주 놀라울 정도로 영혼의 평안을 누리고 있다는 것이다. 역사를 살펴보면 이 민족이 겪어야 했던 그 고난은 보통 사람들의 정신을 무디게 하거나, 자민족 숭상주의, 잔인함, 도발적인 행동, 교활함, 지배자들에 대한 반감 등을 양산하기가 쉬우나, 리투아니아에서는 아주 특이한 현상을 엿볼 수 있다. 이 민족은 즐겁게 노래를 부르는 것이다. 이것은 언제나 선과 아름다움을 노래하는데 사용되기 때문에, 심지어 한탄을 노래하는 가운데서도 분노나 그 출혈로 변화하는 일은 전혀 없다.

리투아니아의 역사는 유럽의 전쟁사와 맞아떨어지며, 근현대사는 소련이라는 거대제국에 맞서 싸운 투쟁과 승리의 역사이다. 이 전쟁은 전부 테러나 폭력사태 없이 평온하고 평화롭게 진행이 되었다. 리투아니아를 비롯한 다른 발트민족은 일명 '노래하는 혁명'을 통해서 독립을 이루었으며, 그것은 현재 세계사에 명백한 발자국을 남긴 냉전 체제의 종식을 고하는 공포탄과도 같았다. 이런 평화로운 역사가 가능했던 것은, 휩커가 말했던 것처럼 리투아니아인들은 비극을 아름다움으로 바꿀 수 있는 능력이 있었기 때문이며, 거기에는 이 민요의 기여가 크다. 한국의 한 서린 민요 역시, 자신의 감정을 표현할 창구가 극히 제한적이었던 민중들이 지배층을 조소하고 풍자하고자 하는 욕구를 충족하는 도구가 되어주었다. 그러므로 우리네 민중들은 민요를 통해서 감정을 정화하고 슬픈 감정을 아름다움으로 승화시키는 방법을 배웠다.

자신의 비극적인 역사를 홍보의 수단으로 사용하는 나라들도 존재한다. 그 대표적인 예가 바로 폴란드이다. 폴란드 역시 역사적으로 3차 분열과 인구적 손해, 전쟁 등 이루 말할 수 없는 비극을 겪었다. 이 역사적 경험은 '메시야주의 Mesjanizm'라고 하는 독특한 문학사조를 탄생시켰는데, 그것은 바로 폴란드가 예수 그리스도처럼 세계평화라는 이름 하에 역사적 비극을 다 겪었다는 이데올로기이다. 아담 미츠키에비츠나 율리우스 크라신스키 같은 폴란드의 문학적 거장들도 그 이데올로기를 바탕으로 많은 저술활동을 하였으며, 그 작품은 동서를 막론한 고전으로 평가되고 있다. 그러나 폴란드가 당한 비극은, 단지 그들만의 것이 아니었다. 폴란드인들이 내세우는 메시야주의는 휩커가 우려했던, 우울한 역사에서 파생된 자민족 숭상주의의 발로일 수도 있으나, 그 표현과 사상은 많은 이들의 공감을 사고 있다. 그렇다면 슬픔과 패배의 정서에서 기원한 문화적 장르라 할지라도, 단지 한 민족의 정서에 국한 것이 아니라 대다수 민족이 공유할 수 있는 가능성이 있음을 보여주는 것이다. 한국 민족이 겪어야 했던 감정이 그대로 살아 있는 한국의 현대문화는 현재 아시아 전체에서 큰 성공을 겪고 있으며, 리투아니아의 감정과 상징체계가 담겨 있는 무대예술 역시 세계문화계에서 엄청난 찬사를 받고 있다.

리투아니아인들은 단지 그들의 슬픔을 노래한 것만이 아니다. 예술가들은 여기저기 나뒹구는 흙덩이들로 아름다운 도자기들을 빚어내듯 리투아니아인들은, 다른 민족에게는 끝없는 패배주의와 우울함을 양산해냈을 자신들의 슬프고 아픈 경험을 아름다운 작품으로 변화시켜 놓은 것이고, 그것은 슬픔을 노래하는 다이나가 있어서 가능했다.

## 4.2. 에스토니아 민요에 등장하는 전통정서 바엡(Vaev)

민요에 대해서 다시 한 번 고찰해보자면, 민중들 사이에서 특별한 교육이나 지도를 받지 않은 상태에서 비교적 자연발생적으로 나타난 것으로, 어디에서건 노래와 춤을 즐기는 유희의 인간으로서 가진 본능적인 능력을 가장 잘 보여준다. 그런 차원에서 사람들과의 유대관계를 친밀하게 하고, 시간을 즐겁게 보내거나, 고된 일을 수월하게 해줄 수 있는 중요한 도구가 되어주지만, 인간이 일상의 현실을 재조정할 수 있게 만들어 주는 가상세계이기도 하다. 게다가 민요는 사람들이 그곳에서 고통스럽고 힘든 매일의 현실을 극복하게 만들어주는 생존의 메커니즘이 되어준다.

역사 이래로 줄곧 주변 강대국의 지배하에서 노예생활을 해야만 했던 발트의 민중들의 삶은, 유럽 그 어느 국가보다도 고되고 힘들었던 것이 사실이다. 유럽의 여러 가지 질고를 짊어진 예수와 비교하기도 하는 폴란드도 있지만, 리투아니아를 제외한 라트비아와 에스토니아는 주권과 인권을 책임져줄 수 있는 국가조차도 갖추지 못한 채 수백 년 동안 외세의 강압적인 지배 속에서 살아야만 했다. 민요는 지배층들의 문화와는 별도로 조상들이 가지고 있던 세계관과 신앙을 후대에서 전달해주기도 했으며, 여러 어려움 속에 살고 있는 민중들에게 생존의 메커니즘의 기능을 충실히 담당해주었다.

그러나 민요는 단순히 사람에게 유흥이나 즐거움을 더하는 수단으로서만 존재하지는 않는다. 인간이 가지고 태어난 본능적인 미적 감각, 민요의 내용과 표현 속에, 문자 그대로 보이는 모습이 아닌 맥락이라는 요소를 만들어내고, 그것을 통해서 당시 금지되어 있거나 일상생활에서 나타나는 충격적인 것들을 투영해서 보여주곤 했다.

민요란, 격언처럼, 개인적인 메시지를 전통적이고 비개인적으로 치장하는 방법을 제공하며, 그것들을 간접적으로 표현할 수 있는 전략이라고 말할 수 있다. 그러므로 현실에서 표현할 수 없었던 여러 가지 요소들이 다양한 비유법과 상징법에 의해 변형된 채로 민요 속에 남아 있는 경우가 많다.

이는 에스토니아에서도 마찬가지다. 수백 년 동안 외세의 지배에 허덕여야 했던 에스토니아인들은 민요를 통해서 그들이 말하고자 하는 느낌과 의미를 표현해왔으며, 그들이 가지고 있는 사고방식과 철학적 배경에 의해 걸러진 그들만의 색채는 그 민요에 독특한 분위기를 더해주었다.

그 독특한 분위기를 만들어주는 중요한 요인은, 바로 민족이 공통적으로 가지고 있는 정서와 맞물려 있다. 정서는 개개인이 느끼는 기본적인 감정이나 개인적 경험에 근거한 선입견과는 다르다. 민족이 살고 있는 자연환경과 수백 년 동안 이어져 내려온 역사적 사회적 배경 속에서 자연발생적으로 생성된 정서는 민속문화의 범위를 뛰어넘어 현대 예술의 창작활동에서도 아주 중요한 작용을 한다. 그래서 정서란 개인적인 감정이 확장하여 사회적인 공통분모를 얻어내어 형성이 되기도 하지만, 개인적 차원과는 거리가 먼 외부적 영향이 개개인에게 작용하는 반대의 경우도 공존한다. 그러므로 사회적인 영향 역시 무시할 수 없는 중요한 변수에 속한다.

현대 사회의 이성주의와 관료주의적인 조직은 인간 정서에 대한 새로운 사회적 맥락을 만들어낸다. 감정은 다른 기본적인 생물학적 요인들과 마찬가지로 공공적이고 경험적인 의미를 띠고 있지는 않다. 슬픔이나 기쁨 같은 감정은 사람의 상태만 밖으로 드러내 보여줄 뿐 그 자체로는 어떤 의미도 담겨 있지 않다. 여기서 말하는 의미란 문화가 양산한 것으로, 감정에 접목되어 그 기본적인 감정을, 우리가 정서라고 느끼고 경험하게 만드는 좀 더 정제되는 감정으로 변화시킨다. 정서란 어떠한 개인과 사회에 가지고 있는 깊은 관계와 상호연관적인 인생의 범위를 보여주는 것이다. 슬픔이건 기쁨이건 지정된 사회 내에서 의미를 가질 수 있도록 하는 근거는, 바로 사회 구성원들이 그 감정에 대해 가지고 있는 관계와 상호연관성이다. 그러므로 사회의 정서에 따라 사랑과 분노 역시 독특한 의미를 부여받을 수 있다. 그런 사회가 개인이 가지고 있는 관계와 상호연관성은 문화권마다 다르게 나타나며, 그 역시 다른 문화권에서는 볼 수 없는 독특한 분위기의 정서를 만들어낸다.

모든 민족의 민속예술이건 간에 기쁨, 슬픔, 환희, 두려움 같은 전 인류의 공통적인 정서는 등장하기 마련이다. 그러나 위에서 논한 고유한 사회적 정서들과, 인류의 공통적이고 기본적인 감정이 혼합되어 어찌 보면 지극히 평이하고 단조로운 수 있는 민속예술에, 민족적인 특색과 가치를 불어넣어 준다. 다르게 말하면, 음식에서도 우리가 기본적으로 느끼는 단맛, 짠맛, 쓴맛, 신맛, 매운맛만 존재하는 것이 아니라 그 오감을 벗어나는 독특한 향이나 씹는 맛 등이 첨가되어 다른 분위기를 창조한다. 인류가 가지고 있는 기본적인 정서를 혀가 느끼는 오감에 비유한다면, 민족의 정서는 그 오감을 더욱 부각시키고 음식의 독특함을 만들어 내는 부가적 요소에 해당한다. 그런 사회적 정서의 예를 들자면, 우리나라에 존재하는 한과 흥, 신명의 정서, 루스 베네딕트가 찾아낸 일본의 온과 기리 등의 사회적 정서, 리투아니아에 존재하는 시엘바르타스의 정서 등을 들 수 있다.

이 논문에서 논의하고자 하는 것은, 에스토니아에 나타나고 있는 사회적 정서인 바엡(Vaev)에 관한 것이다. 바엡은 에스토니아어로 노동의 무게, 힘든 일로 인한 피곤함 등을 나타내는 이 단어는, -us라는 접미사가 붙어서, 그로 인해서 야기된 심리적 불안감과 관련된 질환을 의미하기도 한다. 그런 차원에서 바엡은 '슬픔'이나 '고난'과 같은 감정과 접목되어 있으며, 수백 년간 농노생활을 해야 했던 에스토니아 민중들의 생활과 깊은 연관이 있다. 그러나 우리나라의 한처럼, 민요 내용 중에 공개적으로 단어를 사용하는 경우는 극히 드물고, 관련된 감정이나 경험들을 묘사함으로써 우회적으로 표현하는 성격이 있다.

그 바엡의 정서를 집중적으로 분석해 보되, 그만이 가지고 있는 독특한 성격과 색채를 더욱 뚜렷이 하기 위해 필요에 따라 에스토니아 민요와 비슷한 성격을 가지고 있는 리투아니아의 민요와 비교하는 방법을 택했다. 양국이 가지고 있는 배경이 완전히 동일하지는 않지만, 리투아니아 내에 폴란드 영향력이 강화되고 그들의 농노세력으로 흡수되기 시작한 17세기 무렵부터 사회적 배경이 비슷해지기 시작하고, 또 생활의 바탕이 되는 자연조건이 거의 흡사해서 리투아니아에도 시엘바르타스라는 바엡과 비슷한 정서가 존재하고 있다.


## 민요에 등장하는 바엡의 심층적 분석

### 에스토니아 민요의 전반적인 특성

에스토니아 민요는 크게, 우리나라의 정형시와 비견될 만한 복잡한 구조와 형식을 가진 레기라울, 그리고 18세기 이후 학문의 발전과 외국문학의 영향으로 나타난 '운율민요' 두 종류로 나뉠 수 있다. 레기라울은 에스토니아어만의 언어적 특성을 바탕으로 해서, 4-4조라는 우리나라의 가사나 전통민요 같은 운율을 가지고 있다. 레기라울은 단지 에스토니아에서만 드러나는 특성이 아니라, 발트해를 중심으로 자리 잡은 여러 핀우르그족 민족의 민속민요에서 폭넓게 발견되는 민요의 형태이다.

레기라울이 가지고 있는 특성 중에 중요한 것은 같은 소리의 두운을 반복하는 기법, 비슷하거나 동일한 단어를 반복하는 기법 등이 있다. 이 두 가지 경우에 있어서, 에스토니아 민요는 중국의 한시처럼 반복되는 소리의 종류와 의미가 상당히 중요하다. 그런 이유로, 새로운 표현이 창작되기보다 이전 세대에서 전해 내려오던 표현과 내용이 반복되는 경우가 많고, 그런 이유도 단어에서도 이미 사용되지 않는 표현이 많이 남아 있다. 그리고 일반적인 에스토니아의 문법과 들어맞지 않는 레기라울만의 독특한 문법양식이 남아 있기도 하다.

그런 비교적 복잡한 구조를 가지고 있던 에스토니아 민요는 18세기 외국문학의 영향과 교육수준의 증가로, 최소한의 운율만을 지키는 단순 운율민요가 등장하기 시작했고, 이때 서유럽에서 주로 사용되는 각운이 민요에 차용되는 등 많은 변화가 생기기 시작했다.

에스토니아는 13세기부터 덴마크, 독일, 스웨덴, 제정 러시아의 지배를 번갈아 받아오면서 농노생활을 할 수밖에 없었다. 에스토니아의 민요에는 절기민요, 결혼민요, 노동요, 아동요, 유흥요 등 다른 민족과 마찬가지로 다양한 정서와 내용을 담은 민요들이 전해져 내려오고 있으나, 그런 특수한 역사적 배경으로 인해서, 노동력을 착취하는 지배층에 대한 항거, 빈자와 부자, 노동의 부당성과 고통 등을 묘사하는 분위기가 상당히 많이 보이고 있다.

특히 사회적 문제에 관한 노래는, 레기라울에서 특히 중요한 비중을 차지하고, 가장 특징적인 노래 형태로 발전해나갔고, 전통적으로 많은 인기를 얻었던 주제이다.

바엡은 그런 사회적 배경에서 형성된 정서라고 볼 수 있다. 그러므로 단순한 고통과 슬픔을 넘어선 상당히 복잡한 의미를 담고 있다. 에스토니아 영어 사전이 보여주는 바엡과 정의할만한 영어단어로는 affliction(고통, 고뇌), difficulty(어려움), distress(심통, 비탄), drudgery(단조로운 일), labor(노동), pain(아픔) 등으로 외부적 노동에서 기인하는 심리적 상태를 대변해주는 단어이다.

## 바엡 묘사에 등장하는 특징적인 요소

### ● 심리적 불안과 물리적 노동의 직접적인 묘사

위에서 논한 대로 바엡은 에스토니아 농민들이 수백 년간 경험해온 강제노역과 깊은 연관을 가지고 있다. 그로 인해 자신의 의지와는 아무 상관없이 인생의 대부분을 지주의 장원에서 보내야 했던 그들의 고통이 잘 녹아 있다. 봄이 와서 씨를 뿌리면서 추수하고 탈곡하고 그리고 또 다음 해 씨뿌리기를 준비하기까지 당시 농부들의 모습이 정확히 묘사되어 있을 만큼, 민요에서 노동 자체와 직접적으로 관련된 모티브는 아주 많다.

이런 요소는, 우리나라의 단군신화와 비견할 수 있는데, 에스토니아 민족의 건국신화 『칼레비포에그 Kalevipoeg』에서도 아주 잘 드러난다. 「칼레비포에그」는 핀란드의 「칼레발라 Kalevala」의 영향을 받아 19세기 말 편찬된 민족대서사시로서 크로이츠발트라는 의사가 발간하여 에스토니아의 민족의식을 북돋는 데 큰 공헌을 한 작품이다. 에스토니아 건국의 아버지인 칼렙이 죽은 후, 그의 아들인 칼레비포에그가 에스토니아 민족의 기틀을 확립하고 외적의 침략으로부터 민족을 구해내는 활약상을 담은 내용으로서, 에스토니아의 일리아드 오디세이로 불리는 대작이다. 천지창조부터 시작해서 영웅의 죽음에 이르는 장대한 규모는 에스토니아인들이 가지고 있던 종교관과 세계관을 대변하고 있다. 이 작품의 바탕이 된 것은 에스토니아 전역에서 구전되어오던 민요로서, 수백 년간 민중들의 입을 통해서 전해 내려오던 것을 크로이츠발트가 집대성한 것이다.

크로이츠발트를 비롯해서 그 작품의 집대성에 참여한 이들의 상상력이 어느 정도 영향을 발휘했는지 분명하지가 않은 허구신화(fakelore)라는 비판과 함께, 실제인물 칼레비포에그의 일대기와는 별 연관이 없는, 단순한 전설과 동화 수준의 이야기를 신화로 끌어들인 단점들이 있기는 하지만, 에스토니아 민요의 등장하는 세계관과 우주관이 그대로 드러나 있다.

칼레비포에그의 업적은 에스토니아 전역에서 직접 돌을 날라 와 도시를 건설하고 숲에서 나무를 베어와 요새를 만드는 등 직접적인 육체노동과 연관되어 있고, 그것은 에스토니아 민요에 전반적으로 나타나는 특색이다.

칼레비포에그가 다른 유럽신화에 등장하는 영웅들과 다른 점은, 그의 성격과 체력이 지극히 인간적이라는 것이다. 잦은 성격의 변화로 인해서 문제를 발생시키고, 주변의 충고를 통해서만 판단을 할 수 있다는 우유부단한 성격은 우리가 익숙해 있는 전지전능한 영웅의 모습과 상당히 다르며, 그런 인간적인 칼레비포에그는 노동을 마친 후 수면을 취하는 모습을 많이 보인다. 총 20개의 장으로 구성된 이 작품에서, 주인공이 자는 장면은 한 장에서만 서너 번 이상 등장할 정도로 많이 반복된다.

> "마침내 피곤함이 족쇄가 되어 그를 누르고, 용맹한 이가 쉬려고 자리에 눕자 잠이 그의 몸을 덮었다. 꿈의 감미로운 날개는 그의 슬픔을 치료하려 날아왔고, 그가 상실한 어머니를 대신할 향료를 전해주었다."

"그는 저녁을 물린 후, 녹초가 된 몸을 추스르고, 영웅은 피곤해진 사지를 돌려 모래 침대 위에 자려고 누웠다. 그는 그날의 지루함을 줄이고 그의 다친 상처를 차가운 아침이슬로 달래려고 했다."

영웅이 수면을 취하는 모습은 일반적으로 자주 나타나지 않는 모습이라서 칼레비포에그를 처음 접하는 이들에겐 익숙지 않을 수 있으나, 에스토니아 민요에서 잠이란 상당히 중요한 모티브를 차지한다.

| | |
|---|---|
| Uni paale mul tulessa | 졸음이 몰려오네, |
| laiskus paale mul lamessa! | 게으름이 나를 누르네. |
| Kus ma pea uni panema | 그 졸음을 어디에 두고 |
| Voi ma pea laiskus ajama? | 게으름을 어디에 풀어둘까. |
| Uni motsa hundi selga | 졸음은 숲에 사는 늑대들의 등에 놔두고 |
| Laiskus karjaste paale. | 게으름은 목동들에게 풀어주지. |

에스토니아는 13세기 이후 덴마크, 독일, 스웨덴, 제정러시아 등의 침략을 받아왔으나, 에스토니아를 지배한 세력과 결탁했던 발트독일인들의 지배는 끊임없이 있어왔다. 에스토니아인들은 지주들에 의해서 팔려가거나 목숨을 잃을 정도의 혹독한 생활을 감내해야 했다. 그런 상황을 대변하는 민요에서 휴식과 수면에 관한 동경심은 자주 드러나며, 어려운 노동을 마치고 깊은 수면에 빠지는 칼레비포에그는 그런 에스토니아 농노들의 정서를 대변하는 것이다.

이런 것처럼 에스토니아 민요는 육체적 노동에 깊이 연관되어 있다.

육체적 노동에서 해방되어 풍부한 먹을 것과 충분한 수면을 희망하는, 인간의 근본적인 욕구를 해소하고자 하는 심정이 아무 숨김없이 잘 드러나 있다. 그들의 바라는 것은 아주 구체적이고 충분히 이해가 가능한 것들이다.

● 사회구조의 부당성에 대한 고발과 비판

바엡의 표현에서 사회적 문제를 다룬 내용은 아주 중요한 위치를 차지하고 있다. 지주들의 학정에 대항하기 위한 내용의 가사는 물론이거니와 지주들의 밑에서 같은 민족을 관리하는 관리자들에 대한 분노 역시 아주 대담하게 그려진다.

| | |
|---|---|
| Oh, Me vaesed teopoisid! | 오, 우리 가엾은 노동의 형제들아, |
| Kui me endid marjaks teeme, | 만약 우리 몸이 젖게 되면 |
| Kus me endid kuivatame. | 무엇으로 몸을 말리지? |
| Et seal all rehesaunas- | 저기 저 사우나에 가자, |
| Seal me endid kuivatame, | 거기서 우리 몸을 말리면 되지. |
| Mis seal siis ahju saame. | 아궁이에는 무엇을 집어넣나. |
| Kubja koivad, kiltre reied, | 농장감독 두 종아리, 그리고 관리자의 정강이 |
| Aidamehe harud molemad, | 감독조수의 가랑이를 둘로 자르고 |
| Rehepapi reieluud | 탈곡관리의 정강이뼈를 잘라서 |
| Need me seal siis ahju saame, | 그 아궁이에 집어넣지, |
| Seal ju endid kuivatame. | 그렇게 우리 몸을 말리면 되지. |

이웃나라 리투아니아 민요에도 그런 육체적 노동의 고됨과 연관된

모티브는 많이 보이지만, 그를 표현함에 있어서는 에스토니아와는 다른 양상을 보인다. 리투아니아의 노동요에 등장하는 모티브에서 수면과 휴식 등을 노골적으로 요구하는 내용은 극히 적다. 리투아니아에서는 '집', '어머니', '본향' 등 구체적이지 않은 지극히 추상적인 개념들을 사용하는 것이 일반적이고, 인간의 근본적인 욕구를 추구하고자 하는 심정은 그렇게 눈에 띄는 요소가 아니다.

| | |
|---|---|
| Rūta Žalioji (반복구) | 푸르른 루타 나무야(반복구) |
| Jau vakaras vakarelis, | 이제 저녁이 다가오고 |
| Puolė saulė, ant medžio | 햇님도 나무 위에 걸렸는데 |
| Paleisk mani namopi | 날 집에 가게 해다오 |
| Kad tu man, neleisi | 네가 날 집에 보내주지 않으면 |
| Paleis mani menulis | 달님이 허락해줄 거야, |
| Paleis mani žvaigzdeli | 별님이 허락해줄 거야. |

리투아니아의 이 민요에서도, 노동의 피곤함이나 고단함이 잘 드러나 있으나, 지주나 관리자에 관한 증오심이나 비판의식은 드러나 있지 않는 대신, 주변 사물이나 자연환경에 감정을 이입시켜 간접적으로 해결하는 모습을 보이고 있다.

● 노동에 대한 집착

에스토니아 민요에서 노동에 대한 집착은 결혼식 노래나 어린이들이 부르는 노래에서도 보이고 있다. 리투아니아에서의 결혼식은 주로 잃어버린 친정과의 이별, 새로운 가정에서의 불안감들을 보이는 노래가 많은 반면, 에스토니아에서는 며느리로서 갖추어야 할 덕목과 집안에서 감수해야 할 노동의 무게를 일러주는 노래가 많다. 이는 젊은이들이 결혼 전 부르는 사랑노래 속에서도 등장한다.

| | |
|---|---|
| Tutarlaits, sina linnukene, | 얘야 아가, 귀여운 새야. |
| Selle utle ma sinule, | 내가 너에게 해주는 말 |
| Selle oppa oige′esta | 내가 가르치는 말이 전부 옳단다. |
| Pane sina miile parre′esta. | 내 말을 잘 새겨 듣거라. |
| Ole sina oolas ommukulle, | 아침이 되면 부지런히 일어나 |
| Mose suu, suiu paa, | 얼굴을 씻고 머리를 빗고 |
| Jala ala kengitsele ! | 신발을 신어라! |
| Ara sina kulled kuke paale, | 닭소리를 기다리지 말아라. |
| Kuke laulav, ku na tahav, | 닭들은 자기가 하고 싶을 때만 운단다. |
| Vaist na vara, vaist na il′la | 가끔은 이르기도 하고 늦기도 한단다. |
| Vaist na enne valge′eta. | 가끔은 해가 뜨기도 전에 울기도 한다. |
| Ku sa arkud, siis arane, | 잠에서 깨면 그때 일어나고 |
| Ku sa tunned, sis sa tousu! | 느낌이 오면 그때 일어나라. |

이 노래는 어머니가 딸에게 불러주는 노래로. 여성이 노동에 참여할 때의 태도를 가르쳐주고 있다. 에스토니아 젊은이들에게 좋은 배필의 필수조건은, 노동의 여건을 잘 갖춘 여인으로 묘사되기 때문이다. 이런 면에서 볼 때 에스토니아에서는 좁은 의미에서 사랑노래가 존재하지 않는다. 사랑의 감정은 정서적인 편향이나 결혼, 이성에 대한 환상이나 꿈을 표현하는 것이며, 그 환상과 꿈은 노동의 현실과 밀접하게 연관되어 있다.

| | |
|---|---|
| Ei mina taha peretuttart | 난 농장주인 딸은 싫소, |
| peretuttar luodud laiska: | 농장주인 딸은 원래부터 게으르거든, |
| soob kui siga aeassa, | 돼지우리의 돼지들처럼 처먹고 |
| magab kui mara maassa. | 마구간 바닥의 암말들처럼 자기만 한다오. |
| Mina otsin orjalasta | 난 비복(婢僕)을 찾는다네. |
| orjalaps on odevamba,t | 계집종이면 돈도 많이 필요 없고 |
| utar toole kindelamba! | 일터에서도 확실히 일을 하니까. |

어린이들의 노래에서도 에스토니아 민요는 노동을 직설적으로 묘사된다. 「칼레비포에그」 같은 에스토니아의 서사민요는 소재 선택에서 인생의 여러 구체적인 현상을 묘사하는 등의 특징을 가지고 있다. 「칼레비포에그」는 에스토니아 전체에서 불리는 신화적 내용의 민요를 정리한 것이지만, 실제적으로 신화적이고 동화적인 주제를 묘사하는 민요는 아주 적다. 이런 차원에서 「칼레비포에그」에 자주 등장하는 노동과 잠의 모티브는 신의 세계에 대한 상상이 아닌 일반적인 인간세상의 고통과 문제를 잘 대변해주고 있다고 볼 수 있다.

● 인간 중심적인 자연과의 대화 - 감정이입의 방법론

에스토니아에서 숲은 전 국토의 3분의 1이상을 차지할 정도로 그 중요성이 높다. 과거에는 수도 탈린이나 타르투 같은 대도시는 발트독일인이나 한자동맹 무역상들만을 위한 도시였고, 에스토니아 원주민들은 도시와 멀리 떨어져 별도의 마을을 짓고 살아야 했다. 그 마을은 숲을 사이에 두고 멀리 떨어져 있는 것이 보통이라서, 숲은 마을간 이동시 중요한 경로였다. 그렇지만 밤이 되면 숲은 그들에게 공포의 대상이 되기도 했으며, 아이들에겐 놀이터였고, 예술가들에겐 창조적 상상력을 불러일으키는 장본인이 되어주기도 했다.

그러므로 에스토니아 민요에서 자연, 특히 숲은 아주 중요한 요소가 된다. 인간사의 여러 가지 차원들이 자연에 접목되고 감정이 이입되며, 자연의 아름다움을 묘사하기보다, 자연이 마음속에서 불러일으키는 정서적 측면을 묘사하는 것이 더욱더 두드러진다. 다시 말하면, 에스토니아에서 숲을 비롯한 자연은, 경외감이나 찬양의 대상이 아니라, 감정이 증폭되고 잊힌 감정을 살아나게 하는 장소이다.

에스토니아 민요에서는 창조주를 찬양하는 분위기도 없으며, 숲과 땅은 그들에게 끊임없는 노동을 시키는 장본인으로 묘사된다. 에스토니아인들은 노동에 대한 불만을 직접적으로 지주들에게 쏟지 않고 애꿎은 자연을 대상으로 저주하기도 하고 위협하기도 한다.

이는 기독교 이전 전통종교에서 출발한 애니미즘적 사고방식에서 유래한 것이라고 보는 의견이 많다. 에스토니아에서 가장 많이 퍼져 있는 종교는, 에스토니아의 독일화와 함께 등장한 독일루터교이다. 그러나 에스토니아서 기독교는 리투아니아나 폴란드처럼 사회 전반적으로 뿌리를 내리는 데는 실패했다. 그 이유는 에스토니아 민중들에게 종교란 단지 독일 지주들이 신봉하던 종교였을 뿐, 그들의 실제생활에서 미치는 영향은 아주 미비했다. 그런 차원에서 에스토니아 민요에서는 자연을 이해함에 있어서, 기독교적 접근은 거의 보이지 않고, 인간 중심의 차원에서 자연과 접하고 대화한다.

리투아니아 역시 기독교 이전 존재하던 전통 종교의 영향력이 막강하다. 14세기 들어 폴란드에 의해 리투아니아가 기독교화된 후, 에스토니아와는 달리 사회 모든 계층에 가톨릭을 전파하는 데는 비교적 성공했으나, 리투아니아 민요는 기독교화 이전 전통적인 신앙과 철학을 담아 전달하는 경전과도 같은 역할을 하기도 했다. 그러므로 리투아니아 민요에서도 애니미즘적 요소는 많이 등장하고, 숲은 개인의 슬픈 감정을 떠올리게 하고 증폭시키는 장소로 등장한다. 이런 차원에서 시엘바르타스와 바엡 사이의 공통점이 드러나지만, 자연과 인간이 교감하는 모습, 말하자면 둘과의 관계 속에서 차이점이 드러난다.

리투아니아의 민요에서는 인간이 숲이나 나무, 해, 달, 별, 땅 등에 감정을 이입한다. 그런 과정에서 자신의 잊혀진 감정이 살아나기도 하고 이미 가지고 있던 감정이 증폭되기도 한다. 그런 차원에서 심리적 문제의 해결은 궁극적인 목적이 아니다. 감정이 복받쳐 올라 그 심정을 노래하지만, 그 심정이 어디에서 오는지 어떻게 해야 끝이 날 수 있을지 그 누구도 해답을 주지 않는다. 이런 이유로 인해서 리투아니아 민요에서는 창자의·일방적인 넋두리나 심정고백을 바탕으로 하는 독백이 위주가 된다.

에스토니아에서도 자연이 감정을 되살리고 증폭시키는 역할을 하는 데는 차이가 없지만, 일방적인 독백이 아니라는 차원에서 차이가 있다. 에스토니아 민요에서 창자는 직접 해, 달, 나무, 새들과 이야기를 주고받으며 해결책을 강구하거나 자신의 심정을 토로한다.

| | |
|---|---|
| Hommikulla, varakulla | 이른 아침 |
| laksin metsa kondimaie, | 숲에 산책을 하러 갔네 |
| laksin laande luusimaie, | 숲을 여기저기 돌아다녔지. |
| kaisin labi mitu metsa. | 숲 몇 개를 지나간 후 |
| Mis ma metsast eesta leidsin? | 내가 숲에서 무엇을 찾았게? |
| Leidsin kao kukkumasta, | 뻐꾸기 하나가 울고 있더군. |
| laanelinnu laulamasta. | 숲 속의 새가 울고 있더군. |
| Mina kaolta kusima: | 뻐꾸기에게 물었다네. |

| | |
|---|---|
| "Kaokene, kulda lindu, | "뻐꾸기야, 황금 같은 새야. |
| mis sa kukud kuuse otsas? | 왜 달 꼭대기에서 울고 있니? |
| Kukud sa kulda suvekest?" | 내년 여름에 무슨 황금이라도 나오는 |
| | 게야?" |
| Kusin laanelinnukesta: | 숲의 새에게 물었다네. |
| "Mis sa laulad, laanelindu? | "왜 그리 우는 게야? 숲의 새야. |
| Laulad hele heinaaega?" | 올해는 지푸라기가 잘 마른다는 거니?" |
| Kagu kuuleb, kostab vastu: | 뻐꾸기가 듣더니 대답해주었네. |
| "Kukun kull kulda suvekest!" | "내년 여름에 황금이 나오라고 우는 |
| | 게요." |
| Laanelindu laulab vastu: | 숲의 새가 노래로 답했네. |
| "Laulan hele heinaaega!" | "지푸라기가 잘 마르라고 우는 게요." |

에스토니아 전설에 의하면 뻐꾸기가 울면 그 다음 해에 황금이나 재물을 가져다준다고 한다. 이 에스토니아의 민요 속 뻐꾸기를 바로 이 앞부분인 한국과 리투아니아 민요의 슬픔의 정서의 6페이지에 수록된 리투아니아 대표민요 속 뻐꾸기의 모습과 비교해보자.

위 두 민요의 예에서 공통적으로 뻐꾸기가 등장하지만 인간과의 관계는 상당히 다르다. 에스토니아의 예에서도 뻐꾸기는 화자의 마음을 대변하고 위로해 주는 일을 하고 있지만, 리투아니아에서는 양자 간의 실질적인 교류는 일어나지 않는다. 리투아니아의 예에서 화자는 뻐꾸기에 의해서 잊혀진 아픔이 되살아 증폭되지만, 뻐꾸기는 현 상황의 결과와 아무런 상관이 없으며, 게다가 뻐꾸기는 그에게 아무런 충고도 위로도 전해주지 않는다.

## 시엘바르타스와 바엡의 묘사에 등장하는 공통적인 요소

위에서 본 바와 같이 바엡은 강제노역과 어려운 생활이 만들어낸 슬픈 현실과 밀접하게 연관되어 있지만, 모든 민요의 내용이 전부 슬픈 내용을 담고 있다고 말하는 것은 위험하다. 민요에는 다양한 정서와 사고방식이 녹아 있기 때문에 인간이 가지고 있는 정서적 측면이 골고루 나타난다. 시엘바르타스와 바엡은 그런 다양한 개념들 중 슬픔과 연관되는 정서를 대변하는 것이다. 시엘바르타스 역시 슬픔과 연관된 요소를 많이 갖추고 있기는 하지만, 육체적이고 표면적인 노동보다는 더욱더 심리적으로 근본적인 감정 묘사에 충실하다는 차이가 있다.

그러나 시엘바르타스와 바엡이 나타나는 민요들은 대략 다음과 같은 공통점도 가지고 있다.

### ● 주로 여성들의 감정을 대변

양국은 모두 여성들이 부르는 노래가 대부분을 차지한다. 어느 나라든지 민요의 전파와 창조에서 여성들이 차지하는 비율이 높은 것은 사실이지만, 리투아니아와 에스토니아에서는 유독 여성 민요의 편중이 심하다. 러시아에 거주하고 있는 핀우그르 민족의 카렐리아 공화국의 민속음악은 남성들의 부르는 노래로 성격이 규정된다. 남성들이 부르는 호탕한 노래들은 러시아 및 폴란드에서도 애창되고 있는 민요이다. 그러나 에스토니아와 리투아니아에서는 주로 여성들이 주요 위치를 차지하게 되었다.

그런 여성 편향적인 분위기의 이유라고 한다면, 노래와 반주 연주가 분리되어 있기 때문이라고 보는 관점이 크다. 일반적으로 노래는 여성들의 몫이었다면, 남자들은 노래와 별도로 백파이프나 바이올린 등을 연주하곤 했다. 우리나라의 양금을 연상시키는 칸클례와 칸넬의 경우는 여성들이 연주하는 일도 잦지만, 연주 시에 노래를 동반하는 경우는 거의 없다. 그렇게 노래와 연주의 분리로 인해 민요 내에서 여성과 남성의 역할은 비교적 분명한 선이 그어지게 되었고, 민요 레퍼토리에서 여성이 중요한 위치를 차지하게 된 것은 이런 이유가 크다.

어느 나라를 막론하고 여성들은 남성보다 이중의 고통을 져야 했으며, 감정을 표현하는 데 있어서도 남성과는 다른 모습을 보인다. 이런 연유로, 현실에서 여러 어려움은 몸소 감당해야 했던 여성의 심정이 노래 가사 속에 자주 등장하는 것은 충분히 이해가 가능하다.

● 형식적 외형적인 낙관론

시엘바르타스와 바엡은 모두 실제 생활에서 만나는 고난과 어려움에 깊이 연관되어 있으므로, 그 자체는 슬픔의 근원과 치유에 대한 고민과 밀접한 관계를 맺고 있다. 그런 반면, 해학과 조소 풍자를 사용한 유머러스한 표현 역시 자주 등장하고 있다. 그 해학은, 가능성이 전혀 없을 정도의 과장법과 운율을 사용한 반복법, 격언과 속담을 이용한 대유법 등으로 그 문화를 공유하는 이들의 이해를 근거로 미소를 짓게 한다. 그것은 어찌 보면 양국 민족들의 낙관론적 사고방식을 반영하는 것이라고 해석이 가능할 수도 있다.

이것은 창자로 하여금 노래를 부르면서 현실을 벗어날 수 있는 방법을 제공해 주고, 일상생활에서 다양화된 사안들을 표현하는 제2의 언어로서의 기능을 수행할 수 있게 해주는 통로이다. 그러므로 이런 표현들은 슬픔과 고난이 주를 이루는 현실생활의 또 다른 표현일 뿐이다.

### 바엡과 시엘바르타스의 발전 및 근대문화에의 영향

민족의 감정이란, 특별히 의식적으로 발전시키고자 하는 노력이 없어도 사회 구성원들의 사회관과 세계관과 함께 자연스럽게 전해져 내려오기 나름이다. 그러나 주변 사회질서가 변하고, 외국 문화의 유입 등으로 급격한 변화가 생기게 되면 그에 따라 정서의 흐름에도 변화가 생기게된다.

리투아니아의 경우 시엘바르타스를 느낄 수 있는 작품들이 현재까지도 줄곧 이어지고 있다. 어찌 보면 우울하고 암울해 보이는 독특한 분위기를 가진 단편 소설과 시는 리투아니아의 현대문학사를 시작하는 데 중요한 구실을 했고 그와 비슷한 분위기의 작품은 여전히 꾸준히 창작되어 사랑을 받고 있다. 그러나 에스토니아의 경우에는 사정이 약간 다르다.

민요 속에 등장하던, 노동의 고통과 계급 간 문제를 현실적으로 묘사한 바엡의 모티브는 현대문화 속에서 그다지 많이 찾아볼 수가 없다. 한마디로 리투아니아의 경우는 민요를 통해서 이어져 내려오던 시엘바르타스의 정서가 현재까지 이어져 내려오고 있는 반면, 에스토니아에는 바엡의 정서가 중간에 끊기고 새로운 정서의 흐름이 시작되었다는 것이다.

이렇게 전통적인 정서의 전파에서 차이가 생기게 된 것은 19세기 들어 본격적으로 시작된 민족개화운동과 연관성이 높다.

### 리투아니아 – 단편소설을 통한 시엘바르타스 정서의 전래

다른 나라에서는 낭만주의와 실증주의 등을 기반으로 한 문학 활동이 활발히 이루어지고 있던 당시 리투아니아에서는 문학발전의 가능성이 근본적으로 차단되는 사건이 있었다. 1863년 혁명 실패의 결과 그 해부터 1904년까지 제정 러시아의 명으로 인해 리투아니아어 자모를 사용한 출판이 금지되어버리고 만 것이다. 이는 단지 글자의 표기를 금지시키는 것을 떠나서, 근본적인 문학 활동을 저해한 것이었다. 자유주의와 낭만주의의 바람이 불고 있던 서유럽에 비교해서, 리투아니아는 문학 활동 자체가 금지된 것이다. 국내에서는 문학 활동이 금지된 상황에서, 민요는 여전히 민중들이 의지할 수 있는 유일한 문학수단으로 자리매김을 할 수 있었다. 그러므로 리투아니아의 현대문학사를 시작하는 이들은, 전부 민요를 바탕으로 성장한 농민과 성직자들이었고, 그들의 작품은 당시 유럽의 주류문학과는 거리가 아주 먼, 상당히 독특한 형태를 보여주고 있다. 이는 플롯이나 구성이 서사민요나 민담과 비슷한, 단편소설들인데, 제마이테로부터 시작해 요나스 빌류나스 등 리투아니아의 대문호들은 그런 민요에서 차용된 구조를 가진 작품 활동에 일관했다.

리투아니아어로 압사키마스(Apsakymas)로 불리는 단편소설은, 줄거리가 단순하고 등장인물 역시 많이 등장하지 않는다. 이야기 전개는 시간 연대순이고 사건은 한두 가지에 불과하다. 마치 이전에 들은 이야기를 머릿속으로 기억해내어 다른 이들에게 들려주는 형식이므로, 일반적인 민담이나 전설의 구조를 그대로 답습하고 있다.

이런 구조의 작품은 19세기 말과 20세기 초 자연스럽게 자리 잡혀왔다. 리투아니아 현대 문학사조의 첫 장을 연 여류작가 제마이테는, 정식 문학수업을 전혀 받지 않는 촌부(村婦)에 불과했다. 어릴 적부터 자연스럽게 듣고 자란 이야기 구조를 받아들여 문학세계에 차용했으며, 내용과 분위기 역시 리투아니아 농민들의 이야기를 그대로 묘사했다. 그러므로 오래 전부터 농민들 사이에서 이어져 내려온 시엘바르타스 역시 그대로 문자화되기 시작했고, 리투아니아 자모금지령이 해지된 이후에도 리투아니아 독자들의 마음을 자극하며 꾸준히 발전할 수 있었다.

압사키마스 형식이 민중들이 접하기 가장 수월했던 민담이나 전설에 근거를 두고 있다면, 그 내용적 차원에서는, 수백 년 문학적 감수성을 표현하는 도구가 되어주었던 다이나에서 그 근거를 찾아볼 수 있다.

제마이테의 가장 대표적인 작품인 「며느리 marti」는 자신의 의지와는 관계없이 무능한 남편의 집에 시집을 간 카트레의 역정과 슬픈 죽음을 그리고 있다. 작품의 주인공 카트레는 자신의 노력으로 집안을 일으켜 세워보려 하지만, 시어머니와 무능한 남편과의 갈등으로 인해 꿈을 실현하지 못하고 끝내 죽음을 맞고 만다. 작품 속에 등장하는 카트레의 생활은 다이나 속에 나오는 여인들의 생활과 아주 흡사하며, 그의 독백은 라우다(Rauda 친지나 가족이 사망했을 경우, 장례식이나 공동묘지에서 불리던 민요로서 다이나의 한 갈래)의 가사를 떠올리게 할 정도로 구슬프고 슬프다.

아래 「며느리」에 등장하는 카트레의 독백과 다이나의 가사를 비교해 보면, 그 공통점은 분명해진다.

"어머니, 나의 어머니, 누구의 손으로 저를 이끌어 가실 것인가요? 사랑하는 아버지, 제가 무슨 잘못을 했다고 이 지옥 같은 곳으로 저를 밀어 넣으셨나요?(「며느리」에 등장하는 카트레의 독백 중)"

| | |
|---|---|
| Motulė mano, | 나의 어머니, |
| Sirdela mano, | 나의 사랑 |
| Kam tu nudavei | 대체 어머니는 왜 |
| Uz to bernelio, | 날 이 남자에게 보낸 거예요? |
| Uz to bernelio, | 이 남자에게, |
| Uz cinginelio | 이 게으름뱅이에게 |
| Uz cinginelio | 이 게으름뱅이에게 |
| Uz ultojelio | 이 난봉꾼한테요. |

이런 구조와 내용은 제마이테의 작품을 시작으로 해서 왕성한 발전을 이루었고, 요나스 빌류나스나 라즈디누 펠레다 같은 리투아니아 문학의 대가들의 작품에서도 그 모습은 여전히 이어져 내려왔다.

> "우리의 형제들이 슬픈 노래를 부르고 있다. 푸른 숲 속에서 고난의 심정을 불러일으키며 울고 있는 뻐꾸기에 대한 노래를. 그리고 루타 정원에 앉아 사랑하는 이를 보지 못해 흐느끼는 여인에 대한 노래를. (요나스 빌류나스 〈네무나스 강을 따라서〉)"

리투아니아의 대표적인 심리주의 작가 요나스 빌류나스의 작품에 등장하는 이 부분은, 위에서 에스토니아의 민요와 비교하기 위해서 제시해 놓은 뻐꾸기가 등장하는 민요의 분위기와 사랑하는 이를 그리며 울고 있는 여인의 모습을 묘사하는 다이나의 분위기를 아주 잘 차용한 예이다.

이렇게 민요 속에 등장하던 시엘바르타스는 로무알다스 그라나우스카스, 카지스 사야 등의 작가들을 통해서 현재에도 여전히 이어져 내려오고 있다.

### 에스토니아 - 근대 문학사를 시작한 서구문학사조

위에 논한 바대로, 리투아니아의 현대문학 역시 시엘바르타스의 분위기를 이어받은 작품들이 여전히 왕성하게 창작되고 있는 반면, 에스토니아에서는 그런 고전적인 바엡의 정서를 이어받은 작품을 만나는 것이 그리 쉽지 않다. 리투아니아에서 단편소설이 발전해나가고 있을 무렵, 에스토니아는 독일을 비롯한 서유럽 문학사조의 직접적인 영향을 받은 장편소설과 낭만주의적 시가 발전해나갔으며, 전통정서를 근거로 한 작품이 그다지 많이 창작되지는 않았다. 이것은 19세기 말 에스토니아의 사회적 배경이 리투아니아와 상당히 달랐다는 데서 이유를 찾아볼 수 있다.

리투아니아의 19세기는 제정 러시아에 반대하는 봉기로 얼룩졌다면, 에스토니아는 비교적 평온한 분위기가 이어지고 있었다. 에스토니아어가 탄압받지도 않았으며, 북쪽 핀란드와의 교류와 발트독일인들로 인해 서유럽의 문학사조가 그대로 유입되었다. 에스토니아인들의 민족의식 고취에 큰 역할을 한 바 있는 「칼레비포에그」는 그보다 약 20년 전 핀란드에서 출판되었던 「칼레발라」의 영향을 받은 것이다 .

게다가 발트독일인들의 영향으로 독일작품들이 많이 유입됨에 따라, 19세기 중엽부터 독일시의 분위기를 흡수한 다양한 작품들이 자주 등장한다. 민족개화운동 시기에 활동한 작가들 역시 독일식 낭만주의의 궤도에서 벗어나지 못했으며, 심지어 '모조낭만주의 pseudo-romanticism'라는 악평을 듣기도 한다.

에스토니아 현대문학의 어머니라고 부를 만한 민족시인 리디아 코이둘라는 당시 에스토니아 사람들의 민족의식을 고취하고 더 나은 미래에 대한 동경심을 불러일으킨 장본인이다. 그가 쓴 시 중 여러 작품은 아름다운 노래로 편곡되어 현재까지도 국가 다음으로 많이 불리는 레퍼토리가 되었다.

그러나 당시 리투아니아의 작가들과 비교해서, 그의 작품 속에는 에스토니아의 고유한 심성도 고유한 운율도 나타나 있지 않다. 그 작품 속에 등장하는 조국과 자연의 모습은 에스토니아와는 거리가 먼 독일의 모습이 묘사되어 있는가 하면, 에스토니아 어법에는 어울리지 않는 각운의 사용이 두드러지는 등 서유럽 시구조를 그대로 보여주고 있다. 에스토니아 최고의 비평가 중 하나인 투글라스는 코이둘라가 쓴 다른 대부분의 시들은 알려지지도 않았으나, 독일의 양식을 차용한 몇 개의 작품만이 코이둘라의 신화를 이어주고 있다는 사실에 많은 의구심을 표하기도 했다.

이런 배경에서 에스토니아로 유입되는 서구 문화사조에 힘입어 사실적이고 사회비판적이었던 민속시의 내용보다는 호탕하고 낭만적인 분위기의 작품이 많이 등장하기 시작했다. 소설의 차원에서도 리투아니아처럼 서사구조를 바탕으로 한 단편소설보다는 장대한 내용이 담긴 장편소설이 더 많이 저술되었다.

이런 상황에서 이전까지 내려오던 에스토니아의 전통 정서만이 문학감성을 표현하기 위한 유일한 방편은 아니었고, 다양한 정서와 함께 이어져 내려오면서 바엡은 많이 희석되어버린 것이다.

독일 사조의 영향을 받지 않은, 에스토니아 농민 출신 문학가들의 작품은, 리디아 코이둘라의 세대라 할지라도 에스토니아의 전통 정서가 많이 드러나 있다. 유한 리브의 시 속에는 레기라울의 운율을 연상시키는 리듬과 힘든 노동을 노랫말로 승화시켰던 아낙네의 정서가 그대로 녹아 있다. 그러나 이런 분위기는 몇몇 작가 군에서만 보이는 특별한 현상에 불과했다.

반복건대, 이 논문은 에스토니아의 민요가 전부 슬픔과 관련되어 있다고 말하고자 함이 아니다. 에스토니아 민요에서 인생의 즐거움과 행복을 포함한 인간의 다양한 감정들이 골고루 등장하고 있다. 그런 다양한 감정 중에서 슬픔이나 고난과 연관되어 있는 바엡의 요소를 뽑아내서, 리투아니아에서 보이고 있는 공통적인 감정인 시엘바르타스를 매개체로 비교 분석해본 것이다. 슬픔과는 다른, 행복과 기쁨을 주제로 한 정서 역시 연구의 대상이 되어야 함은 물론이다.

리투아니아의 경우, 유럽과 미주 등에서 그 슬픔의 형태에 관심을 가지고 연구한 결과가 비교적 존재하는 반면, 에스토니아 민요의 경우 내용적인 차원보다 레기라울의 형태론적 차원의 연구가 주를 이루고 있고, 핀란드 민요의 그늘에 밀려 내용상 연구는 많이 진행되지 못했다. 핀우그르 민족이라는 바탕에서 핀란드 민요와의 비교연구를 통한 내용 연구는 간혹 있어왔으나, 리투아니아를 비롯한 다른 민족의 민요와의 비교연구는 놀랄 정도로 적다. 인도유럽어가 대부분을 이루고 있는 유럽에서, 핀우그르어라는 독특한 언어를 사용한다는 특수성으로 인해서 인도-유럽어족에 속하는 이웃국가인 라트비아와 리투아니아와의 비교연구는 심지어 등한시되기까지 했던 것이 사실이다.

그러나 리투아니아의 스크로데나스, 핀란드의 리온로트, 아우쿠스티니에미 등의 연구로 인해 핀우그르 민족과 발트 민족의 연관성을 찾기 위한 연구가 있었던 것으로 보아, 언어적 문화적으로 상당한 차이를 보이는 두 민족 간의 비교연구는 전혀 가치가 없는 것은 아니다.

돈과 물자의 흐름이 되는 현대 질서에서, 다른 민족을 이해하기 위해 접근하는 과정에서 경제적 측면의 가치가 우선되는 경향이 적지 않다. 그 나라에 있는 경제적 가치와 효용성에 근거한 평가와 이해는, 단기적인 차원에서는 성과를 얻어낼 수 있으나 거시적 차원에서 거둘 수 있는 성과는 아무도 장담하지 못한다. 그들의 역사적, 사회적 배경에서 발전한 정서적 차원의 이해가 수반된다면, 경제적 교류로 얻을 수 없는 더욱더 인간적인 유대관계 형성할 수 있으며, 그런 근본적인 친밀감을 조성할 수 있다면 수십 년의 수출로도 불가능한 결과를 얻어낼 수 있다는 점은 확실하다. 게다가 그 정서를 연구함으로서 앞으로 문화의 흐름을 예측할 수 있다.

게다가 한국과 발트처럼 역사 이래로 연관성이 거의 없던 민족 간에 동질성이나 공통점을 찾아내는 데 있어서 정서연구가 갖는 가치는 더욱 크다.

## 4.3. 에스토니아 레기라울의 율격구조와 근대적 차용

1991년 소련에서 독립해 세계무대로 진출한 에스토니아는 주변 유럽 국가들과 차별되는 언어와 문화적 배경으로 인해 많은 연구 대상이 되고 있으며, 특히 한국에서는 아름다운 수도 탈린의 풍광과 급속도로 발전하는 IT 사업이 알려지면서 관심을 끌게 되었다.

에스토니아를 좀 더 아는 사람들이라면 중세 북유럽 고딕양식의 진수를 보여주는 탈린의 아름다운 구시가지 외에도, 매년 5년마다 열리는 수만 명의 합창단이 동시에 만드는 화음이 인상적인 세계노래대전(에스토니아어로 laulupidu, 직역하면 '노래잔치')을 잘 기억할 것이다. 1869년 타르투에서 시작한 이래 인근 라트비아와 리투아니아로까지 전파되어 에스토니아를 비롯한 발트3국의 대표적인 문화상품으로 발돋움한 이 행사는, 독일과 제정 러시아의 압박에서 신음하고 있던 19세기 말, 그리고 그들의 의지와는 무관하게 소련으로 복속되어 다시 유럽의 지도에서 사라져야 했던 암울한 현대사를 피와 폭력 없이 견디어내게 만들어 준 중요한 배경이 되어주었다.

수백 년 동안 독일인들을 중심으로 한 주변 강대국들의 노예로 살아야 했던 에스토니아이인들은 '레기라울'이라고 불리는 독특한 구조의 민요를 통해서 자신들의 심정을 토로했고 폭력이나 미움의 감정을 순화시키기도 했다.

레기라울에 대한 연구와 소개는 한국에서는 전혀 이루어진 일이 없지만, 한국을 제외한 다른 문화권에서도 이루어지는 연구를 살펴보아도 핀란드나 인근 핀우그르어 민속문화연구에 비교해 볼 때, 이 에스토니아 민요에 대한 연구가 많이 진행되지 않는 것 역시 사실이다.

그러나 독일을 포함해 유럽 전반에 걸쳐 낭만주의의 불길을 지핀 요한 고트프리트 헤르더 역시 1764년부터 5년간 라트비아의 수도 리가에 머무는 동안, 당시 리브란트의 한 지역이었던 에스토니아의 민요에 대해서도 특별한 관심을 보여주었던 것으로 알려져 있을 정도로 이전부터 민속연구가나 낭만주의 작가들 사이에서 레기라울에 관한 관심은 끊임없이 이어져 내려오고 있었고, 현재도 조금씩 다른 문화권과의 비교연구를 통해서 점차 관심을 넓혀가고 있는 상태이다.

이 글을 통해서 우리는 에스토니아의 대표적인 민요의 한 갈래인 레기라울의 운율적 특징 및 내재적으로 나타나는 표현적 특성을 알아보고, 그것이 근대 민요시의 형성과 에스토니아 현대작가들의 작품 속에 투영된 예를 통해 현대문화와 가지고 있는 연관성도 같이 고찰해보려고 한다.


## 레기라울의 율격 연구

### 레기라울의 의미와 연구발전사

'레기라울 regilaul'은 우리나라의 판소리나 타령처럼 구체적인 일정한 개별 장르를 일컫는 말이 아니라 19세기 초까지 에스토니아 지역에서 광범위하게 불리던 일반적인 민요를 총체적으로 일컫는 말이다. 이 민요는 에스토니아 사회를 구성하던 모든 계급에서 불리지는 않았고 사회의 가장 낮은 계급을 형성하던 에스토니아 농노들의 계급 내에서만 불리던 것이므로 특정한 계급과 밀접하게 연관되어 있어 내용 면에서 사회적인 요소가 두드러진다. 레기라울에는 그런 특징적인 사회 저항적 성격 이외에도 음악의 한 요소인 민요로서 가지고 있는 운율적 요소도 엄연히 존재하고 있다.

하지만 엄밀히 말해 레기라울의 운율 형태는 단지 에스토니아만이 아니라 서부 핀우그르어 민족들의 민요에는 전반적으로 나타나고 있어, 한국어처럼 조사를 사용하는 것이 일반적인 핀우그르어의 언어적 환경에서 많은 영향을 받은 것임을 이해할 수 있다.

여기서 다루고자 하는 민요의 형태를 가진 에스토니아어 민요가 기록된 최초의 기록은 1632년 메뉴스가 발간한 「Syntagme de orgine Livonorum」으로 당시 리브란트에 복속되어 있던 라트비아와 에스토니아 민요의 가사와 악보가 수록되어 있다. 그 이후로도 에스토니아 문화를 사랑하는 독일 학자와 연구가들에 의해서 에스토니아 레기라울은 꾸준히 수집되고 연구되어왔다.

단어의 의미를 살펴보면 '라울 laul'은 에스토니아어로 노래를 말하는 단어이나 앞부분 레기는 아직 정확한 의미가 밝혀지지는 않았으나 대체적으로 '열, 행'을 의미하는 독일방언 Rege에서 나온 것으로 추정하고 있다.

에스토니아 전체적인 차원에서 볼 때 레기라울이라는 단어가 전반적으로 사용되지만, 지역별로 소렐라울(sorelaul), 홀라라울(holalaul)로 불리기도 하며, 본문에 자주 등장하는 후렴구를 따라 렐로(leelo)나 카시투스(kaasitus)로 부르는 지역도 존재한다. 독특하고 구체적인 형태를 지닌 레기라울은 18세기 말엽까지 에스토니아 민속음악을 대표하는 민요로 전해져 내려왔으나, 19세기 초 서유럽의 사조가 유입되면서 민요의 구조에도 많은 변화가 생기기 시작했다. 그 결과 19세기 중엽부터는 레기라울 운율에 근거하지만 상당히 자유로워진 형태의 '신운율민요'가 등장하기 시작하고 에스토니아의 전통과 상관없는 유럽사조들이 중요한 입지를 차지하기 시작하면서, 전통적인 레기라울의 형태를 온전히 지닌 민요들은 점차 자취를 감추어버리는 듯했다. 그러나 에스토니아 레기라울을 들으면서 성장한 시인들이 전통 운율에 근거한 민요시를 발표하고 20세기에는 벨료 토르미스 같은 현대 음악가들이 그를 바탕으로 한 현대음악을 작곡하면서 레기라울은 새로운 전기를 맞았다.

### 레기라울의 형태적 특성

전통적으로 레기라울은 연으로 나뉘지 않고 각운을 사용하는 일이 없다. 리듬구조는 영시의 강약격 시 구조(trochee)와 비슷하여 한 행 내에서 악센트를 받는 강한 부분과 약한 부분이 번갈아가면서 나타난다. 일반적으로 악센트를 받는 강한 부분에는 긴 음절이 오게 된다. 일반적인 경우 각 행은 8개의 부분으로 구성되며(보통 8개의 음절) 중간의 짧은 휴지 기간이 있어 크게 두 부분으로 나뉜다.

장단의 반복으로 나타나는 레기라울 운율의 특징적인 예는 아래와 같다. 음절의 장단 여부는 밑줄로 구분했다.

kui ma /hakkan /laule-/maie
sööge, /langud, /jooge, /langud
meie /kaksi /vaesta-/lasta

이런 레기라울의 운율구조에서 보이는 음절구조는 장음과 단음이 반복적으로 나타나는 에스토니아어 특성과 맞물려 있다고 할 수 있다. 레기라울의 고전적인 운율 형식은 레기라울이 형성되던 당시 언어적 진화와 재구성 단계에 있던 서-핀란드어의 원형에서 출발한다고 본다. 그러나 이런 8개의 음절조건을 완벽하게 갖춘 민요들은 전반적으로 많은 비중을 차지하지 않고 있다. 대개 반복의 단순함을 피하기 위해서 운율 상으로 다양한 변화가 일어나기 때문이다. 그런 이유로 기존의 8음절 구조 외에 6음절로 구성된 행도 자주 발견된다.

또 전체적으로 8음절 구조를 가지고 있는 경우에도 특정한 행 마지막에 의미상으로 어쩔 수 없이 단어가 추가되는 경우도 간혹 있어, 완전한 8음절 구조의 레기라울이라 하더라도 몇 행이 규칙에서 벗어나는 모습을 보이기도 한다.

레기라울의 중요한 특성 중 하나는 가사와 멜로디 사이의 느슨한 관계이다. 한 멜로디가 특정한 가사에서만 사용되는 것이 아니라, 일정한 선율이 다른 가사의 민요에서도 사용되는 일이 많다. 특정 가사와 선율을 연결시키는 일은 18세기 들어서 모습을 보이기 시작해 19세기부터 자리를 잡기 시작한 형태이다. 이런 이유로 선율이 가지고 있던 특정 제목은 가사의 내용을 말해주기보다 그 선율의 노래를 부를 때 작업을 하던 그네노래, 양치기노래, 추수노래 같은 구체적인 일의 종류와 연결되어 있다. 선율 자체도 사람들이 일상적으로 대화하는 음정과 크게 다르지 않으며, 일정한 톤에서 많이 벗어나지 않는 한도에서 온음계 선율로 구성되어 있다. 5성 음계 구조의 민요도 종종 나타난다. 이러한 조건들로 인해 레기라울의 경우 창자들은 선율보다 가사에 더 많은 신경을 쓰게 된다.

레기라울은 '에스라울랴 Eeslaulja'라고 불리는 솔로 선창자가 부르는 내용을 후창자들이 제창으로 따라 부르는 합창의 형태가 가장 많다. 하지만 후창자들의 경우 선창자가 노래를 완전히 끝마치기 전인 마지막 행의 마지막 음절부터 합창을 시작하므로 선창자가 아니더라도 곡의 의미나 가사를 완전히 파악하고 있어야 하며, 선창자는 후창자들이 문제없이 마지막 음절을 따라할 수 있도록 가사를 만들어낼 줄 아는 민첩성과 즉흥성이 있어야 한다.

이러한 형태적인 특성만 두고 보았을 경우 영시 강약격 시 구조와 큰 차이점을 보이지 않을 수 있지만, 인도유럽어와 차별되는 독특한 구조를 가진 에스토니아어만의 특징에서 파생된 표현방식을 차용하여 형태상으로는 인식할 수 없는 내재적 특성들을 보여주고 있다.

### 레기라울의 내재적 표현 특성

레기라울은 전반적으로 행 하나가 완전한 문장이나 표현으로 구성되어 있는 경우가 대부분이다. 레기라울이 지루해지거나 지나치게 단순해지지 않도록 여러 가지 다양한 형태의 표현방식이 차용되고 있다.

#### ● 대구법

이 방법은 변화법과 열거법을 통해서 어떠한 의미를 강조하는 역할을 한다. 대개 대구법에 사용되는 요소들은 공통점, 유사점, 반대요소 등 이성적으로 이해가 가능한 관계로 연결되어 반복적으로 사용된다. 그렇지만 전통적으로 사용되는 표현들에서 크게 벗어나지 않는 기존의 방식을 사용하므로, 창자가 즉석에서 창작한 듯한 표현이나 심오한 사상이 담긴 표현들은 잘 나타나지 않는다.

대구법은 그네타기나 노동요 같은 일상생활을 묘사하는 노래에서 자주 사용되나, 서정적인 내용이나 영웅서사시에는 잘 사용되지 않는다. 이 방식으로는 단어나 행을 사용하거나 에피소드 전체를 대조하는 경우도 찾아볼 수 있다.

#### ● 일정한 소리의 반복을 통한 강조

이 방식은 두운 사용이나 유사한 음절을 반복해서 사용함으로써 노래를 더욱 경쾌하게 하고 음악적 재미를 부여하는 방법으로, 레기라울

표현법 중에서 가장 중요한 표현법 중 하나다. 이것은 한 가사 내에서의 대조가 더 용이할 수 있도록 단어들 간의 언어적 관계를 부여해줌으로써 행 내에서 중요한 의미를 가진 단어를 더욱 강조하는 기능을 가지고 있다.

두운을 통한 반복은 다음과 같은 형태로 나타난다.

Lhme kiigele kiikumaie,              그네를 타러 가자
Kas sie kiige kannab meida?          저 그네가 우리를 태울 수 있을까?
Kui ei kanna, ne kadugu,            만약 안 되면 다른 곳으로 가버리면 되지.
mis sina kriuksud, kiigekene.       작은 그네야, 뭘 삐걱대는 게야.

이 노래는 에스토니아 북부 지역에서 1936년에 채록된 노래이다. 이 예에서는 에스토니아어로 그네를 말하는 kiik의 행 내 의미를 더욱 강조하기 위해서 단어의 첫소리인 k를 반복적으로 사용한 경우이다.

Õde hella Õiekene                   꽃처럼 화사한 언니
(1909년 에스토니아 중부지역에서 채록)

이 대목에서 가장 강조가 되어야 하는 단어는 언니(Õde)이다. 언니의 의미를 부각시키기 위해서 맨 앞 모음을 반복시키기 위한 방법으로 Õiekene(꽃의 지소적 표현)이라는 단어를 의도적으로 사용하여 소리의 반복을 꾀했다.

유음 반복은 두운처럼 한 음절의 첫소리가 아니더라도 음절 중간에 의식적으로 유사한 소리를 집어넣음으로써 음악적 효과를 꾀하는 방법이다.

Linnuke mäe pääl,                    땅 위에는 작은 새
Tutuke pää pääl                      머리 위에도 작은 새
isi laulab saksa keeli,              그 새들은 독일어로 노래를 부르고
siristab sisaski keeli,              나이팅게일은 혀로 지저귀며
vinder-vnder vene keeli)             러시아어로 빈데르-반데르
(1894년 에스토니아 남부 파이스투 지역에서 채록)


  이 예에서는 고전적인 레기라울의 율격이 상당히 파괴되어 있다.
강약음절이 규칙적으로 반복되지도 않고 8음절 구조에서도 벗어나 있
다. 그러나 레기라울의 전형적인 표현방식을 그대로 차용하고 있어,
규칙의 붕괴와 차용이 공존하는 19세기 말의 상황을 그대로 보여주고
있다. 그래서 완벽한 레기라울이라기보다는 단순히 저자가 알려져 있지
않는 신운율민요로 볼 수도 있다.
  이 예에서는 행 중간 모음을 사용하여 음악적 효과를 높였으며, 3행과
4행에서는 s 음운과 k 음운이 자주 등장하는 여러 단어들(saksa 독일,
siristan 혀를 꼬다, sisaski 나이팅게일) 등을 사용하여 특징되는 소리를
부각시킴으로써 새와 관련된 전반적인 주제를 강조했다. 두운 사용과
유음 반복의 방식이 서로 분리되지 않고 동시에 사용되고 있으며, 특히
두운의 기능이 두드러지는 레기라울의 특성을 내보이고 있다.


    Mul on vendani vesilla,          우리 형은 바다 위에
    Odeni mere onilla                우리 누나는 깊은 바다 속에
    Sedini mere selil                우리 이모는 바다 저 편에
    Taatini mere tagana              우리 아버지는 바다 뒤편에

(1894년 북부 에스토니아 쿠살루 지역에서 채록)

이 대목에서는 각 행마다 특정한 두운이 두드러지게 나타남과 동시에 전체 연을 아우르는 r과 l 소리의 반복이 전반적인 분위기를 조성하고 있다.

여기 사용된 예들에서 볼 수 있듯이 에스토니아 전 지역에서 주로 전반적으로 사용되고 있는 표현법으로서 어휘와 음운을 교묘히 사용하여 에스토니아어만의 독특한 분위기를 만들어준다.

● 연상 형용어구 사용

이 방법은 일정한 관형사와 명사를 관례적으로 연결시키는 방법으로 의미, 이미지, 소리나 성격에 따라 연결고리를 찾는다. 대체적으로 두 문장성분 내에 의미적 관계를 바탕으로 한 음성적 표현으로 나타난다. 이러한 표현들은 주로 레기라울이 시작될 때 도입부에서 청중의 관심을 끌거나 노래의 전반적인 분위기와 내용을 설명해주는 데 중요한 역할을 한다.

| | |
|---|---|
| Perettar peenikene | 날씬한 주인집 아씨 |
| Vilets vaenelaps | 꾀죄죄한 고아 |
| Õrna õiekene | 상냥한 오누이 |
| Hele hääl | 밝은 소리 |
| Pika pllu | 광대한 들판 |

이 예들은 레기라울 가사에서 주로 나타나는 연상어구들을 모아놓은 것이다. 여기에 보이는 대로 주제어가 가지고 있는 가장 중요한 의미를

부각하기 위해서 의미적 연결고리와 음성적 연결고리를 동시에 지니고 있는 관형사를 사용하고 있으며, 창자의 의도와 관계없이 의례적으로 사용되기도 한다. 이는 레기라울의 가장 대표적인 표현법인 두운과 유음 반복을 총체적으로 사용한 예라고 할 수 있다.

'Peretüttar peenikene'의 예를 들어보면 행의 중심이 되는 '주인집 아씨(Peretüttar)'의 이미지와 가장 부합되며 음운반복의 효과도 줄 수 있는 '날씬하다(peenikene)'라는 단어를 선택한 것이다. 그러나 이런 표현은 단지 특정적인 노래 한 곡에서만 나타나는 것이 아니라, 행 내에서 주인집 아씨라는 표현이 등장할 때마다 의례적으로 사용되는 표현이다. Vilets vaenelaps의 예에서도 볼 수 있듯이 '고아 vaenelaps'라는 분위기와 가장 걸맞고 음악적 효과를 줄 수 있는 단어로서 '꾀죄죄하다(Vilets)'라는 단어를 선택하였고, 이 역시 레기라울의 창작자나 창자의 의도와는 큰 관계 없이 전통적으로 사용되는 표현이라고 볼 수 있다.

● 고의적인 어휘의 변용

완전한 형태의 레기라울이 19세기를 전후해서 사라지지 시작한 배경에서 볼 때 노래 가사에 사용되는 단어들은 대체적으로 18세기까지 사용되던 고어들이거나 에스토니아 각지의 방언이 대부분이므로, 현대 에스토니아와 비교해 볼 때 형태적으로도 여러 가지 차이를 많이 보이고 있다.

그러나 단지 시대적인 변천은 둘째치더라도, 일반적인 어휘를 문법이나 사용 용례에 맞지 않게 고의적으로 변용해서 사용하는 예도 많이 보이고 있다. 이런 변용된 어휘는 레기라울의 분위기를 더욱 독특하게 만들어주는 요소로서, 소리와 표현을 대조를 통한 방법 이외에 사용되는 필수적인 방법이다.

1) 에스토니아 동사 기본형 어미인 -ma의 변용

에스토니아어에서는 문장 중 행위의 목적이나 의도를 표현할 시에 -ma로 끝나는 동사원형을 그대로 사용한다. 그러나 레기라울에서는 그 형태를 의도적으로 변용하여 독특한 분위기를 만들어낸다.

> Oodin koju lastamaie.
> Õhtule aetumaie

일반적인 경우라면 Oodin koju lastama. htule aetuma와 같이 사용되나 레기라울에서는 이 어미를 고의적으로 -maie로 변화시킨다.

2) 도구나 수단을 의미하는 조사 -ga의 -lla 변용

에스토니아에서 도구나 수단을 표현할 때 사용되는 조사 -ga는 의도적으로 -lla로 변용되어 사용된다.

> Klla siis pildus kopikalla  마을에 코펙을 던져버렸다.

일반적인 경우라면 Klla siis pildus kopikaga의 형태로 사용된다.

3) 이동의 방향이나 목적지를 의미하는 조사 -sse의 변용

이동의 방향이나 목적지를 의미하는 조사 -ss는 -he나 -je로 변용된다.

> Viige see kana koduje  이 닭을 집으로 가져가오.

### 4) -des 어미의 변용

두 가지 동작이 동시에 일어남을 보여주는 -des 어미는 지역에 따라 (주로 남부 에스토니아에서) -sse로 변용되는 경우가 있다.

Võttades võttadessa, astudes astudessa
가져갈 때 가져가고 앉을 때 앉고

이 경우에는 일상어라면 동일한 형태의 두 단어가 같이 사용되어야 하나, 단조로움을 피하기 위해서 반복되는 단어의 형태를 변화시켰다.

### 5) 음운 첨가

음운을 첨가하여 경쾌함을 꾀하고자 하는 방식이다. 위에 경우들처럼 구체적인 의미적이고 문법적인 활용과 연관이 되어 있지는 않지만, 사용예의 몇 가지 경우화가 가능하다. 가장 기본적인 경우는 다음과 같다.

◆ 동사 내 -ta- 음절 앞에 s 음운을 첨가하는 경우
Mäletama(기억하다), liigatama(움직이다), vahetama(바꾸다) 등 동사 내 -ta- 음운이 있는 경우 mälestama, liigastama, vahestama로 나타난다.

◆ -ta-나 -da- 음운에 -ele-를 첨가하는 경우
Helistama(울리다), kukutama(떨어지다), õiendama(맞게 고치다)처럼 단어 내에 -ta-나 -da- 음운이 있을 경우 helistelema, kukutelema, õiendelema 등으로 변환시킨다. 이 경우에는 특히 일정

한 행동이 자주 반복되는 의미와 함께 경쾌한 분위기를 조성한다.

## 레기라울 전통율격과 내재적 표현의 근대문학 차용

에스토니아어를 비롯한 서부 핀우그르어의 언어적 특성을 담고 있는 레기라울의 표현들은 19세기 초 서양사조가 들어오면서 많은 변화가 생기기 시작했고, 그 결과 전형적인 레기라울의 모습은 많이 사라져 버렸다.

그러나 이러한 전통 민요율격과 레기라울의 정서적 표현은 근대 문학이 시작하면서도 여러 작가들에 의해서 아름다운 문학작품으로 재창조되었고 현대에 들어서는 벨료 토르미스 Veljo Tormis라는 현대작곡가를 통해서 재해석되어 전 세계적으로 알려지기 시작했다.

이 장에서는 위에서 제시한 대구와 반복, 어미 변용 등 전통적인 작시 구조를 차용하여 창작활동을 한 시인들과 레기라울의 형태가 구체적으로 어떤 방식으로 활용되었는지를 논해보고자 한다.

염두에 두어야 할 것은 이 장에서 소개될 미흐켈 베스케와 아도 레인발드의 활동시기는 유럽의 전반적인 상황에서 볼 때 자민족 문화에 대한 관심이 증가하고 민족의식을 고취시키는 작품들이 많이 등장하던 낭만주의 시대와 맞물려 있고 에스토니아 역시 리디아 코이둘라 Lydia Koidula(1843~1886) 등을 필두로 하여 민족주의적 작품이 다수 등장하던 시기였으나, 엄밀한 의미에서 그들은 에스토니아 낭만주의의 대표적인 작가들로 분류되지는 않는다. 에스토니아에서의 낭만주의 문학이란 수 세기 동안 에스토니아에서 막대한 세력을 누렸던 독일문학과 밀접하게 연관되어 있기 때문이다. 그러므로 그 당시에 에스토니아 낭만주의 문학을 이끌었던 여러 민족시인들도 후세 학자들에 의해서 독일문학의 궤도에서 크게 벗어나지 못했다는 비판을 들어야 했다.

반면 이 두 작가들은 그런 낭만주의의 분위기를 그대로 답습하지 않고, 진정한 에스토니아 문학의 확립을 위해 고민했던 장본인들로, 동시대 유럽 타지역에서 불고 있던 낭만주의 문학의 특성과는 상당히 차별화된 모습을 보이고 있다. 그들에게 레기라울은 유럽의 낭만주의와 차별화된 에스토니아만의 고유한 문학적 표현을 이끌어내는 데 중요한 원동력이 되어주었다.

### 미흐켈 베스케 Mihkel Veske(1843~1890)

미흐켈 베스케와 동시대에 살았던 작가이자 비평가인 유한 쿤데르 Juhan Kunder는 베스케를 두고 고대민요와 현대 예술시(詩) 간의 연결고리를 창조한 이라고 평했다. 그리고 에스토니아의 대표적인 비평가 중 하나인 요한네스 카우프 Johannes Kaup는, 그는 에스토니아 언어 연구의 선구자이며 조국을 위해서 횃불을 치켜든 이라고 평해 그가 에스토니아 현대 문화사에서 크나큰 업적을 남겼음을 역설했다. 그리고 카우프의 평에서 보듯 단지 문학에서만이 아닌 다양한 분야에서 업적을 남겼다.

그는 에스토니아의 대표적인 민족시인인 리디아 코이둘라가 민족의식을 고취시키던 작품을 정력적으로 배출해내던 당시 활동을 한 이로서 에스토니아 문학사 전체에서 가장 뛰어난 시인 중 한 명이다. 그의 시어는 애국적 이미지로 가득하지만, 그가 표현하는 조국의 모습에서는 레기라울 가사에 나오는 평화로운 애수가 자주 드러난다. 그는 레기라울을 창작하던 에스토니아 농노들의 생활을 보여주는 노동과 생활의 어려움을 나타내는 단어를 시어로 자주 사용하곤 했고, 그것은 시인의 어린 시절의 기억이 많은 영향을 미쳤다.

베스케는 에스토니아 중부 빌랸디의 소작농 집안에서 태어났고 그도 직접 농사일에 종사하곤 했다. 그런 어려운 상황에서 그는 힘겹게 학교를 마칠 수 있었다. 베스케의 미래를 열어준 한센 선생과의 만남은 그의 학구열을 잘 말해주는 일화이다. 베스케가 장래의 선생이 될 한센 집에 찾아갔을 때, 그의 하녀가 베스케에게 집에 불을 지펴주면 빵을 주겠다고 제안을 했고, 그 후 한센이 방에 들어갔을 때 자신의 책을 꺼내 몰래 읽고 있던 꼬마 베스케를 발견한 일화는 아주 유명하다.

그는 한센의 제안대로 선교사가 되기 위해 공부를 했으나 신문 구독이 금지되고 괴테와 실러를 범죄자로 치부하는 등의 분위기에 환멸을 느껴 신학의 길을 버리고 1870년대에는 에스토니아 민요 수집과 연구에 전념했다. 그가 헝가리와 러시아에서 공부하던 시절, 그는 자신이 수집한 민요를 바탕으로 해서 에스토니아 민요의 규칙성을 처음으로 발견해 정리했다.

에스토니아에 돌아온 그는 에스토니아 문화의 기틀을 세운 에스토니아 지식인협회의 회원으로 활동하면서 레기라울에 있는 고어적 형태의 어휘를 정리하여 연구해서 「에스토니아 민요에 나타나는 어구형태에 대한 고찰 Zur Erklärung einer Verbalformen in den estnischen Volkliedern」 등 다양한 논문을 발표했다. 그리하여 그의 연구 업적은 당시는 구시대의 유물로 여겨졌던 가치를 최초로 심오하고 학술적으로 연구한 결과라는 찬사를 받고 있다.

여기서 보듯 베스케의 인생은 전반적으로 레기라울과 연관되어 있었다. 그는 농촌에서 어린 시절을 보냈고 말년에는 민요를 수집 연구하는 데 정진했다. 그러므로 레기라울의 전통적 율격과 표현은 그의 작품에 엄청난 영향을 끼쳤다. 에스토니아 전통 민요에 존재하는 약간은 암울하고 사회비판적인 요소와 함께 조국 사랑과 자유에 대한 이미지는 그의 시에서 가장 중요한 모티브가 되고 있다.

「Mine sinna, kus sa tahad 가고 싶은 데로 너는 가라」 부분

Mine sinna, kus sa tahad,       가고 싶은 데로 너는 가라.
mina jään marjamaale,          난 여기 목초지에 남으리.
lehkavasse lepikusse,          이 냄새 나는 오리나무 숲에
kahiseva kassikusse            바스락거리는 자작나무 숲에(후략)

위의 예시에서 보는 바대로 이 구절에서는 레기라울에서 사용된 전통된 율격과 표현 방식이 그대로 드러나 있다. 그리고 가사의 내용과 분위기는, 저자를 알 수 없는 전형적인 레기라울이라고 보아도 될 정도로 그와 흡사하다. 이 시에 대해서 카우프는 민속 문화에 접근한 전형적인 에스토니아니즘과 친밀함은 그 누구도 따라하지 못한다는 평을 내리기도 했다.

그는 민속학 분야에서도 여러 가지 성과를 남겼다. 그는 시를 창작하면서 단순히 전통민요의 율격만 사용한 것이 아니라 이전 레기라울에 등장하는 사회적 관점의 표현들 역시 거침없이 차용하고 있다. 그리하여 과거 독일인들의 학정을 받으며 신음하던 민중들의 심정과 정서가 그대로 담겨 에스토니아의 전통 민중 정서를 시로 형상화한 장본인이라고 할 수 있다. 그런 배경에서 그의 시는 단순히 에스토니아인들에게 친숙한 율격만이 아닌 정서적 접근으로 에스토니아 민중들의 관심을 사로잡을 수 있었던 것이다.

추가적으로 말해 그의 시에는 그가 성장하기도 했던, 에스토니아

레기라울 속에 등장하는 전통농가의 모습이 낭만적으로 묘사되어 있고, 풍차, 초원, 그네 등 전통시어 역시 효과적으로 사용되어 정통 레기라울의 형식을 성공적으로 차용하는 데 성공했다.

그의 대표적인 시 「나, 가난한 미망인」에 나타난 레기라울의 차용방식을 분석하면 다음과 같다.

「Mina vaene lesknaine 나 가난한 미망인」

| | |
|---|---|
| Mina vaene leskenaine | (음운반복, 연상형용어구)나, 가난한 미망인 |
| Ära mind mu toast aeti, | (음운반복) 방에서 쫓김을 당한 나 |
| Toa seesta, toa seesta, | 나의 방에서, 나의 방에서 |
| Väravasta, vainulta | (음운반복, 연상형용어구. 대구법) 우리집 대문에서, 우리 마을에서 |
| | |
| Minda vaene leskenaine | (음운반복, 연상형용어구)이토록 나는 가난한 미망인 |
| Kui see väli aiata, | 마치 양들을 몰아넣은 |
| Kus kõik lambad sisse laosid | (음운반복)양떼들이 뿔뿔이 흩어진 |
| kari sisse kalluteleb, | (음운반복)울타리 없는 들판인양 |
| | |
| Nõnda halba orjakene | 이토록 나는 서투른 일꾼 |
| Kui see tuba katuseta: | (음운반복)지붕 없는 방처럼 |
| Vihmad peale vibuvad | (연상형용어구)소나기가 끝나도 비가 내리는데 |

sajud peale sajavad            (연상형용어구와 대구법) 눈보라가
끝나도 눈이 내리는데

이 시는 연 전체가 대구법으로 연결되어 있으며 각 행은 다양한 비슷한
음운을 반복시킴으로써 경쾌한 효과를 주는 음운의 반복 기법과 함께
연상형용어구(vaene lesknaine 가난한 미망인)를 사용하여 레기라울
의 분위기를 증폭시켰다. 그러나 이전 레기라울에서는 잘 사용되지
않는 각운을 사용함으로써 당시 에스토니아 문학사조에 불어 닥친 서유
럽 시 구조의 영향을 잘 보여주고 있다.

이 시에는 레기라울의 화자로 자주 등장하는 미망인과 고아들의 생활
이 전통적인 표현법을 통해서 잘 표현되어 전통적인 시들과의 동질성을
그대로 유지하고 있다. 이런 이유로 동시대에 살았던 에스토니아의
대표적인 민족시인 코이둘라와 더불어 에스토니아 문학사의 한 획을
그은 장본인으로 추앙받고 있는 것이다.

### 아도 레인발드 Ado Reinvald(1847~1922)

레인발드는 베스케와 비교될 만한 천재시인 중 하나로, 어린 시절에
대한 동경과 조국에 대한 사랑이 가득 찬 전통 율격에 근거한 민요시를
많이 창작했다.

그의 이름에는 언제나 '농민작가'라는 수식어가 붙는다. 베스케처럼
그 역시 빌랸디의 농가에서 소작농의 아들로 태어났지만 교육의 기회는
거의 부여받지 못했다. 단지 5개월 정도 학교에 다닌 것을 제외하고는
전적으로 가정교육에 의지해야만 했다. 그의 가정교육을 담당했던 어머
니와 이모는 문학적 재능이 뛰어났던 것으로 알려져 있고, 레인발드의
문학적 재능을 계발하는 데 중요한 역할을 했다는 평이다. 아버지 사후

레인발드는 가정경제를 이끌고 가야 한다는 부담감 때문에 전문적인 교육을 받지는 못했지만, 시에 대한 열정을 없앨 수는 없었다. 레인발드는 후에 기자활동을 시작하면서 사회개혁과 정치참여에 관심을 갖기도 했다.

그런 사회참여 덕분에 레인발드는 당시 에스토니아 문학계를 이끌어 간 크로이츠발드, 코이둘라, 야콥손 같은 문학인들과 친분을 유지했고, 그들로부터 직접 작시법을 사사받기도 했으며, 베스케, 쿤데르, 아담손 등 문학비평가 및 시인들과도 친분이 있었다.

레인발드 작품의 가장 중요한 특성은 바로 민족주의라고 볼 수 있다. 그의 태생적인 환경에서 볼 때 농민들의 생활에 대한 애정을 거부할 수가 없었으므로, 애국적 분위기는 그의 작품 활동 초반에서부터 자주 나타난다. 그래서 코이둘라 시에서 보이는 조국에 대한 칭송과 에스토니아의 자연, 민족에 대한 찬양이 주요한 주제로 나타나지만, 그와 함께 노예생활을 하던 민중들의 슬픈 현실 역시 자주 등장한다. 그의 독특한 시세계를 표현하기 위해서 레기라울의 운율은 그에게 필수적인 작시 수단이었으며, 단순한 음운반복이나 연상형용어구들을 자주 사용했던 베스케에 비해 그는 좀 더 복잡하고 다양화된 방식을 통해서 레기라울의 운율을 재현하고 있다.

「Õhtul 저녁에」 일부

| | |
|---|---|
| Lahkelt lapsi lahkumaie | (음운반복과 어휘변용)저녁시간이 |
| kutsub htu kelluke, | (음운반복)부드럽게 아이들을 부른다. |
| päeva vaevast puhkamaie | (음운반복, 어휘변용, 연상어구사용) 하루의 고단함에서 쉬라고 |

Une pehme rahule     (후략)잠의 포근한 안식으로 가라고

　이 시에서는 이전 베스케 시에서처럼 비슷한 음운이 반복되어 단조로움을 피하는 효과를 주지만, 동사의 어미를 고의적으로 변용시키는 기법도 사용되어 전통적인 레기라울을 듣는 듯한 분위기를 연출한다. 그리고 노동요에서 자주 등장하는 고된 노동에서의 해방과 수면이라는 바엡의 주제를 표현하고 있으므로 레기라울의 전통 율격은 이 시에서 아주 필수적인 기법이 되어준다.

　그래서 레인발드의 시는 전반적으로, 과거 에스토니아가 겪어야했던 농노생활의 아픔을 떠올림과 동시에 에스토니아 언어와 고대사, 조국의 풍광을 찬미하면서, 민중들의 맞이할 더 나은 미래와 인권의 향상을 사실적으로 표현을 사용해 노래하고 있다.

　에스토니아의 대표적인 비평가인 투글라스는 그의 시를 이렇게 평가한다.

　　레인발드는 민족계몽의 초기 기를 생존한 마지막 모히칸 같은 인물로, 그의 개인적인 투쟁을 현세대에 전달하기 위해서 그의 차세대 경쟁자들보다 더 오래 살아남은 결과 그다음 세대가 그의 투쟁을 받아들였다.


## 칼레비포에그(Kalevipoeg)

　칼레비포에그는 에스토니아들이 가장 추앙하는 영웅대서사로서, 에스토니아 민족의 기틀을 이룬 민족의 아버지 칼렙의 사후 조국을 이끌어

간 칼레비포에그의 탄생과 죽음을 그린 작품이다. 이 작품은 의사였던 프리드리히 로베르트 펠만 Friedrich Robert Fählmann이 에스토니아 전역에 흩어져 있던 관련 민요들을 수집 연구하면서 창작을 시도했으나 병으로 작품을 완성하지 못하고 세상을 떠나자 그의 동료였던 프리드리히 레인홀드 크로이츠발트 Friedrich Reinhold Kreutzwald가 1853년 완성한 작품이다. 그보다 먼저 세상에 나온 핀란드의 「칼레발라」의 성공에 큰 영향을 받은 것으로 알려져 있으며, 서양의 사조가 급속도로 유입되고 민족개화기가 시작되던 당시 에스토니아인들의 민족의식과 독립의지 고취에 중대한 영향을 미친 작품이다.

칼레비포에그의 탄생에 영향을 준 두 장본인은 1802년 다시 개교한 타르투 대학교에서 같이 학창시절을 보냈으며, 모두 의학을 전공했으나 에스토니아 민속자료 수집과 연구에 평생을 보냈다. 1835년 핀란드에서 칼레발라가 발간되어 큰 성공을 거둔 직후인 1839년, 펠만의 제창으로 창설된 에스토니아 학회(에스토니아어 Õpetatud Eesti Selts, 영어 Learned Estonian Society)에서 에스토니아 민족서사시의 정리작업 이 본격적으로 시작되었다.

에스토니아 남부를 중심으로 전 지역에서 구전되어오는 칼레비포에 그에 관한 설화와 전설을 기본으로 한 이 작품은 1853년 초판이 나왔을 당시에는 14,152행이었으나 1855년에는 19,087행으로 구성된 확장판 이 다시 모습을 드러냈다.

그 이후로 에스토니아의 민족의식 정립과 독립의지를 고취시키는 데 중요한 역할을 했지만, 이 작품이 정통성 있는 민속자료에 얼마나 의지하였는지에 대해서는 여전히 논쟁이 많다. 이 작품에 등장하는 내용들 중 대부분이 펠만의 개인적인 기억에서 나온 내용들이 많다는 것이 그 중요한 이유이다. 크로이츠발트가 완성한 작품 중 3분의 1

정도가 펠만이 수집한 자료들에서 나온 것이고, 그리고 나머지 부분들은 크로이츠발트 자신과 동료들의 작업에 의해서 완성된 것으로 알려져 있다. 그러므로 현재로서는 통상적으로 전체 내용 중 4분의 3 정도가 에스토니아의 정통민속자료에서 차용된 것이며, 나머지는 크로이츠발트의 개인적인 창작물이거나 핀란드의 민속자료를 참고한 것으로 알려져 있다. 그런 이유로 이 작품은 많은 학자들에 의해서 '허구민속 Fakelore'으로 분류되기도 하지만, 크로이츠발트가 전통적인 레기라울의 분위기와 표현법을 십분 살려 에스토니아의 최고 고전을 탄생시켰다는 데에는 아무도 이의를 제기하지 않는다. 이 작품을 기점으로 하여, 에스토니아인들도 자신들의 문학이 유럽 문학의 대열에 당당히 참여할 수 있다는 자신감을 얻게 되었고, 수백 년 동안 타민족의 학대 아래서 고통당하던 이 연약한 민족에 대한 관심이 유럽 전체로 확장되어 에스토니아의 독립에 큰 이바지를 하였다.

이 작품에서 엄청난 거인으로 묘사되는 칼레비포에그는 아버지의 죽음 이후 그가 구축해 놓은 에스토니아 민족의 기틀을 완성하기 위해 곳곳에 성과 도시를 건설하고 외적의 침입으로부터 민족을 보호하지만 마녀의 저주를 받아 다리가 잘린 채로 지옥의 문을 지키는 문지기가 되는 비극적인 결말을 맞는 것이 전반적인 내용이다. 그러나 다른 국가의 영웅시와는 달리, 신들의 이야기에 초점이 맞추어져 있지 않고, 그가 살아생전 도시를 건설하기 위해서 해야 했던 노동의 현실, 즉 바엡의 묘사가 중심적으로 나타나있다. 그러므로 칼레비포에그는 지극히 인간적인 성격을 가지고 있어, 때로는 아주 변덕스럽고 자기 중심적인 태도를 보이기도 한다. 그는 누군가의 충고를 받지 못하면 결정을 내리지 못할 정도로 우유부단하기까지 하다. 그것은 레기라울에 등장하는 농노들의 기질을 그대로 이어받고 있다.

그러한 칼레비포엑의 기질을 잘 대변해 주는 것은 바로 그의 잠에 대한 집착이다. 총 20부로 구성되어 있는 이 작품에서 그가 잠을 자는 대목은 한 장(章)에서 서너 번 반복될 만큼 자주 등장한다.

그 중 한 대목의 예를 들어보면 작품 중 레기라울의 율격이 어떻게 나타나는지 쉽게 알아볼 수 있다.

| | |
|---|---|
| Kalevite väsinud poega, | 칼레비 가문의 아들은 피곤하다. |
| kui ta joadest mööda käinud, | 그가 강들을 많이 건너왔기 때문이다. |
| võttis vimu väsimusel, | 피곤함이 온몸에 밀려오고 |
| keharammu kurnatusel | 곤비함이 곤비한 몸을 안는다. |
| puhkepaika künka peale, | 야산 위에 쉴 자리를 잡아 |
| heitis maha magamaie, | 눈을 붙이러 자리에 눕는다. |
| liigu umbust lahutama, | 온몸을 뻗어 기지개를 켠다. |
| paksu peada parandama | 무거워진 머리를 쉬게 하러 |
| tuska meelest tuulutama. | 지친 마음을 달래려고 |

베스케와 레인발드의 시에서 보이는 것처럼 이곳 역시 매 행마다 독특한 음운반복과 연상어구를 사용함으로써 전반적인 단조로움을 피했고, 레기라울의 특징적인 장단음절의 반복이 나타난다.

특히 잠에 대한 애착을 표현하는 대목은 기존 레기라울에서도 자주 등장하는 표현으로, 오랜 세월 동안 학정을 받아온 에스토니아 농노들의 삶을 잘 대변해주고 있는 것이다.

이런 레기라울의 분위기와 율격구조는 19세기 말에서 20세기 초에 이르는 기간에는 활발하게 차용이 되었으나 20세기에 완전히 들어서자 서유럽 문학사조의 유입과 기존의 문학양식에 많은 변화가 생기면서 점차 사라지기 시작해서 현재로는 많이 찾아볼 수 없는 상태이다.

그러나 레기라울의 율격구조는 작시에서뿐 아니라 다양한 문화장르에서 차용되기 시작했는데, 가장 대표적인 분야가 바로 음악계이다. 에스토니아 태생의 벨로 토르미스는 에스토니아 전통 율격이 그대로 살아 있는 음악을 발표하여 세계적인 명성을 얻었으며 레기라울의 현대화를 꾀하는 장본인으로 많은 사랑을 받고 있다. 그는 1960년대와 1970년대에 집중적으로 레기라울을 차용한 곡들을 많이 작곡했다. 그의 작업에는 에스토니아 민요 수집과 연구계에서 최고 전문가로 인정받는 윌로 테드레가 참여하여 전문성을 더욱 넓혔으며, 레기라울의 율격을 근거로 한 합창곡을 주로 창작하여, 자칫하면 잊혀질 위기에 처해 있던 레기라울의 현대화에 결정적인 계기를 마련하였다. 토르미스는 그의 작품에 대해 자신이 에스토니아의 민속음악을 이용하는 것이 아니라, 에스토니아의 민속음악이 그를 이용하고 있다는 유명한 말을 남겨 화제가 되었다. 특히 1980년에 세상에 나온 발레-칸타타 '에스토니아 발라드'는 윌로 테드레가 수집한 민요를 중심으로 한 작품으로, 에스토니아 오페라단과 교향악단의 연주로 대성공을 거둔 바 있다.

하지만 엄밀한 의미에서 그의 작품을 제외하고는 문학과 민속문화에서 점차 자취를 감추어 현재는 서부 키흐누 섬이나 동남부 러시아와의 국경지대인 세투족 거주지 등에서만 겨우 명맥을 유지하고 있는 상태이다. 육지와 떨어져 원형을 비교적 그대로 유지한 채 전수해오고 있는 키후느 섬의 전통민요는 유네스코의 세계무형문화재로 지정하고자 시도되는 만큼 그 가치가 아주 크며, 한동안 에스토니아의 변방으로 취급당하던 세투 민족들은 그들만의 고유언어와 전통적인 율격을 바탕으로 하여 뮤지컬과 영화 등을 제작하면서 점차 주류권으로 진입하고 있는 중이다.

에스토니아 문학박물관과 타르투 대학교 비교민속학과의 활동을 통해 수집 분석된 레기라울의 수도 점차 늘어나고 있으며, 다양한 재능을 가진 새 세대 예술가들에 의해서 새롭게 해석되어 무대에 오르는 경우도 점차 늘어나고 있다.

레기라울은 구조적으로 볼 때 핀우구르어의 한 갈래인 에스토니아의 언어구조에 가장 적당한 형태를 보이고 있으며, 에스토니아인들의 일반적인 담화의 형태와 아주 흡사한 율격은 과거의 핍박과 애환을 외부에 전달해 주는 대변자로서의 기능을 수행하는 데 큰 역할을 하였다.

## 4.4. 리투아니아 목공예의 상징체계

대부분의 한국인들이 잘 모르는 나라인 리투아니아의 명성을 세계적으로 높여주고 있는 여러 국가브랜드들 중 하나는 바로 연극이다. 밀티니스 Miltinys와 투미나스 Tuminas의 독특한 방식의 연출방식으로 알려지기 시작한 리투아니아 연극은, 현재 오스카라스 코르슈노바스 Oskaras Koršunovas, 네크로슈스 Nekrošius 등 여러 젊은 세대의 감독들이 그 바통을 이어받아 꾸준히 그 명성을 이어 내려오고 있다.

리투아니아 연극의 가장 큰 특징이라면, 지금까지 알려져 있던 여러 고전들을 뒤집어보고 비틀어보는 듯한, 우리가 이해하지 못할 행동과 신비로운 어휘로 가득한 독특한 분위기라고 할 수 있다. 셰익스피어처럼, 정상적인 교육을 받은 사람이라면 적어도 이름은 들어보았을 정도의 고전도 리투아니아 연출가들의 손에 들어가면 그들이 가지고 있는 독특한 상상력과 창조력에 의해서 전혀 새로운 작품으로 거듭난다. 그들은 연극 중간에 극중 내용과 아무 상관없는 도구를 들고 나오거나 이해하지 못할 행동으로 관객들의 정신을 나가게 하고, 무용을 연 복잡한 동작 등이 이어져 독자들은 이해에 난해함을 느끼기 마련이다. 그것은 감독과 배우들만이 이해할 수 있는, 연극 속에 부여된 독특한 의미가 만들어내는 것으로, 그 신비로운 세계는 관객들에게 묘한 매력을 던져주고 있다.

리투아니아 연극계의 대가 오스카라스 코르슈노바스는 리투아니아 연극이 가지고 있는 상징에 대해서 이렇게 말한다.

위에서 펼쳐지는 장면들이 꼭 바로 이해할 만한 것일 필요는 없다. 관중들에게 강한 인상과 상징을 전달하고 작품이 끝난 뒤에 관중들이 그것을 고민할 시간을 주자는 것이다. 현대예술의 특성은 다양한 현상의 공존이라고 본다. 이 세상은 한 가지 현상만 존재하는 공간이 아니다.

관객들은 리투아니아 연극을 보고 나면 무대에서 배우들의 대사를 통해서 전달받은 내용 이외에 그들이 보지 못한 무언가가 있었다는 사실을 깨닫고 집에 돌아간다. 그것은 단순히 웃고 즐긴 후 무대를 떠나면 잊혀지는 공연보다 훨씬 기억에 오래 남는다. 무대에는 배우들의 연기와 대사 전달이라는 현상 외에도 또 다른 알 수 없는 것이 동시에 존재한다. 다시 말해 무대를 세상과 비교하자면, 우리는 그 세상 속에서 표면적으로 보고 듣는 것과는 별도로 그 속에 숨어 있는 현상을 인식하게 된다. 예술가들은 그 숨어 있는 현상의 공간을 사용해서 밖으로 함부로 드러내지 못하는 심정을 표현하거나 새로운 의미를 주입시킨다. 우리는 그런 것을 상징이라고 부른다.

상징이란 예술가들의 창조성과 작품활동이 있는 한 세계 어느 나라에서도 나타나는 모습이지만, 리투아니아 문화에서 그 상징은 현재까지 많은 영향을 주며 여전히 사람들 생활 전반에 깊숙이 남아 있다. 리투아니아 연극의 독특한 분위기 역시 이런 상징을 즐겨 사용하는 리투아니아 문화적 전통에서 근거한 것이라고 볼 수 있다. 상징의 사용은 어느 한 지역에 두드러진 현상은 아니지만, 다른 나라에서는 이미 오래전에 사라져버린 상징의 세계들이 리투아니아에서는 여전히 남아서 잊혀진 고대의 문명을 현대인들에게 잘 보여주고 있다. 그 상징 범위는 그 민족이 속해 있는 동유럽을 넘어서, 고대 인도와 고대 로마신화에까지 이른다. 리투아니아 문화 속에 잔존하는 상징체계는 이미 오래전부터 세계 여러 나라 학자들의 관심의 대상이 되었다.

그러한 상징체계를 가장 잘 보여주는 것은, 바로 리투아니아에서 내려오는 전통나무공예라고 할 수 있겠다. 산업화가 진행되기 전 우리나라에는 마을 입구마다 성황당이나 장승이 세워져 있었다면, 리투아니아에는 여러 아름다운 상징으로 장식된 십자가들이 그 자리에 세워져 있곤 했다. 19세기 초에는 수십, 수백 미터마다 한 개씩 세워져 있을 정도로 많아, 리투아니아는 십자가의 땅이라 불렸다. 현재 그 모습을 많이 볼 수는 없지만, 여전히 리투아니아의 대표적인 이미지를 만들어주는 중요한 요소이다.

이 십자가들이 만들어내는 분위기는 리투아니아의 연극과 아주 비슷하다. 우리가 익히 잘 알고 있는 셰익스피어에 이해하지 못한 여러 상징들이 대롱대롱 매달려 관객들에게 혼동을 주듯이, 인류가 지금까지 익숙해져 있던 십자가에 우리가 알지 못하는 세계에서 온 듯한 상징물이 첨부되어 그와 비슷한 분위기를 연출한다. 오스카라스의 말대로, 그 상징들은 사람들로 하여금 리투아니아 문화와 예술에 대해 더 고민하게 만드는 숙제를 던져준다.

클리포트 거츠 Clifford Geertz에 의하면, 상징이란 표현된 이미지의 조정자이며 주체-객체 간 관계를 조절한다. 이런 해석을 통해서 상징들은 담화로 나타나는 내용요소와 양식적 요소 간 관계를 조절하기도 한다. 상징의 작용으로 인해 예술가의 의해 표현된 이미지가 다르게 이해되기도 하고, 그 표현을 위해서 차용된 대상의 내용과 외형 양식 역시 과감한 변화를 주는 것이 가능하다. 리투아니아의 젊은 연출가들이 표현해내고자 하는 상징적 체계에 따라 베로나의 줄리엣은 빌뉴스의 피자집에서 일을 하게 되기도 하고, 신비로운 '한여름 밤의 꿈'의 무대는 하얀 판자들만이 늘어선 외형적 변화를 겪게 된다.

리투아니아의 목공예 역시 이처럼 유럽 문화의 주류문화를 답습하기에 머무르지 않고 리투아니아 장인들이 표현하고자 하는 상징에 따라 그 내용과 외형적 요소를 과감히 조절해왔다. 그래서 외형적 요소만으로는 그것이 어떤 모습인지 잘 알 수 없을 수도 있다. 그러나 빌뉴스의 피자집을 분석해 보면 줄리엣이 살던 베로나의 저택을 발견해낼 수 있듯이, 상징적인 모습으로 외형적 변화 속에 감추어진 실모습을 찾아내는 것 역시 가능하다. 그렇지만 이것은 로미오와 줄리엣의 원래 모습이 아직까지 남아 있기에 그 원형을 이해하기가 가능한 것이지, 원형은 사라져 버린 채 빌뉴스의 피자집만이 이 지구상에 남아 있다면 이야기는 사뭇 달라진다.

리투아니아의 목공예는 한마디로 이탈리아의 베로나가 사라진 빌뉴스의 피자집과 같다. 리투아니아 장인들만이 가지고 있던, 그 능력에 의해서 다른 주류 문화권에서는 이미 사라져 버린 상징체계들이 리투아니아 예술 속에는 여전히 다른 모습으로 살아남아 있고 현대에도 많은 영향을 미치고 있다. 유네스코는 리투아니아 목공예 속에 담긴 상징성을 높이 평가하여, 목공예 중 대표적인 분야인 십자가 공예를 2001년 세계문화유산 목록에 등재하기에 이르렀다. 리투아니아 목공예의 상징성이 세계적으로 높이 평가받고 있음을 여실히 증명해주는 쾌거라고 할 수 있다.

이 연구를 위해 인터뷰한 인물들은 리투아니아 민속문화연구소(Lietuvos liaudies kultūros centras)가 추천해주었던 장인들로 리투아니아 각 지방을 대표하여 작품활동을 해오는 분들이었다. 대부분 미술에 대한 전문적은 교육은 받지 않았지만 대대로 이어오는 민속적 DNA에 남아 있는 선조들의 지혜와 개인적 상상력을 활용하여 국내외적으로 리투아니아의 민속공예를 이끌어가는 분들로 알려져 있다.

그분들을 처음으로 만난 게 벌써 10년이 넘었으니, 벌써 세상을 하직하여 리투아니아 조상들의 품으로 돌아가신 분들도 계신다는 소식도 들려온다. 아직 감사의 말씀도 드리지 못했는데.


## 리투아니아 목공예의 분류와 기능

약 6만 평방킬로미터에 이르는 리투아니아의 면적 중에서 나무들이 울창한 숲은 총면적의 3분의 1 정도를 차지한다. 도시를 벗어나면 금방 숲이 울창할 숲이 나타날 정도로, 숲은 리투아니아의 자연경관의 중요한 요소가 되고 해외 수출에 혁혁한 공을 세우기도 하지만, 빛이 들어오지 않을 정도의 울창함과 그 신비로움으로 인해 과거에는 숭배의 대상이 되는 등 문화적 차원에서도 중요한 역할을 해왔다.

기독교가 들어오기 이전, 마을마다 사람들이 함부로 들어가지 못하는 성스러운 숲이 있어서 경외시해왔다는 기록이 현재까지 남아 있다. 성스러운 숲은 리투아니아인들의 신성을 가장 잘 대표하는 것이었고, 그 민족정신을 뿌리 뽑기 위해 리투아니아를 기독교화한 폴란드인들은 성스러운 숲을 없애는 것부터 시작했다.

리투아니아의 대표적인 문학작품들 속에서 나타나는 중세시절 리투아니아인들의 생활은 숲과 밀접하게 묘사되어 있고, 숲에서 활동하는 전사들은 독일 기사단의 동방진출을 막았을 정도로 명성이 높았다. 산업화 전에는 더 넓은 비율을 차지했던 숲은 여전히 그 울창함을 자랑하여, 숲을 배경으로 하는 영화를 찍기 위해 세계 유명 영화배우들이 방문하는 주요 촬영지가 되기도 한다. 그러므로 나무를 사용하는 공예기술이 발달하게 된 것은 어찌 보면 아주 당연하다. 자연적 환경이 비슷한 폴란드, 라트비아와 에스토니아와 비교해 보아도 그 공예기술은 아주 독특하고 색다르다.

리투아니아의 나무공예는 크게 일반조각, 단순십자가조각, 십자가 조형물조각 이렇게 3부분으로 크게 나뉠 수 있다. 그 중 유네스코에 의해서 세계무형문화유산으로 지정된 분야는 십자가와 관련된 분야이지만, 이 글에서는 십자가 외에 일반조각 역시 내용으로 다루고자 한다.

일반조각은, 인물조각이나 장식용 조각을 말한다. 리투아니아에는 가톨릭 전통이 강하므로 인물조각에 있어서는 성경의 내용을 근거로 한 성인들의 조각이 많고, 그 외 리투아니아의 전설이나 민담의 주인공이 되는 악마나 동물들 역시 조각에 자주 등장하는 모티브이다. 그 외 물레실이나 주방용품, 가정용품, 장난감 등의 다양한 생활용품들도 즐겨 조각을 하고 있으나, 단순한 생활용품의 장식의 경우에도 고대의 사상을 전하는 상징은 그대로 사용되고 있다.

인물조각에 있어서 아주 특징적인 것은, 바로 성인들의 조각인데, 못 박혀 죽은 예수의 상(nukryžiuotasis)이나 죽은 예수를 끌어안고 슬퍼하는 피에타(Pieta), 유럽의 전통에서 근거한 용과 싸우는 성 유르기스(Šv. Jurgis 그림 6), 베드로, 플로리아나스(Florianas), 이지도류스(Izidorius) 등이 역시 자주 등장하는 소재이다.

그러나 리투아니아 인물조각에서 가장 특징적인 작품은 바로 '고뇌하는 이'이다. 고뇌하는 이는 리투아니아어로 '루핀토옐리스 Rupintojėlis'로 불리는데, 그 어원은 '염려하다, 걱정하다'를 의미하는 동사 rupinti와 동사를 명사로 만들어 '- 하는 사람'이라는 의미를 부여해주는 -jas

어미가 지소(指小) 접미사인 -ėlis라는 어미의 영향으로 변화한 형태이다. 그러므로 우리말로 직역하자면 '고뇌하는 작은 이'이다. 고뇌하는 이는 가시관을 쓰고 홍포를 입고 있거나 반나체가 되어 팔에 고개를 괴고 옆으로 숙이고 있는, 십자가의 못 박히기 전 예수를 표현한 조각상이다. 이름 자체에는 예수를 지칭하는 요소가 전혀 나타나고 있지 않으나, 조각의 형태로 인해 예수와 연관 짓는 것이 보통이다. 이 조각의 기원에 관해서는 여러 가지 학설이 분분하지만, 가장 일반적으로 알려져 있는 것은 독일의 전통에서 기원하였다는 설이다. 독일에서 기원한 이 조각이 폴란드를 거쳐 리투아니아에 이르게 되었고, 정작 독일에서는 거의 자취를 감추어버리고 말았다는 설이다.

일반십자가 공예는 우리나라의 장승이나 솟대처럼 마을 입구에 세워져 있거나, 산업화가 진행되기 전에는 비석 대신 공동묘지에 세우기도 하던 것으로, 길이가 1미터 이상으로 비교적 높다. 일반적으로 십자가 아래 길고 곧은 기둥을 세우고, 맨 꼭대기에 있는 십자가 주변에 태양이나 달, 새 등 전통적으로 사용되는 상징들로 화려하게 장식한 것이 특징이다. 지역적인 성격에 따라 그 장식은 많이 차이가 나며, 북서쪽에 위치한 제마이티야(Žemaitija)로 갈수록 그 장식이 더욱 화려해지고, 남동쪽으로 갈수록 더 소박해지는 대신, 벨라루시와 국경을 접하고 있는 주키아(Dzūkija)에서는 십자가 양면에 작은 팔걸이 형태의 나무 조각이 덧대어지는 등의 특징이 나타난다.

〈그림 1〉 고뇌하는 이(루핀토옐리스)

〈그림 2〉 스토가스툴피스

〈그림 3〉 코플리텔례

〈그림 4〉 코플리트스툴피스

〈그림 5〉 십자가 　　　　　　　〈그림 6〉 성 유르기스

스토가스툴피스(Stogastulpis)는 그 일반십자가가 확장되어 십자가 위에 지붕이 덧대어지거나 성인의 조각이 들어 있는 조그마한 조형물이 첨가되어 있는 구조로, 일반십자가 공예와 구조상으로는 큰 차이가 없다. 십자가 조형물은 작은 예배당이라는 의미로 집 모양의 작은 조형물 속에 성인의 모습이 들어 있는 코플리텔례(Koplytėlė), 코플리텔례가 십자가 아래 만들어져 있는 코플리스툴피스(Koplytstulpis), 코플리텔 례의 모습보다는 지붕의 형태만 남아서 성인을 보호해주는 형태의 스토 가스툴피스(Stogastulpis) 등으로 나눌 수 있다.

　이런 간단한 조형물이 들어 있는 십자가 조형물은 공동묘지에서 비석 대신 사용하던 것으로 알려져 있으며, 전통 신앙에 의하면 묘지를 떠도는 영혼들이 비를 피하거나 쉴 곳을 마련해주기 위해 십자가에 지붕을 달기도 했다. 현재는 공동묘지에서 이러한 십자가 조형물을 찾아보기가 아주 힘들지만, 민속촌이나 시골 어귀에서는 여전히 어렵지 않게 찾아볼 수 있다.


## 목공예에 등장하는 상징적 모티브와 평가

### 상징체계를 양산해낸 탄압과 억압의 역사

리투아니아는 라트비아와 에스토니아와는 달리 중동부 유럽에서 가장 넓은 영토를 자랑했던 역사를 누린 적도 있지만, 그와 함께 끊임없는 탄압과 많은 것이 금지되어야한 경험을 가지고 있다. 14세기경 폴란드에 의해 기독교화 된 이후로 그들이 믿던 신들은 탄압의 대상이 되어 함부로 숭배하지도 이름을 부르지도 못하는 위치로 밀려나 버리고 말았다. 그 후로 리투아니아의 고유의 것은 이교도라는 이름으로 치부되어버렸고, 그것은 리투아니아인들이 기억하는 최초의 탄압과 금지의 기억이지만, 그런 역사는 수백 년간 지속되었다.

민속예술의 대부분의 분야는 마음껏 누리지 못한 내면적 욕망을 간접적으로 충족시키고 욕구를 분출시키는 간접적인 수단으로 존재해왔고, 상징 역시 그 예외가 아니었다. 수백 년간 억압과 금지 속에서 살아온 리투아니아인들은 그러한 역사를 고유한 상징체계를 사용한 여러 민속예술작품을 통해 그들의 억눌린 감정을 표현할 수 있었던 것이다.

리투아니아 목공예 역시 예외가 아니었다. 십자가를 비롯한 다양한 조각 작품 속에 등장하는 요소들은 기억 속에서 이미 지워져버린 과거의 신들을 묘사하고 있거나, 종교적 상상력을 표현하고 있다. 리투아니아가 배출한 세계적인 인류학자인 마리야 김부티에네 Marija Gimbutienė는 리투아니아 목공예가 가지고 있는 상징에 대해 이렇게 말해준다.

꼭대기에 세워져 있는 태양의 모습은, 단지 일몰과 일출을 묘사하는 것이 아니라 역사 이전부터 꾸준히 전해져 내려온 세상의 나무를 상징한다. 점점 작아지는 세 개의 피라미드가 만드는 3단 구조의 스토가스툴피스는 리투아니아 민요에 나오는 3개, 9개 가지를 가진 전나무의 형태를 떠올리게 한다.

리투아니아는 유럽에서 가장 마지막으로 기독교화된 나라로서 그 전까지는 리투아니아인들이 숭배하던 신들이 중심이 되는 독특한 종교를 가지고 있었다. 폴란드와 연합국을 이루면서 기독교화가 진행되자, 이전에 숭배하던 종교들은 졸지에 미신이 되고 말았고, 가톨릭을 국교로 하던 당시 정권과 끊임없는 충돌을 벌여야 했다.

교리나 신앙을 정리해놓은 경전이 없던 리투아니아의 전통 종교는 바이딜라(Vaidila) 혹은 크리비스(Krivis)로 불리던 사제를 통해서 신앙이 면면히 이어져 내려왔고, 그들이 사용하던 상징은 오랜 시간이 흐르면서 모르는 사이에 문화 곳곳에 남아서 중요한 위치를 점유하게 되었다. 특히 나무가 일상생활의 큰 비중을 차지하던 리투아니아에서 나무 공예는 흔하게 이루어져왔던 일이고, 나무공예는 고대의 상징을 현대에까지 보존하는 중요한 도구가 된 것이다.

그런 배경으로 인해서, 기독교적 전통에 입각한 리투아니아의 목공예 예술에서 전체적인 형식으로 나타나는 기독교적 플롯을 컴퓨터의 하드웨어에 비교하자면 그 외 주변기기들로 사용되는 요소들은 리투아니아의 고대 신앙의 모습을 지니고 내려오는 경우가 많다.

### 양식과 의미, 그리고 다양한 평가

장르가 십자가이건 아니면 일반 조각이건 리투아니아 목공예라면 자주 등장하는 특징적인 요소들이 있다. 십자가나 성인에 관련된 작품들에서 차용되기 때문에, 기독교적인 내용으로 변화되어 있거나, 아무런 별다른 의미에 대한 인식이 없이 단순히 장식적 차원에서 사용되는 것들이지만, 위에서 제시한 기독교 이전 고대의 상징체계를 잘 보여주는 양식들을 여전히 찾아볼 수 있다.

### ● 뱀

기독교적 사고방식이 주를 이루는 유럽의 다른 국가들에서 뱀은 사악함의 상징이거나 지옥과 연결되어 있는 경우가 많다. 그러나 리투아니아 민속신앙에서 뱀은 상당히 중요한 위치를 차지한다. 뱀은 땅을 지배하는 신으로서 사람들은 이전부터 뱀을 신성시 여기고 마을이나 집 뜰에 뱀이 살 경우 우유를 먹이면서 그들을 섬겨왔으며, 뱀을 경외시하던 풍속은 리투아니아인들의 욕에 남아 있거나 전통 공예에 남아 그 모습을 지금까지 전해 내려오고 있다.

뱀이나 구렁이 같은 것을 신성시 여기는 풍습은 단지 리투아니아만의 것은 아니지만, 성경에 나오는 뱀의 이미지는 리투아니아에서 그다지 일반적이지 않다. 리투아니아의 가장 대표적인 신화인 '뱀의 여인, 에글레'를 보면 리투아니아인들이 뱀에 대해 가지고 있는 경외감과 신비로움을 잘 엿볼 수 있다.

리투아니아 바닷가에 살던 에글레라는 여인은 뱀의 유혹에 이끌려 그가 살고 있는 바다의 왕국으로 시집을 가게 된다. 그러나 정작 여인을 유혹한 뱀은, 그곳에 살고 있는 왕자였고, 둘은 사랑에 빠져서 아이 셋을 낳고 행복한 삶을 영위한다. 9년이 지난 후 집이 그리워진 에글레는 여러 노력 끝에 남편으로부터 집에 가도 좋다는 허락을 받았으나, 막내딸 드레불례가 에글례의 가족들에게 아버지의 정체를 고해버리자 그들은 바다 왕국에서 에글례의 남편을 불러내어 살해한다. 자신의 딸이 아버지의 정체를 고해서 살해당했음을 알게 된 에글례는 막내딸을 가시나무로 만들고 나머지 두 아들은 떡갈나무와 물푸레나무로 변화시키면서 자신은 전나무가 된다.

위의 같은 내용의 전설은, 인간세상 그리고 뱀들이 사는 곳으로 표현되는 땅 밑, 즉 바다왕국을 오가는 여인의 일대기로서 이승과 저승을 오가는 신화적 구성이 그대로 살아 있는 작품으로, 일리아드 오디세이 같은 서사 신화의 역할을 충분히 해주고 있다. 이처럼 뱀은 신화 속에서 두 세상을 연결하는 매개체로서 구전문학에 자주 등장한다. 이는 목공예 자들의 작품 속에도 자주 등장하며, 보통 땅에서 기운을 받아 십자가 위에 성인에게 전달해주는 모습을 띠기도 한다. 심지어 예수의 얼굴이나 십자가에서 뿜어져 나오는 광선의 형태가 뱀의 모습으로 표현되기도 한다.

● 새

리투아니아에서 새는 희망과 생명의 상징이면서, 신들이 특별히 만들어놓은 창조물이라고 믿는다. 폴란드나 러시아에서 높이 평가하는 독수리처럼, 특별한 새의 형태가 정해져 있는 것은 아니지만, 날개가 달린 채 하늘로 솟아오르는 형태의 지극히 일반적인 모습으로 많이 등장한다.

리투아니아 민요에 자주 등장하는 새들로는 숲에 살고 있는 산비둘기, 부엉이, 뻐꾸기 등이 있으나, 목공예에 나타나는 새는 그렇게 어느 한 종류의 새로 분류하기가 아주 모호한 것들이다. 민요 속에서 새들은 가족을 잃은 이들에게 가족에 대한 향수를 불러일으켜 주기도 하고,

멀리 떨어져 있는 사랑하는 사람 자신을 연결시켜주는 전령의 구실을 충분히 해낸다. 그런 차원에서 새는 잊혀져 있는 본향에 대한 그리움을 상징하고, 언젠가는 돌아가 안착해야 하는 세상을 상징한다.

### ● 크레불례, 바이딜라

리투아니아 목공예, 특히 고뇌하는 이(루핀토엘리스)의 조각에서 노인은 아주 중요한 모티브가 된다. 고뇌하는 이에 등장하는 노인은, 가시관을 쓰고 홍포를 입고 있다는 차원에서 십자가에서 처형되기 전 예수를 연상시키지만, 사실 고뇌하는 이의 주인공에 대한 해석은 상당히 분분하다.

민속공예자들 사이에서 이 조각상의 주인공은 예수 그리스도라고 하는 사람이 있는가 하면, 예수와는 상관없는 리투아니아 고대종교의 수장을 묘사했거나 아주 전형적인 리투아니아 노인의 모습을 그린 것이라는 의견도 존재한다. 전반적으로 서유럽에서 들어온 전통이 리투아니아의 특별한 상황을 만나 절충하며 발전했다는 생각이 지배적이다. 그들이 고뇌하는 이에 대한 가지고 있는 생각이 어떻든 간에, 고뇌하는 이의 등장하는 주인공은 예수의 상이라기보다 리투아니아 시골에서 주로 만날 수 있었던 아주 일상적인 노인의 모습과 너무나도 닮아 있다는 데에는 전부 입을 모은다.

고뇌하는 이의 정확한 기원에 대해서는, 이탈리아나 독일에서 시작한 것이 폴란드를 통해서 리투아니아에 들어온 것으로 알려져 있다. 독일 현지에서는 그 고뇌하는 이의 조각을 발견하는 것이 쉽지 않지만, 라트비아에 살던 발트독일인들이 14세기에 건설한 성당 외부에 고뇌하는 이를 연상시키는 형상이 있는 것으로 보아 독일기원설은 상당히 설득력이 있어 보인다(그림 7). 폴란드에서도 민속예술의 주요 장르로써 발전해 왔지만, 정통 가톨릭 신앙에 밀려서 많은 발전을 보지는 못한 반면, 리투아니아에서는 민속예술을 대표하는 중요한 것으로 발전할 수 있었다.

이에는 고뇌하는 이가 가지고 있는 여러 가지 특성이 리투아니아 민요와 신화에 등장하는 상상력과 맞아떨어지는 요소를 가지고 있기 때문이다. 그리고 이전에 말한 대로 '고뇌하는 이'라는 단어에는 어디에도 그것이 예수라는 의미는 존재하고 있지 않다.

여기에서 논해야 하는 중요한 것 중의 하나는, 이 조각은 리투아니아 고대 종 수장인 크레불례의 모습과 상당히 닮아 있다고 하는 주

〈그림 7〉 리가 성 요한 성당 외부에 위치한 고뇌하는 이

장들이다. 바이딜라 혹은 크리비스라고도 불리는 이 수장은 리투아니아가 기독교화 되기 전 페르쿠나스, 제미네, 라이메 등 리투아니아의 전통 신들을 섬기던 리투아니아의 종교를 이끌어나가던 장본인들로, 리투아니아 중세사에서 지대한 역할을 담당했지만, 리투아니아가 기독교화 되자 가장 핍박을 받는 존재이기도 하다.

리투아니아 중부 프례네이(Prienai)에서 활동하는 장인 중 한 명인 목공예 장인 알기만타스 사칼라우스카스 Algimantas Sakalauskas의 말을 빌면, 고뇌하는 이의 원래 모습은 백성의 모습을 걱정하는 제사장의 모습이었다. 그 형태에 제사장의 위엄을 상징하는 유오스타로 불리는 전통 허리띠를 차고 전통적인 화관을 머리에 쓰고 있는 모습이 전형적인

제사장의 모습이었으며, 독일에서 고뇌하는 이의 조각 전통이 리투아니아로 전파되면서 유오스타 대신 끈이 형상화되고, 머리에는 화관 대신 가시관이 씌워졌다. 사칼라우스가 말하는 제사장의 모습은, 리투아니아 전통의상을 입고 있는 사람과 별반 차이가 없으며, 리투아니아 전통종교는 기독교화된 이후 활동이 금지되자 그들은 크레불례의 모습을 가장 잘 대변해줄 수 있는 것을 찾아 그곳에 제사장의 모습을 대입시켰다. 그런 이유로, 정작 전통이 사라져버린 독일이나, 민속예술을 통해서 명백히 유지해오고 있는 폴란드와는 달리, 리투아니아에서는 그들의 원하는 상징체계와 들어맞는 이유로 현재까지 고대의 모습을 숨겨서 현재까지 가지고 올 수 있었다는 해석이 가능하다.

다시 말하자면, 그 모습은 고뇌하는 이의 원래 모습은 예수 그리스도임에 틀림이 없지만, 리투아니아에서 그 형태에는 또 다른 상징체계가 덧입혀졌고, 리투아니아인의 사고방식에 적합한 장점을 가지고 현재까지 이어져 내려올 수 있었던 것이다.

리투아니아 출신의 실존주의자 저명한 실존주의자 유오자스 기르뉴스 Juozas Girnius는 루핀토옐리스라는 제목의 가톨릭 잡지를 통해서 고뇌하는 이는 리투아니아의 정치적 상징 비티스와 동급의 위치로 올려놓았을 정도로, 리투아니아를 대표하는 상징에까지 이르게 되었고, 이러한 애정은 위에서 논한 배경에서 이해가 가능하다.

나무를 가지고 만드는 목공예에서 나무 자체 역시 빠질 수 없는 작품소재로 등장한다. 나무의 뿌리와 줄기를 전부 보여주는 구도는 고전적인 작품보다는 현대에 들어서 장인들의 새로운 해석으로 창조해내기 시작한 작품들에서 많이 등장하고, 전통적인 경우 잎사귀가 무성하게 달린 가지 등, 나무의 일부분이 강조되는 것이 일반적이다. 리투아니아 목공예에 등장하는 나무들은 그 모양 자체로서도 훌륭한 소재거리가 되지만,

무엇보다 리투아니아 전통신앙의 근거가 되는 세상의 나무(Pasaulio medis)를 그 모티브로 하고 있다. 세상의 나무는 단지 리투아니아만이 아니라 거의 모든 문화권에서 찾아볼 수 있는 모티브라 할 수 있다.

세상의 나무는 리투아니아인들에게 우주의 구조를 상징하며 그들의 세계관을 그대로 보여준다. 이 나무는 고대 발트인들의 풍속에서 생성되었고, 현 발트인들의 문화는 전체적으로 그 세상의 모델을 근거로 형성되었다. 세상의 나무는 우주가 생성된 세상의 중심에 세워져 있는 것으로 묘사되고 있다. 뿌리, 줄기, 가지로 나뉘는 세 부분은 지하세계, 지상세계, 그리고 천국이라는 우주의 세 부분을 의미하며 우주의 근본적인 세 요소인 불, 흙, 물과도 연관되어 있다. 세상의 나무는 그 세 요소들이 한데 어우러지는 우주적인 개념을 보여주고 있으며, 그로 하여금 인간은 우주와 연결된 이 땅의 한 부분인 지상 세계의 구성원이라는 것을 인식하게 해주었다.

그 외에도 리투아니아 신화에서 나무란 신들이 사는 곳이자 그들의 모습을 드러내는 곳이다. 나무는 그 자체가 숭상의 대상이 되지는 않았지만, 인간과 신이 만나는 장소가 되었다는 차원에서 사람들은 나무에 대한 특별한 존경을 표해야만 했다.

● 달

태양과 달은 어느 문화권에서나 신비한 존재로 숭상되고 있다. 태양은 다른 문화권에서 일반적으로 남성적인 성격을 가지고 있는 반면 리투아니아에서 태양은 여성의 성격을 가지고 있고, 달은 남성적인 성격을 가지고 있다. 태양에 관한 신앙은 라트비아에서 더 두드러지게 나타나지만, 리투아니아에서도 엄연히 그 영향력은 뚜렷하다. 기독교화가 된 이후에도 리투아니아 농민들의 생활 속에는 그 신앙이 여전히 남아 있었고, 태양은 구전민요에서 어머니와 비교되어 자주 불려지는 대상으로 등장한다. 민요에 등장하는 태양은, 노동에 지친 여인들과 목동들에게 위로를 해주는 존재로 묘사된다. 그러나 태양은 언제나 침묵하는 존재로서 능동적으로 그들에게 위로와 안식을 부여해 주지는 않지만, 리투아니아인들이 자신의 고민을 털어놓은 하소연의 대상이 되곤 했다.

나무나 새, 뱀 등의 요소들은 그 형태가 비교적 원형 그대로 조각되는 경향이 있으나, 태양은 일반적으로 상상하는 빛을 내뿜는 원형의 물체가 아닌, 단순화된 상징의 형태로 주로 사용된다. 리투아니아를 비롯한 발트3국에서 태양은 스바스티카라는 형태로 많이 표현되었다. 나치가 사용했던 상징과 모습이 비슷하다는 이유로, 한때 비판의 대상이 되긴 했지만, 스바스티카는 리투아니아 목공예에서 태양을 상징하는 중요한 상징으로 사용되어왔다.

달 역시 농업을 위주로 하는 리투아니아 전통 문화에서 숭배의 대상이 되었지만, 저승과도 많은 연관을 가지고 있었다. 태양처럼 숭배의 흔적이 많이 남아 있지는 않지만, 이 역시 건강과 아름다움을 기원하는 대상으로 민요 속에 구전되어 내려오고 있다.

보기에 기독교적 세계관과 이념을 담고 있는 것 같은 리투아니아 목공예에 등장하는 다양한 형태의 장식들은, 위에서 본 것 같은 고대 종교와 생활의 모습이 상징으로 변화되어 전해 내려온 것이라고 할 수 있다. 그들이 가지고 있는 상징은 리투아니아인들이 의식하고 있는 것도 있는 반면, 전혀 의식하지 못한 채 의례적으로 사용되고 있기도 하다.

그렇게 넓은 분야에서 사용되고 있는 상징의 가치와 의미에 대해서는, 목공예를 업으로 삼고 있는 공예장인들 사이에서도 의견의 합일을 보지 못하고 있는 상황이다.

카우나스에서 활동하는 카지미에라스 마르티나이티스 Kazimieras Martinaitis 옹이나 빌뉴스에서 활동하는 비탈리스 발류케비츄스 Vitalis Valiukevičius 옹처럼 로마 가톨릭 전통을 강조하고, 전통 종교의 상징성을 인정하지 않는 사람이 있는가 하면, 리투아니아 중부 프레네이에서 활동하는 알기만타스 사칼라우스 씨처럼 로마 가톨릭과는 거의 상관이 없이 리투아니아 전통종교가 상징을 통해 부활한 모습으로 여기는 사람도 있어, 목공예의 상징적 가치에 대한 해석은 상당히 복잡한 양상을 보인다.

그러나 전반적으로 리투아니아의 목공예는 로마 가톨릭의 바탕 위에서 리투아니아의 전통양식을 차용한 것으로 해석하는 경향이 두드러진다.

성상(聖像)을 만드는 전통이 없는 독일루터교가 주를 이루는 라트비아, 에스토니아에서는 조각과 목공예 전통이 발전을 보지 못했고, 성상을 중요한 요소로 보고 있는 로마 가톨릭이 전파된 리투아니아에서는 그 성상이 리투아니아의 전통을 받아 수용할 수 있는 중요한 도구가 되어줄 수 있었다. 그 이유로 라트비아와 에스토니아 역시 숲이 국토의 대부분을 차지하는 등 리투아니아의 자연적 요건이 비슷하지만, 리투아니아와 종교적 배경이 상이한 관계로 조각발전에 많은 발전을 보지 못했다. 폴란드에서도 그와 비슷한 상황이 이어졌으나, 폴란드는 전통적으로 민속문화의 발전도가 리투아니아보다 저조하고, 리투아니아처럼 문학 활동이나 종교 활동이 금지되지 않았으므로 특별히 목공예를 통해서 상징을 전달해야 할 필요는 없었다.

리투아니아의 로마 가톨릭 성당에서도 리투아니아 목공예가 가지고 있는 이교도적 상징의 이유로 19세기까지는 전통 목공예 십자가와 예수상을 성당 내 전시할 수 없도록 하는 금지령을 내린 바 있다는 사실은 예수의 모습 속에 숨겨진 이 상징을 간과하지 못했기 때문이다. 현재에는 성당에서 고뇌하는 이를 보는 것이 그다지 어렵지 않고, 리투아니아의 상상력이 가득 담긴 전통 십자가 역시 리투아니아 가톨릭 전통을 대변하는 요소로서 많은 사랑을 받고 있다.


## 반소운동까지 - 상징양식의 변천사

목공예는 민요나 신화 같은, 민중들 사이에서 전파된 구비문학의 내용에 나타나는 상징을 구체적인 모습으로 형상화시켰고, 사회 지배계급이 인식하지 못하는 형태로 변화시키는 역할을 담당했다. 그런 전통은 단지 기록에 남지 않은 미지의 과거에만 존재하던 것이 아니라, 소련 시절에도 변함없이 리투아니아인들이 가지고 있던 자유에의 의지를 상징적 표현을 통해 전파시키는 기능을 담당했다.

### ● 민요

리투아니아 민요의 내용을 살펴보면, 고뇌하는 이의 모습이나 자연의 이미지들은 이미 수백 년간 리투아니아의 민요인 다이나(daina)를 통해서 전파된 내용과 밀접하게 연관되어 있음을 이해할 수 있다.

리투아니아 목공예의 대표적인 예 중 하나인 고뇌하는 이의 경우, 현재까지 남아 있는 가장 오래된 고뇌하는 이의 조각은 18세기 경에 만들어진 것이므로 그 전에 존재하던 고뇌하는 이의 모습을 되짚어 보는 것은 아주 힘들다. 그러나 놀랍게도 리투아니아 전 지역에서 채록된 민요 속에는 고뇌하는 이의 모습을 보여주는 예를 찾아볼 수 있다.

Žalioj girioj, lygioj lankoj        숲속에, 평평한 들판에

| | |
|---|---|
| Ten stovėjo ąžuolelis, | 그곳에 떡갈나무가 한 그루 서 있었네. |
| Po ąžuolu aukso kreslas. | 그 나무 아래엔 돌로 된 의자가 있고 |
| Tame kresle motinele | 그 의자엔 어머니가 홀로 앉아 |
| sėdėdama gailiai verkė | 울고 있다네, |
| ir sūnelį graudžiai barė | 그리고 섧게 아들의 이름을 꾸짖네. |
| Oi, sūneli dobileli | 오, 내 아들, 클로버 잎사귀 같은 아들. |
| ko pavirtai ąžuoleliu | 네가 떡갈나무가 되고 |
| o žirgelios šiauriu veju | 말들은 북쪽바람이 되고 |
| o balnelis akmeneliu? | 안장이 돌이 되니 이게 웬일이냐. |

민요는 전쟁에 나가야 하는 슬픔에 나무가 되어버린 아들을 그리는 노래로, 리투아니아에서 널리 퍼진 민요이다. 이 민요 속에 나타나는 분위기는 위에서 논한 신화 '뱀의 여왕, 에글레'에 등장하는 분위기와도 상당히 흡사하여, 리투아니아 신화의 분위기를 고스란히 반영하고 있다. 이 민요에 등장하는 돌로 된 의자 위에 앉아 슬픔에 빠진 어머니의 모습은 고뇌하는 이에서 보이는 인물의 포즈와도 놀랄 만큼 닮아 있다.

현재 고뇌하는 이는 남자의 모습으로 굳어져 있지만, 만약 거기에서 얼굴만 여성의 모습을 치환해낸다면 이 민요에 등장하는 슬픔에 빠진 어머니와 차이가 없을 정도이다. 보는 바대로 이 조각의 모습은 리투아니아인들의 사고방식에 흐르고 있는 신화적 분위기를 그대로 투영한다.

목공예자들의 증언에 따르면, 고뇌하는 이의 모습을 만들기 위해서 가장 염두에 두는 것은 일반적인 성화에 나오는 예수의 모습이 아니라, 리투아니아 어디에서도 볼 수 있는 친숙한 나이 든 노인의 얼굴이다. 고된 노동에 지친 채 강둑이나 길가에 우두커니 앉아 휴식을 취하고 있는, 리투아니아인들이 생각하는 가장 일상적인 농노의 모습과 닮아 있다.

리투아니아 목공예의 대표적인 거장인 룐기나스 셰프카 Lionginas Šepka의 일대기를 다룬 전기에는, 그의 작품에 등장하는 인물의 분위기를 가장 잘 보여주는 예로, 리투아니아의 대표 작가 중 한 명인 미콜라이티스-푸티나스 Mykolaitis-Putinas가 지은 민속시를 들어 보여주고 있다.

Prie lygaus kelio, kur vargu vargeliai
Vieni per dieną dūsaudami vaikšto

길 위에 가난한 이들이 모여
하루 종일 한숨을 쉬며
서성거리네.

이 시는 리투아니아 목공예에 등장하는 여러 인물들의 다양한 이미지가 녹아 있다. 부유하지 않는 농노들의 분위기와 생계를 위해서 고민해야 하는 그들의 표정이 고뇌하는 이의 모습 속에 그대로 살아남아 있다.

1907년에 태어나 1985년에 사망한 리투아니아 목공예의 거장 룐기나스 셰프카의 일대기는 그의 작품 속에 다이나가 얼마나 지대한 역할을 했는지 잘 보여준다. 그의 어머니 엘즈비에타 Elzbieta는 일상생활 속에서 다이나를 즐겨 불렀고, 심지어 다이나를 직접 창작해 전파시킨 인물이었던 것으로 알려져 있으며, 룐기나스의 어린 시절에 가장 중요한 역할을 한 장본인이다. 엘즈비에타의 생활은 다이나 속에 등장하는 여인들의 삶과도 아주 닮아 있다. 장인의 기억에 의하면 어머니는 어려운 일이 있을 때면 사람과 대면하여 일을 해결하는 것이 아니라 바람과 강물과 함께 이야기하며 노래로 풀어나갔다고 한다. 룐기나스 역시 들판에서 일을 하거나 작업을 하는 동안에도 어머니를 통해서 배워온 다이나를 즐겨 불렀다.

리투아니아 다이나는 라트비아와 폴란드 같은 이웃국가들의 민요와 비교해서 노래하는 이의 감정이입이 풍부하다. 다이나 속에 등장하는 자연은 사람과 동떨어진 존재가 아니라, 사람과 함께 고통과 기쁨을 나누는 공생의 장소로 등장한다. 그런 배경에서 성장한 론기나스가 자연적 요소를 통해서 감정을 묘사하는 것은 다이나를 부르는 행위와 연관된다. 그러므로 신화적 모티브와 상상력이 가득한 다이나의 노래 역시 장인의 목공예 속에 깊게 투영되어 있다. 이러한 성장배경은 단지 론기나스에게만 해당되는 것은 아니다. 리투아니아인들의 생활에서 다이나가 미치는 역할은 아주 지대하다.

목공예는 섬세한 도구나 복잡한 공정 없이도 비교적 손쉽게 할 수 있는 분야에 속한다. 그래서 사람들은 주변에 구하기 쉬운 나무를 접하게 되며, 다이나를 부르며 익혀온 그들의 사상과 우주관을 그대로 조각에 부여하는 것이 일반적이다. 실제로 리투아니아 목공예자들 중에는 학교 나 특별한 훈련기관을 통해 조각을 연구하고 공부한 이는 극히 드물다. 각자 자연스러운 길을 통해서 조각을 접하게 되며, 그들의 어머니나 주변 인물들을 통해 듣고 배운 노래는 그들에게 중요한 모티브를 형성해 준다.

● 반소(反蘇) 운동

리투아니아의 목공예는 서슬 퍼런 소련 시절에도 위에 서술한 경험을 바탕으로, 종교적 철학적 신념을 다른 이들에게 고취시키는 중요한 역할을 하기도 했다. 기독교화된 이후 전통 종교가 금지되자 리투아니아 의 장인들은 직접적인 방법을 통하지 않고 노래나 목공예를 통한 상징적 인 방법을 통해서 그 이념을 전파시켰듯이, 소련 시절 역시 목공예는 금지된 이상과 신념을 후대에 전달시키는 데 중요한 역할을 담당했다. 소련 시절 목공예가 수행한 그러한 기능은, 고대의 상징을 전해주는 목공예의 성격이 이미 이전에 끝이 난 것이 아니라, 끊임없이 이어져 내려왔음을 증명하고 있다.

리투아니아 북부 샤울레이에 있는 십자가의 언덕은 나지막한 야산에 십자가가 촘촘히 박힌 곳으로서 리투아니아인들의 신앙심의 상징이 되었고, 리투아니아를 찾는 모든 이들이 한번 씩은 꼭 들러야 하는 곳으로 자리매김하게 되었다.

그러나 이곳은 단지 종교적 가치 외에도 소련의 억압 정책에 대항하는 항거의 자리로서도 이름이 높다. 기독교를 비롯한 모든 종교가 금지된 소련 시절에는 낮이 되면 탱크로 그 언덕을 허물었지만, 밤이 되면 사람들이 다시 십자가를 가지고 와 세우는 숨바꼭질이 계속되었다. 그곳에 최초로 십자가가 등장하게 된 원인은 확실치 않으나 과거에는 그 정도 규모의 십자가의 언덕을 찾아보는 것이 어렵지 않았고, 마을 어귀에 십자가를 세우는 차원 정도의 일반적인 일이었던 것으로 알려져 있다. 샤울레이의 십자가의 언덕은 제정 러시아 황제의 가족을 비롯한 주변 마을 사람들의 병이 낫는 신유(神癒)의 능력들이 알려지면서 특히 많은 관심을 끌게 되었다. 소련 시절 그 언덕에 대한 탄압이 집중되면서, 그곳은 반소운동의 집결지로 부상했고, 1930년대과 40년대 스탈린에 의해 시베리아로 끌려갔던 리투아니아인들을 추모하는 차원에서 사람들이 십자가를 세우기 시작했다.

현재 리투아니아에서 전통 목공예 장인으로 활동하는 아돌파스 테레슈스 Adolfas Terešius와 프레네이의 알기만타스 사칼라우스카스는 당시 독립과 항거의 차원에서 십자가를 만들어 반소 운동에 참여한 바 있다. 그들에게 있어서 십자가 그 자체는 리투아니아의 독립과 역사의 상징이 되었다.

카우나스에서 활동하는 기누티스 두다이티스 Ginutis Dudaitis 옹은 좀 더 조직적이고 구체적인 방법을 통해서 자신의 조각을 통해서 금지된 기독교 이념을 대중에게 전파할 수 있었다.

그림 8의 왼쪽에 등장하는 조각은 리투아니아 목공예에서 즐겨 사용하는 성 네파무카스 상이다. 보헤미아에서 기원한 이 조각의 주인공은, 고백성사로 듣게 된 보헤미아 여왕의 죄를 발설해야 한다는 외압에 굴하지 않다가 끝내 강에 산 채로 내던져지는 형벌을 받아 성인으로 등극한 인물이다.

〈그림 8〉 성 네파무카스(왼쪽)와 변형

그러므로 주로 강가에 많이 만들어지곤 했던 조각이었으나, 종교를 금지하던 소련 정부는 종교적인 색채로 인해서 그 조각의 사용을 금지시켰다. 그러나 조각가는 성 네파무카스의 모자를 일반적인 모자로 변형시키고 그의 십자가를 형태가 불분명한 도구로 변화시킨 후 루디스 바사리스라는 이름으로 전시회에 출품할 수 있었다. 소련 정보는 그 조각의 정체를 정확히 파악할 수 없었으나 그 조각을 보는 리투아니아인들은 자연스럽게 그 조각 속에 감추어진 상징을 이해할 수 있었다.

그림 9 역시 중앙과 오른쪽에 있는 조각은 일반적인 고뇌하는 이의 모습을 하고 있으나, 맨 왼쪽 조각에서

〈그림 9〉 고뇌하는 이(가운데와 오른쪽)와 변형

는 가시관 대신 화관을 씌우고 처형을 당하기 전 예수를 연상시키는 홍포를 없애 버림으로써 직접적인 기독교적 요소를 희석시키는 방법으로 소련의 검열을 피할 수 있었다.

그는 자신의 작품세계에 대해 다음과 같이 말한다.

> 확실히 말하기 곤란하지만 상징체계라고 할 수 있다. 표현과 움직임의 체계이다. 다른 이들의 작품과는 분명히 다르다. 나는 내 나름대로의 사상이 있기 때문이다. 사람들에겐 전부 각자 특별한 무언가가 있으며, 나는 그것이 상징체계라 생각한다.

역시 소련 시절 반소 운동에 참가하여 십자가를 세우는 일에 동참한 바가 있으며 현재에도 상징을 이용한 다양한 작품 활동에 매진하고 있다.


## 다시 피어나는 상징체계

우리는 여기서 리투아니아의 목공예의 대표적인 장르를 살펴보고 중세 이후 기독교화가 진행된 이후와 소련 시절 목공예의 상징성의 의미와 그 방식이 어떻게 변천해왔는지 대략 고찰할 수 있었다. 허락된 지면 관계로 인해서 더 깊이 있는 고찰이 어렵지만, 그 요소 하나하나가 가지고 있는 상징성을 논하기 위해서는 별도의 논문이 필요할 만큼 복잡하고 심오하다.

셰익스피어의 로미오와 줄리엣이 리투아니아 연출가들의 손에 들어오면서 그들이 표현하고자 하는 표현과 상징의 차원에 여과되어 빌뉴스의 피자집으로 바뀌었듯이, 독일과 이탈리아에서 출발한 전통은 리투아니아만이 가지고 있는 독특한 세계관과 상징체계를 통과하여 또 다른 형태와 의미를 가지게 되었다. 그 여과작용은 중세 시설 기독교화가 진행되던 당시에도 있었지만, 소련 시절에도 새로이 처해진 상황에 맞추어 또 다른 결과를 양산했다.

역사와 상징을 지니고 있는 십자가와 고뇌하는 이는, 리투아니아를 대표하는 민속공예품이 되어서, 빌뉴스 구시가지 광장의 기념품 가판대를 빼곡히 메우고 관광객들을 기다리고 있다.

고뇌하는 이에 관한 관심과 대내외적인 인기가 아주 높아서, 리투아니아 전역에서 목공예에 종사하는 장인들은 조각을 부탁해 오는 이들에게 베드로나 바울, 아니면 부활한 예수 그리스도의 조각을 구입하는 것이 어떻겠느냐 제의를 해봐도 하나 같이 슬픈 모습의 고뇌하는 이만 찾는다고 푸념하기도 한다. 리투아니아가 소련 시절 겪어야 했던 슬픈 경험이 고뇌하는 이를 더욱더 찾게 만드는 이유가 된다는 것은, 특별히 설명해주지 않아도 유추가 가능하다.

그러나 그런 슬픈 모습의 고뇌하는 이가 리투아니아 목공예의 대표적인 상징으로 떠오르는 것에 대해 비판하는 의견 역시 존재한다. 고뇌하는 이는 소련 시절에 존재했던 특별한 조건에 의해서 독일기사단을 맞서 싸우는 기마상인 비티스(Vytis)와 함께 리투아니아의 상징으로 부각되었고, 그 가운데 기독교적 전통보다는 고대 종교적 상징이 더 부각되고 있다는 것이다. 리투아니아의 북부 파스발리스에서 활동하는 케스투티스 크라사우스카스 Kęstutis Krasauskas 씨는 고뇌하는 이가 현재 가지고 있는 지나친 상징성에 대해 다음과 같이 이야기한다.

소련시대에는 종류에 상관없이 종교 자체는 전부 탄압의 대상이 되었다. 당시 인정되던 한 가지의 종교는 말하자면 공산정당이었다. 이것은 사람들에게 지대한 영향을 미쳤다. 학교에서 배우는 것과 집에서 배우는 것들이 불일치하게 되었고, 그로 인해 사회와 민족을 올바로 이해하는 데 장애가 생겼다. 그런 가운데 사람들은 십자가와 고뇌하는 이를 사용해서 리투아니아의 정서와 억눌린 표현을 끄집어 내는 데 사용했고, 그들은 단지 리투아니아만의 상징이라는 오해가 생겼다. 그것은 리투아니아만의 상징이 아니라 기독교의 상징이 되어 야 맞지만, 소련에 대항하는 저항이 상징이 되기도 했다. 사람들이 이것을 리투아니아적 상징으로 이해하기 시작하면서, 이것이 그리스 도이고 기독교의 상징이라는 것을 제대로 파악하지 못했다. 제사장이 나, 실제로 루핀토옐리스라이름을 가졌던 인간의 모습 등이라고 말하 는 사람도 있다. 그러므로 이것은 기독교 문화가 가지고 있는 공통적인 상징이며, 상징 차원에선 아주 아름다운 것이지만, 난 이것이 단지 리투아니아만의 고유한 상징이라고 말할 수는 없다.

그들이 겪어야 했던 여러 가지 슬픈 역사 때문이건, 아니면 그 자신들만 이 가지고 있는 독특한 사고방식의 때문이건, 리투아니아 민속문화 속에는 다른 민족문화에서는 볼 수 없는, 슬픔과 관련된 독특한 요소가 존재한다는 것은 많은 학자들이 눈여겨보던 사실이다.

고뇌하는 이의 모습과, 시베리아로 유형을 가야 했던 사람들을 그리는 십자가의 형태 역시 그 슬픔의 강도를 더해주고 있는 것인지도 모른다.

그러나 리투아니아의 전통 목공예에 등장하는 상징체계들은 단지 전통적인 십자가나 예수 그리스도의 조각을 뛰어넘어 새로운 모습으로 도약하고자 하는 움직임을 다분히 보이고 있다. 알리투스에서 활동하는 사울류스 람피츠카스 Saulius Lampickas는 리투아니아의 전통 상징을

모티브로 하여, 문학작품에 등장하는
세계를 형상화하는 일에 매진하고 있
고, 빌카비스키스의 제노나스 스킨키
스 Zenonas Skinkis는 리투아니아의
신화와 상상력을 바탕으로 한 전혀 새
로운 장르의 예술 작품을 창조하고 있
으며, 전통 공예에 몸담고 있는 여러
장인들도 단지 장식적인 기능에서 벗
어나 예술적 차원으로 승화시킬 수 있
는 다양한 작품을 만들어내기 위해 노
력을 기울이고 있다.

〈그림 10〉 사울류스 람피츠카스의 '피
어나는 천사'

　이제 리투아니아와 한국 간 관계를
계속 증가하는 추세에 있으며, 양국 간 문화교류 활동 역시 활발해지고
있다. 리투아니아 무대예술에서 보는 것처럼, 리투아니아의 문화적 배경
은 한국인들이 이해하기에 사뭇 어렵고 까다로울 수 있다. 이렇듯 고대의
모습과 독특한 사고방식이 담겨있는 리투아니아의 예술 세계를 좀더
깊이 파악해 보면, 그들의 현재의 모습에 대한 이해 역시 더욱더 수월해지
리라 생각한다.

　발트3국과 한국은 2016년을 기해 수교한 지가 25년이나 되었지만
아직 서로에 대해 아는 점보다는 모르는 점이 더 많은 것이 사실이다.
유럽 전체적으로 보아도 독특한 성격을 보이는 언어들은 둘째 치더라도
기본적으로 그들이 지금까지 살아온 이야기나 현재 살아가고 있는 삶의
모습은 마치 다른 나라가 아니라 다른 행성의 이야기처럼 멀게만 느껴질
뿐이다.

　전체 인구를 통틀어도 채 천만이 되지 않으며 세 나라를 모두 이어도
한반도의 길이에 지나지 않는 데다가, 그 작은 영토에 다양한 언어를
사용하는 작은 민족들이 오밀조밀 살고 있으니 얼핏 보면 상당히 재미있
고 신비해 보이지만 경제적이나 정치적 차원에서는 자본이 지배하는
세계시장의 이목을 끌 가치가 별로 없는 작은 나라들에 불과할 뿐이다.

　한국 사람들은 이 지역에 대한 연구를 진행하고 있다는 이야기를
들으면 흔히 다음과 같은 질문을 던진다.

　"그 지역은 대략 어떤 곳이에요?"

　짐작하겠지만 이 질문엔 대답하기가 상당히 곤란하다. 왜 곤란한

지에 대해서만 설명하는 데에도 몇 시간이 걸릴지 모를 정도다. 그러나 오랜 시간을 살면서 나는 개인적으로 이 곤란한 질문에 답변을 할 만한 나름대로의 노하우가 생겼다. 내 답변은 이것이다.

"그 지역은 경계선 같은 곳입니다."

지도상으로 보면 경계라는 것이 상당히 뚜렷한 선처럼 보이지만, 보기와는 달리 경계는 아주 모호한 지점이다. 예를 들어 우리가 잘 알고 있는 색들의 경계에는 수많은 경계의 색들이 존재한다. 빨강과 주황, 초록과 파랑, 파랑과 보라, 사람들의 시신경이 잘 인식하고 있는 색들은 우리가 나름대로 이름을 붙이고 또 자주 사용하기도 한다.

어떠한 두 가지의 익숙한 색깔들이 변화하는 경계에 놓여 사람들이 인식조차 하지 못하는 색들은, 화학과 비교하자면 이름도 없이 그냥 113번, 115번, 117번 등으로 이름 붙인 원소들처럼 보인다. 수백만 분의 1초 정도의 짧은 순간에만 나타났다 사라지는 그 원소들처럼, 경계에 놓인 색들 역시 사람들의 눈에 쉽게 보이지 않기 때문이다. 하지만 예술가들은 경계에 놓인 수많은 색들을 효과적으로 사용하여 인간이 미처 파악하지 못하던 새로운 색과 신비로운 분위기를 창조할 수 있다. 더욱더 아름다운 이미지를 갈구하는 예술가들은 그 수백만 분의 1초처럼 짧은 시간에 지나가는 색의 감정을 포착하기 위해 평생을 허비한다. 라트비아 출신의 위대한 화가 마크 로스코가 창조해 낸, 단순 하지만 강렬한 붉은색과 파란색을 보는 사람들이 무한한 감동을 느끼는 이유가 바로 그것 때문인지도 모른다.

한국과 발트3국은 오랫동안 문화적, 학문적 경계에 위치해 왔다. 독일과 러시아의 경계, 유럽연합과 구소련의 경계, 서유럽과 동유럽의 경계,

그리고 일본과 중국의 경계, 사회주의와 자본주의 경계, 동과 서의 경계, 대륙과 바다의 경계.

그런 이유로 기존학자들은 경계에 놓인 것 같은 우리들에게 큰 관심을 갖지 않았고, 심지어 마치 보이지 않는 색깔들처럼 존재조차 무시하는 일이 많았다. 하지만 그런 경계에 위치한 두 지역은 그들의 학문적 무관심 속에서도 포기하지 않고 아름다운 역사를 이끌었으며 21세기의 정치와 경제, 문화를 이끄는 잠재력 있는 국가들로 세계무대에 다시 등장할 수 있었다.

발트 현지에서는 이미 한국학 연구와 교육이 급속도로 발전하고 있지만, 그와 반대로 한국에서의 발트 지역에 관한 학문적 관심은 여전히 미비한 것이 늘 안타깝다. 사실 이전에만 해도 발트 지역에서 갖는 한국에 대한 관심은, 현재 한국인들이 가지고 있는 발트에 대한 관심과 크게 다르지 않았다. 일본과 중국, 인도에 비하면 정말 보잘것없고 초라한 수준이었다. 여름의 소나기처럼 난데없이 폭풍처럼 다가와 발트의 학문적 토양을 흥건히 적시고 있는 것이 바로 지금 시점의 한국학이다. 그러나 이런 물줄기가 단순히 땅으로 흡수되거나 건조되어 사라지지 않고 강물이 되어 흘러 비옥한 토지를 적시기 위해서는 상대 지역에 대한 연구 역시 동반되어야 하는 것이다.

단지 침략당하고, 지배당하고, 강대국에 둘러싸여 있었다는 차원에서만 공통점을 찾는다면 우리는 너무 겉모습과 무늬에만 집착하여 성급한 일반화를 저지르는 오류를 범할지 모른다. 우리와 발트 국가들 사이에는 수많은 외침(外侵)에도 불구하고 고유의 언어와 문화를 지켜낸 불굴의 의지, 그리고 비록 어려움에 처했지만 그런 현실을 폭력이나 전쟁이 아닌 평화로운 노래와 축제로 승화시킨 전통이 공존한다. 천연자원은 부족하지만 유능한 인재들이 미래를 건설하고 위해서 만반의 태세를 갖추고 있고, 고도의 부가가치를 불러일으킬 풍부한 문화콘텐츠와 발전된 정보기술력을 자랑한다. 이렇게 본다면 발트지역처럼 한국과 여러모로 비슷하고 미래지향적 관계가 보장되어야 하는 곳도 드물 것이다.

이 책을 경계에 위치한 수많은 아름다운 색의 입자들 하나하나에게 바친다.

2017년 정유년 새해 라트비아 리가에서
서진석(徐振錫; Seo, Jinseok)

# 참고문헌

김헌선, 『한국의 민요』, 지식산업사, 1996.

김무헌, 『한국의 노동요』, 집문당, 1986.

대외경제정책연구원, 『2004년 EU 확대와 유럽경제의 변화』, 2003.

변광수 편저, 『세계 주요 언어』, 도서출판 역락, 2003.

서진석, 「Research on the influence of East Prussia on the formation of Lithuanian Literature」, 『독일어문학』 제65집(22-2), 2014.

서진석, 「한국과 리투아니아 민요의 슬픔의 정서」, 『동유럽연구』 제16집, 2006.

이상금, 「독일발트문학'의 발생과 전개에 관한 연구」, 『독일문학』 제103집, 2007.

_____, 「얀 크로스의 역사인식과 문화적 기억력」, 『독일어문학』 제38집, 2007.

_____, 「에스토니아문학의 발생에 끼친 독일발트문학의 영향」, 『독일어문학』 제37집, 2007.

_____, 「20세기 전환기의 독일발트문학과 에스토니아문학」, 『독일어문학』 제46집, 2009.

_____, 「발트3국의 민족성과 문화」, EU Review, vol. 2, 부산대학교 EU Center, 2011.

_____, 『독일발트문학과 에스토니아문학』, 산지니, 2011.

이상금 외, 『발트3국의 역사 문화 언어』, 산지니, 2011.

이상금 · 서진석, 「리투아니아 근대문학의 형성에 관한 연구」, 『세계문학비교연구』 제42집, 2013.

이종원, 『최신 EU론』, 도서출판 해냄, 2001.

조동일, 「문학의 지역성과 세계성 - 동아시아의 서사시를 본보기로 삼은 검증」, 제3회 동아시아 국제학술 심포지움 자료집 『제5분과 문학의 세계성과 지역성』, p.5 - 24, 1996, 경기대학교.

_____, 『경상북도 민요의 세계』, 신나라 뮤직, 1999.

————, 『구비문학의 세계』, 새문사, 1980.

조흥윤, 『한국의 샤머니즘(제4판)』, 서울대학교 출판부, 2004.

최길성, 『한국인의 한(제3판)』, 예전사, 1996.

최상진, 『한국인 심리학』, 중앙대학교 출판부, 2000.

최인학 외, 『비교민속학과 비교문화』, 민속원, 1999.


Annus, Epp: *Kirjanduskaanon ja rahvuslik identiteet*, in: Keel ja Kirjandus, nr. 1, Tartu 2000.

Annus, Epp. et als.: *20 sajandi I poole Eesti kirjandus*, Tallinn : Koolibri 2006.

Balcerek, Mariusz: *Księstwo Kurlandii i Semigalii w wojnie Rzeczypospolitej ze Szwecją w latach 1600-1629*, Poznań: Wydawnictwo Poznańskie 2012.

Balodis, Agnis: *Latvijas un latviešu tautas vēsture*, Rīga: Neatkarīgā Teātra ⟨kabata⟩ grāmatu apgāds 1991.

Bascom, W.: *Contributions to Folkloristics*, Sadar : Archana Publication 1981.

Balsys, Rimantas: *Mažiosios Lietuvos žvejų Dainos. ypatumai ir santykiai su lietuvių bei latvių liaudies dainų tradicijomis*, Vilnius : Lietuvių literatūros ir tautosakos institutas, 2001.

Balys, J.: *Lithuanian Narrative Folklore. A treasure of Lithuanian Folklore IV*, Chicago 1954.

Baltrušaitis, Jurgis: *Lithuanian Folk Art*, Munich 1948.

Basanavičius, Jonas; *1851-1927 Baudžiava Lietuvoje : Bartininkų kraštas*, Vilnius : M. Kukta 1907.

Benedictsen, Age M.: *Lietuva, Bundanti tauta*, Vilnius: Tyto Alba 1997.

Berkis, Alexander V.: *The reign of Duke James in Courland 1638-1682*, Lincoln: Dainava 1960.

Biliūnas, Jonas (1995 [1907]): *Liūdna Pasaka*, Vilnius : Baltijos Lankos.

Bilkins, Vilis: *Kursa un Kuršu cīņas*, Lincoln: Pilskalns 1967.

Bötticher, Theodor und Alexander Faltin(Red.), Baltische Monatsschrift, XXVIII, Riga, 1881.

Brecht Arnold, *Federalism And Regionalism in Germany, The Division of Prussia*, London : Oxford University Press, 1945.

Bunkśe, Edmunds V.: *Baltic Peoples, Baltic Culture, and Europe*, GeoJournal 33, 1994.

Comrie, B.(ed.): *The World's Major Language*, London & Sydney, Croom Helm, 1987.

Crystal, D.: *The Cambridge Encyclopedia of Language*, Cambridge University Press, 1987.

Čepienė, Irena: *Historia litewskiej kultury etnicznej*, Kaunas: Šviesa 2000.

Čiurlionytė, Jadvyga: ed. *Lietuvių liaudies dainos*, Vilnius: Valst. grožinės literatūros 1-kla 1955.

Daujotyt. V.: *Lietuvi. Literat. ra,* Kaunas : viesa 1998.

Dumpe, Dace: *Latvian in three months, Apgāds Zvaigzne ABC*, 2011.

Durzak, Manfred (Hrsg.): *Deutsche Gegenwartsliteratur*, Stuttgart 1981.

Dyba, Bogusaw: *Na obrzeżach Rzeczypospolitej Sejmik piltyński w latach 16171717*, Toruń: Wydawnictwo Uniwersyteu Miko ł aja Kopernika 2004.

Eesti Rahvaluule Arhiiv.: *Eesti rahvamuusika antoloogia*, Tartu : Eesti kirjandusmuuseum 2003.

Ehin, Kristiina: *Eesti vanema ja uuema rahvalaulu tlgendusvimalusi*
_____: *naisuurimuslikust aspektist.(Magistritöö)*, Tartu : Tartu University 2004.

Estonian Learned Society in America.: *Estonian Poetry and Language*, Stockholm : Tryckeri AB Esto 1965.

Finnegan, Ruth: *Oral Poetry, Its nature, Significance and Social Context,*

Indiana : Indiana University Press 1992.

Freund, Winfried: *Deutsche Literatur*, Köln 2000.

Garber, Klaus und Martin Klöker (Hrsg.): *Kulturgeschichte der baltischen Länder in der frühen Neuzeit*, Tübingen 2003.

Gimbutas, Marija: *The Balts*, London: Thames and Hudson 1963.

Gimbutienė, Marija: *The Balts*, New York : Fredrick & Praeger Publisher, 1963.

_____: *Senovės lietuvių Deivės ir Dievai*, Vilnius: Lietuvos Rašytojų Sąjungos leidykla 2002.

_____: *Baltų Mitologija, Senovės lietuvių deivės ir dievai* - Vilnius, Lietuvos Rašytojų Sąjungos leidykla 2002.

Glier, Ingeborg (Hrsg.): *Die deutsche Literatur im späten Mittelalter 1250~1370*, München 1987.

Greimas, J. A.: *Lietuva Pabaltijy : Istoijos ir kultūros bruožai*, Vilnius : Baltos Lankos 1993.

_____: *Tautos Atminties Beieskant*, Vilnius-Chicago : Mokslo Leidykla 1990.

Grönholm, Irja: *Estnisch Wort für Wort*, Bielefeld 2002.

Habicht, Werner (Hrsg.): *Der Literatur-Brockhaus 1~3 Bde.*, Mannheim 1988.

Herder, Johann Gottfried.: *Journal meiner Reise im Jahr 1769*, Leipzig 1972.

Herder, J. G.(강성호 옮김): 『인류의 역사철학에 대한 이념』, 책세상, 2002.

Herders Sämtliche Werke: *Journal meiner Reise im Jahr 1769*, hrsg. von Bernhard Suphan und Carl Redlich, Berlin 1877.

Holst, Jan Henrik: *Lettische Grammatik*, Helmut Buske Verlag, Hamburg 2001.

Jakovleva, Mārīte: *Kurzemes-Zemgales Hercogiste(1 dala)*, Rīga: Vīgante 1992.

Janavičienė, Janina: *Jovita Ežerinskienė, Mes Kalbame Lietuviškai* (Wir sprechen Litauisch), Klaipėda: Druka 2005.

Jankevičiūtė, Giedrė: *Šepka, Medžio drožyba*, Vilnius: Baltos Lankos 2001.

Jonynas, A.: *Kalba ir zmones, Liudvikas Reza. Tautosakininkas*, Vilnius : Leidykla Mokslas 1988.

_____: *Liudvikas Rêza. Tautosakininkas*, Vilnius : Mokslas 1989.

Jung Gon Kim, Jeong Im Jeong Kim: *Korea-Eesti ja Eesti-Korea Sõnaraamat*, Tallinn 2002.

Jüssi, Helju. et als.: *Eesti luule kuldne klassika II*, Tallinn : Sejs 2005.

Kalkun, Andreas: *Seto Naiste eluloolaulud, Autobiograagiad ja utoopiad (magistritoo)*, Tartu : Tartu University 2003.

Kann, K., Kibbermann, E., Kibbermann, F., Kirotar, S.: *eesti-saksa sõnaraamat* (Estisch-Deutsches Wörterbuch), Kirjastus Valgus, 2003.

Karin Friedrich: *Citizenship in the Periphery: Royal Prussia and the Union of Lublin 1569*, in Citizenship and Identity in a Multinational Commonwealth, Poland-Lithuanian in Context, 1550-1772 (ed. Karin Friedrich & Barbara M. Pendzich) Leiden : Brill 2009.

Karin Friedrich: *The Other Prussia: Royal Prussia, Poland and Liberty, 1569-1772*, Cambrige : Cambridge University Press, 2000.

Karin Friedrich: *The Power of Crowns: The Prussian Coronation in 1701 in Context*, in The Cultivation of Monarchy and the Rise of Berlin. Brandenburg-Prussia 1700 (ed. Karin Friedrich & Sara Smart), Farnham : Ashgate 2010.

Karin, Thea: Estland: *Kulturelle und landschaftliche Vielfalt in einem historischen Grenzland zwischen Ost und West*, Köln 1995.

Karrin, Jähnert: *Litausch - Wort für Wort*, Reise Knowhow Verlag, Jahrbücher des baltischen Deutschtums, hrsg. von der Carl-Schirren- Gesellschaft e.V., Lüneburg 2007.

Kaup, Johannes: *Mihkel Veske : keeleteaduse pioneer ja isamaalsuse raudne*

*tulehoidja* - *Eesti rahvuslikud suurmehed III*, Tallinn : Kooli-
kooperatiiv 1936.

Kleinman, Arthur & Good, Bryan: *Culture and Depression*, London:
University of California 1986.

Kleinman, Arthur. & Good, Bryan: *Culture and Depression*, London :
University of California 1986.

Klimas, Antanas (ed.): *Quarterly Journal of Arts and Sciences*, Vol. 28, No.1,
Spring 1982.

Koressaar, Viktor & Aleksis, Rannit.: *Estonian Poetry and Language*,
Stockholm : Tryckeri AB Esto 1965.

Körner, Sten: *Schweden-Estland-Lettland, Unsere gemeinsame Geschichte*,
Gotland 1991.

Kreivūnas, J (red): *Lėk. sakalėli : Lietuvių dainorėlis*, Chicago : JAV ir Kanados
Liet. Dainų Šventės komiteto lėsomis. 1962.

Kreutzwald, Fr. R.: *Kalevipoeg*, New Jersey : Symposia Press 1999.

Kreutzwald, Reinhold: *Kalevipoeg : Eesti rahva eepos / kogunud ja mber
töötanud*, Tallinn : Avita 1997.

Kross, Jaan.: *Der Verrückte des Zaren*, Aus dem Estnischen von Helga Viira,
München 1994.

_____: *Das Leben des Balthasar Rüssow*, Historischer Roman, Band 1-3.
Neuausgabe in einem Band, München 1995.

Kubilius, Vytautas: *Lithuanian literature*, Vilnius : Vaga, 1997.

Kubilius. V.,et als: *Lithuanian Literature*, Vilnius : Vaga 1997.

Lancmanis, Imants: *Jelgavas Pils*, Rīga: Zinātne 2006.

Laugaste, Eduard: *Eesti rahvaluule*, Tallinn : Valgus 1986.

Laurikienė, Nijolė: *Senovės Lietuvių Dievas Perkūnas*, Vilnius: Lietuvių
Literatūros ir Tautosakos institutas 1996.

Ligotnu, Jekabs: *Juris Mancelijs, Kristaps Firekers, Ernests Gliks :biografiski*

> raksturojumi ar izmekletiem paraugiem no vinurakstiem /sarakst,
> Rīga: Jesens 1924.

Lionrot, E.: *The Kalevala*, Oxford : Oxford University 1999.

Ludis, Bērziņš: *Kristofors Fürekers*, Rīga: J. Pētersona spiest 1928.

Lukas, Liina: *Die estnisch-deutsche Gegensätzlichkeit um die Jahrhundertwende*, in: interlitteria 6, Tartu Ülikooli Kirjastyd(Tartu University Press), Tartu 2001.

Martinaitis, Marcelijus: *Senoji Lietuvių Skulptūra*, Vilnius: R. Paknio leidykla 1994.

Martini, Fritz: *Deutsche Literaturgeschichte von den Anfängen bis zur Gegenwart*, Stuttgart 1978.

Matt, Beatrice v.: *Reise zu einem ungekrönten König, Gespräch mit dem estnischen Schriftsteller Jaan Kross*, in: Züricher Zeitung, 8. Dezember 1997.

Meissner, Boris: *Die baltischen Nationen, Estland, Lettland, Litauen*, Köln 1990.

Meyers Handbuch über die Literatur, hrsg. und bearb. von den fachredaktionen des Bibliographischen Instituts, Mannheim 1964.

Mežs, Ilmárs; Bunkśe, Edmunds & Rasa, Kaspars: *The Ethno-Demographic Status of the Baltic countries*, GeoJournal 33, 9-25, 1994.

Mihkel, Veske: *Valitud Laulud*, Tallinn : Ilukirjandus ja kunst 1949.

Misevičienė, Vanda: *Darbo Dienos*, Vilnius : Vaga 1972.

Moser, Dietz-Rüdiger(Hrsg.): *Neues Handbuch der deutschen Gegenwartsliteratur seit 1945*, München 1990.

Moser, Hugo: *Deutsche Sprachgeschichte*, Tübingen 1969.

Nagelmaa, Ene.: *Kas tunned maad (Veske luuletused)*, Tallinn : Eestiraamat 1996.

Nielsen-Stockeby, Bernd: *Baltische Erinnerungen, Estland, Lettland, Litauen zwischen Unterdrückung und Freiheit*, Bergisch Gladbach, 1990.

Oks, Jaan: *Kriitilised tundmused. eesti vanemat ja uuemat kirjandust lugedes*, Tallinn 1918.

Oras, Janika., et als.: *Anthology of Estonian traditional music*, Tartu : Eesti kirjandusmuuseum 2003.

Panek, Wacław: *Polski Śpiewnik Narodowy*, Poznań.: Grupa wydawnicza Słowo 1996.

Peegel, Juhan: *Eesti vanade rahvalaulude keel*, Tallinn : Eesti keele sihastus 2006.

Peegel, Juhan: *Eesti vanade rahvalaulude keele morfoloogia*, The dissertation for academic degree. Tartu : Tartu riikliku likooli Eesti keele kateeder 1954.

Plūdoņš, V. and Dauge, A. (red.): *Kristaps Fürekers*, Rīga: Valters & Rapas 1927.

Pociūtė Dainora, Abraomas Kulvietis Italijoje ir Lietuvoje. Kaunas : *Vytauto Didžiojo universiteto leidykla*, 2005

Prieditis, Arturs: *Latvijas kulturas vesture*, Daugavpils: AKA 2000.

Ruhlen, M.: *A Guide to the World's Languages*, Vol. 1: Classification, Standford University, 1987.

Rummo, Paul. et als: *Eesti luule : Antoloogia aastaist 1637-1965*, Tallinn : Eesti raamat 1967.

Saarlo, Liina: *Eesti Regilaulude Stereotüüpist. Teooria meetod ja thendus*, Tartu : Tartu University 2005.

Sakalauskas, Algimantas: *Sūdvos Krašto Drožya, Skulptūra, Kryždirbystė*, Kaunas: Pasaulio Lietuvių Centras 2006.

Sarv, Mari: *Regilaul Kui poeetiline ssteem : Paar sammukest XVII Eesti Kirjandusmuuseumi Aastaraamat*, Tartu : Eesti kirjandusmuuseum 2000.

Sauka, L.: *Lietuvi. Tautosaka,* Kaunas : viesa 1998.

Saukienė, R(red): *Lietuvių liaudies dainos,* Vilnius: Vaga 1981.

Scholz, Friedrich: *Die Literaturen des Baltikums. Ihre Entstehung und Entwicklung,* Opladen 1990.

Seppo, Knuuttila: how to seize Mentalities. *Thick corpus, Organic Variation and textuality in Oral Tradition,* Helsinki: Studia Fennica Folkloristica 2000.

Šmite, Edvarda and Blūma, Daina: *Poļu un Zviedru laiki(16-8.gs.). Latvija Kultūras Vēsture,* Ed. Avotina, Austra, Riga: Zvaigzne ABC, 73116 2003.

*Social trends in Lithuania,* Vilnius, Lithuanian Statistic Department, 2000.

Spekke, Arnolds: *Latvijas vesture,* Rīga: Jumava 2003.

Srg, Taive: *Eesti keele prosoodia ning teksti ja viisi seosed regilaulus,* Tartu : Tartu University 2005.

Sruoga, Balys: *Lietuvių liaudies dainų rinktinė,* Kaunas: Val. grožinės lit. leidykla 1949.

Suits, Gustav: *Balti kirjandusloo katse,* in: Vabaduse väraval, Tartu 2002.

Švābe, Arveds: *Latvijas Vēsture i daļa,* Rīga: Avots 1990.

Talvet. J.: *Literature as a nation's emotional memory,* Interletteraria 3. Tartu: Tartu ulikooli kirjastus, 1998.

Tammsaare, Anton Hansen: *Meie 'noortest' kirjanduses,* in: kogutud teosed, nr. 15, Tallinn 1986.

_____: *Ma armastasin sakslast,* Tartu 1935.(Deutsche Übersetzung: Ich liebte eine Deutsche, Tallinn 1977.

_____: *Meie noortest kirjanduses,* in: Kogutud teosed, nr. 15, 1986.

Tampere, Herbert.: *Eesti Rahvaviiside antoloogia I,* Tallinn : Eesti keele instituut 1999. *Eesti Rahvalaule viisidega I,* Tartu : Eesti riiklik kirjastus 2001.

\_\_\_\_\_: *Eesti rahvaluule viisidega I*, Tartu : Eest kirjandusmuuseum 2001.

\_\_\_\_\_: *Eesti rahvaviiside antoloogia I*, Tallinn : Eesti keeleinstituut 1999.

Taube, Arved Freiherr v. und Thomason, Erik: *Die Deustschbalten*, Lüneburg 1973.

Tedre, U.: *Eesti Rahvalaulud, Antoloogia* I-1, Tallinn: Eesti Raamat 1969.

\_\_\_\_\_: *Eesti Rahvalaulud, Antoloogia* II-1, Tallinn: Eesti Raamat 1970.

\_\_\_\_\_: *Eesti Rahvalaulud, Antoloogia* II-2, Tallinn: Eesti Raamat 1970.

\_\_\_\_\_: *Eesti Rahvalaulud, Antoloogia* III-1, Tallinn: Eesti Raamat 1971.

Tenbrock, Robert-Hermann: *Geschichte Deutschlands*, 3. überar. Auflage, München 1977.

Tiltiņa, Maija(Red.), *Latviešu-Vācu Vārdnīca* (Lettisch-Deutsches Wörterbuch), Valdis Bisenieks, 2007.

Trinkunas, Jonas: *Of Gods & Holidays*, Vilnius: Tvermė 1999.

Tuglas, Friedebert: *Kirjanduslik stiil*, in: kogutud teosed, nr. 7, Tallinn 1996.

\_\_\_\_\_: *Felix Ormusson*, in: kogutud teosed, nr. 3, Tallinn 1988.

Tumelis, Juozas: *Stanoslovas Rapolionis ir Jo Laikai*, in Stanislovas Rapolionis (ed. Jonas Kubilius), Vilnius : Mokslas 1986.

Tuubel, Virve: *Eesti Rahvakultuur 19. Sajandil*, Tartu : Eesti rahvamuuseum 2001.

Undusk, Jaan: *Saksa-eesti kirjandussuhete üpoloogia, Keel ja Kirjandus*, nr. 10, lk 583, Tartu 1992.

Ungern-Sternberg, Armin von: *Erzählregionen*, Bielefeld 2003.

Upelnieks, Kristaps: *Kurzemes kuģniecība un kolonijas XVII g. simtenī*, Liepaja: Ģeneralkomisija pie "J.Rov", bij."Leta" 1930.

Usthal, Arthur: *Estnischer Brief*, in: Das literarische Echo, hrsg. v. Ernst Heilborn, 14. Jahrgang, Berlin Okt. 1911~Okt. 1912.

Uždila, Juozas: *Lietuvių Šeimotyra : Kritiné familistiné XX a.panorama*, Vilnius : Lietuvos Mokslas 2001.

Viidalepp, R (ed.): *Eesti rahvaluule ulevaade*, Eesti riiklik kirjastus, Tallinn 1959.

Viidalepp, Richard: *Eesti rahvaluule levaade*, Tallinn : Eesti riiklik kirjastus 1959.

Viires, Piret: *Traces of the Postmodern World in the 21st-Century Estonia Novel*, in: interlitteraria,Tartu Univ. Press, Tartu 2004.

Voegelin, C.F., Voegelin, F.M.: *Classification and Index of World's Language*, New York, Elsevier 1977.

Vogt, Martin(Hrsg.): *Deutsche Geschichte*, begr. von Peter Rassow, Stuttgart 1987.

Weigert, A.: *Society and identity*, New York : Cambridge university 1986.

Weiss, Hellmuth: *Esimene eesti raamat anno 1535: Wanradt-Koell'i katekismuse katked 1535, aastast*, Tartu 1931.

Wilpert, Gero von: *Deutschbaltische Literaturgeschichte*, München 2005.

_____(Hrsg.): *Lexikon der Weltliteratur*, Stuttgart 1975.

Zarāns, Alberts: *Latvijs pilis un muižas*, Rīga: Dardedze holográfija 2013.

Žemaitytė, Zita: *Lionginas Šepka*, Kaunas: Vagos Leidykla 1982.

Zinkevičius, Zigmas: *Mažosios Lietuvos indėlis į lietuvių kultūrą*, Vilnius : Mokslo ir Enciklopedijų leidybos institutas, 2008

Zinkevičius, Zigmas: *Stanislovo Rapolionio lietuviškų tekstų kalba*, in Stanislovas Rapolionis (ed. Jonas Kubilius). Vilnius : Mokslas 1986.

## Website

에스토니아 www.riik.ee

라트비아 www.latvija.lv

리투아니아 www.lrv.lt

www.europa.eu

http://de.wikipedia.org/wiki/Altpreu%c3%9Fische_Sprache

http://en.wikipedia.org/wiki/Teutonic_Knights

마이로니스약력 http://www.biografas.lt/biografija/213 - jonas-maciulis-
    maironis

빌류나스 약력 http://www.baranauskas.lt/biliuno/J_Biliūnas.en.htm

제마이테 약력 http://mpkelias.mch.mii.lt/ASMENYS/Žemaitė.en.htm

판 타데우시 인터넷 데이터베이스 PAN TADEUSZ CZYLI OSTATNI ZAJAZD NA
    LITWIE. HISTORIA SZLACHECKA Z R. 1811 I 1812, WE DWUNASTU
    KSIĘGACH WIERSZEM. http://literat.ug.edu.pl/panfull/

Pasipriešinimas lietuviškos spaudos draudimui 1864-1904 m.(1864~
    1904년간 리투아니아어 자모 금지령 반대 항쟁)

http://www.nemoku.lt/pasipriesinimas-lietuviskos-spaudos-draudimui-
    1864-1904-m--konspektas-220O.htm/1

# 찾아보기